中公文庫

新装版

パ ラ レ ル

警視庁捜査一課・碓氷弘一3

今野 敏

中央公論新社

目次

主な登場人物

碓氷弘一　警視庁刑事部捜査一課に勤務。部長刑事。
田端守雄　警視庁刑事部捜査一課長。

高尾　勇　神奈川県警生活安全部少年課に勤務。巡査部長。
丸木正太　高尾とコンビを組む巡査。
賀茂　晶　神奈川県立南浜高校の生徒。「役小角」の転生者。
赤岩猛雄　賀茂の同級生。神奈川最大の暴走族「相州連合」元ヘッド。
水越陽子　同校の教諭。

赤城竜次　警視庁刑事部捜査一課に勤務。部長刑事。
美崎照人　元麻布で整体院を営む。武道の達人。
吉谷浩二郎　美崎の友人の整体師。柔術家。美作竹上流の師範。

富野輝彦　警視庁生活安全部少年犯罪課に勤務。巡査部長。
鬼龍光一　「亡者」を祓う「鬼道衆」と呼ばれるお祓い師。
安倍孝景　「外道」を祓う「奥州勢」と呼ばれるお祓い師。

パラレル

警視庁捜査一課・碓氷弘一3

1

横浜といっても広く、旭区や緑区のあたりは港の風情とは程遠い。両方の区をまたぐように広大な緑地が広がっている。

原口浩志《はらぐちひろし》は、営業用のワゴン車でその緑地帯をつっきる道を走っていた。片側一車線の道だ。

夜になると暗くて、田舎道《いなかみち》と変わらない。ここが本当に横浜だろうかと、少々不安を感じていた。

初めて通る道だった。原口は、小さな文房具のメーカーに勤めている。営業回りで遅くなってしまった。

こんな道を通るはめになったのは、取り引き先の文具店のオーナーを、実家のそばの病院まで送らねばならなかったからだ。

入院していたオーナーの老母の容態が急変した。たまたま居合わせた原口が車で病院まで送ることになったのだ。

営業というのは、そういう場に居合わせたら、知らんぷりはできないのだ。

すっかり帰りが遅くなってしまった。このまま、まっすぐ行けば第三京浜《けいひん》に出られるはずだった。東京の日本橋にある営業本部に帰り着くのは、夜中になるだろう。

道の両側は林だった。闇の中で黒々とした木立が見える。何の木かわからない。興味もなかった。

急なカーブがあり、原口はスピードを落とした。ヘッドライトが林の木々を舐《な》めていく。

突然、白いものがヘッドライトの光に浮かび上がった。道の真ん中だった。

原口はびっくりしてブレーキを踏んだ。車が停まり、原口はハンドルに胸を押しつけるようにして身を乗り出し、白っぽいものを見つめた。

それはかすかに動いていた。人だ。人が道路の上に座り込んでいる。しかも、全裸に近い女性だったので、原口はぎょっとした。

出たか……。

一瞬、そう思った。

心霊現象が起きるにはもってこいの場所だ。原口は、ぞうっと鳥肌が立つのを感じた。

さらに目をこらしてみると、その先に白っぽいワンボックスカーが停まっていた。

心霊現象などではなさそうだ。

原口は、しばらく茫然としていたが、とにかく車を脇に寄せなければならないと思った。

慎重に車を道の脇に寄せて、ハザードを点灯すると車を降りた。

「どうしました……？」

離れた場所から声をかけた。反応はない。

原口はさらに近づいた。原口の車のヘッドライトが彼女を照らし出している。長い髪を茶色に染めている。まだ若い。

「どうしたんです？」

女は、ぼんやりと宙を見つめている。放心しているようだ。

小さな白いパンツしか身につけていない。原口は、着ていた背広を脱いだ。それを彼女の肩にかけようとした。

春とはいえ、まだ夜は冷え込む。

女はびくりと身を震わせた。怯《おび》えたように尻をついたまま後ずさりする。

「どうしたんだ？　いいから、これを着て」

原口は抱きかかえるようにして背広を肩からかけた。

そのとたんに、彼女は悲鳴を上げた。

原口はびっくりして、飛び退《との》いた。

顔を見ると、涙で化粧が落ちていた。

「ちょっと待ってよ……」

原口はうろたえた。

彼女は、言葉にならない声を上げ、ただ白いワンボックスカーのほうを指差している。

「何だ……？」

思わずそちらを見た。原口の車のヘッドライトの光の輪の向こう側に、何かが見えた。黒っぽいものだ。

よく見ると、人が倒れているようだ。道の脇に三人の男。壊れた人形のような恰好だ。女は原口の背広を、しっかりと胸でかき合わせるように着ていた。そしてがたがたと震えている。

「いったい、何があったんだ……」

原口は、携帯電話を取りだした。とにかく、一一〇番だ。彼はボタンをプッシュした。

朝出勤すると、刑事部のあたりが騒がしい。今朝の新聞に載っていた件だろう。

丸木正太《まるきしょうた》はそう思った。

横浜市緑区の路上で、三人の少年が死亡していた件だ。そばに、女性が一人いた。その女性は現在、病院に収容されているが、事件を目撃していた可能性が高く、警察は追及する方針。

通報者は、たまたま車で通りかかった三十六歳の会社員だ。

新聞にはそう書かれていた。

丸木正太は、神奈川県警生活安全部の少年課に勤務している。少年課は、このところ刑事部なみに忙しい。いや、それ以上かもしれない。

最近、少年による凶悪犯罪が目立つ。少年課は少年法に則《のっと》って、非行少年の補導や保護を行うが、この少年法が世間では評判が悪い。

今回の被害者も少年だった。そばにいた女性というのも、おそらく未成年だろうと丸木は思った。

そんなことをぼんやりと考えていると、横の席の椅子が派手な音を立てた。

高尾《たかお》勇《いさむ》が出勤してきて、どっかと腰を下ろしたのだ。

「あ、おはようございます」

丸木はあわてて言った。高尾は少年課の先輩で、三十五歳の巡査部長だ。丸木と組んで仕事をしている。

サングラスに黒のごつい革ジャン。それにジーパンだ。およそ、警察官らしくはない。所轄の刑事の中には、型破りな恰好をしている者もいる。だが、県警本部の生活安全部では、ほとんどの人間が背広を着ている。

高尾は明らかにはみ出し者に見えた。

県警本部に異動になり、最初に高尾を見たとき、丸木は驚いた。そして、自分のパートナーだと知ってうんざりとした気分になった。

だが、今では高尾を信頼している。非行少年に対して、高尾ほど熱心な警察官はいないと思っている。実際、あらゆる意味で熱心なのだ。

「捜査一課から何か言ってきたか？」

高尾は、朝の挨拶《あいさつ》も返さずに、突然言った。

今では、丸木もいちいち驚かなくなっている。

「まだ何も……」

「死んだ三人が少年だった。女が車に拉致《らち》されていた。犯人も少年である可能性が高い。グレたガキどもの抗争事件かもしれない」

「女が車に拉致されていたですって……？」

丸木は言った。「そんなこと、新聞には一行も書かれてませんでしたよ」

「新聞は書かねえよ。だが、状況を考えれば明らかだ。交通量の少ない道、三人の少年が乗ったワンボックスカー……。それに女だ。ガキどもの悪い遊びだ」

「性犯罪の加害者三人が、何者かに殺されたということですか？」

「そういう筋だろうな」

「非行少年グループ同士の抗争事件の可能性はあるとは思っていましたが……」

「まあ、じきにお声がかかるだろう」

高尾はあくびをした。

そしてほどなく、高尾の言うとおりになった。

席を外していた曽根崎《そねざき》満《みつる》課長が戻ってくると、少年課一同に招集をかけた。

丸木はさっと立ち上がり、急いで曽根崎課長の席に向かったが、高尾はのんびりとあとからやってきた。

課長の席の周囲に課員たちが集まった。

「緑区の件はもう知っているな？」

課員たちは、それぞれにうなずいた。

「被害にあった少年について、刑事部から問い合わせがあった。これが被害者の写真だ。心当たりがある者は言ってくれ」

課長は、数枚の写真を課員たちに差し出した。年かさの課員がまずその写真の束を受け取り、一枚一枚つぶさに見てから隣の者に回した。

丸木は回ってきた写真を見た。死体の写真だ。目をつむり、口を半開きにしている。

警察にいると、遺体の写真を見る機会は多い。だが、丸木はまだ慣れることができずにいた。

しばらく、一同は無言で写真を見つめていた。

「写真だけじゃあな……」

ベテランの一人が言った。「身元がわかるものは、何か持ってなかったんですか？　免許証とか……」

「何もなかった」

曽根崎課長が言った。「おそらく犯人が持ち去ったのだろう」

「それじゃ、いくら少年課だって調べようがない……」

ベテランが苦笑した。

丸木もそう思った。被害者は少年らしい。神奈川県在住の非行少年たちかもしれない。だが、県警の少年課がすべての非行少年を把握しているわけではない。

「小松《こまつ》洋平《ようへい》、倉田《くらた》一馬《かずま》、高木《たかぎ》晴彦《はるひこ》……」

写真を見つめながら、高尾が言った。

一同は高尾に注目した。

課長が尋ねた。

「知ってるやつらか？」

「いずれも補導歴がありますね」

「たしかだろうな？」

「たしかですよ。この俺が補導したんだから……」

「記録を当たれ」

曽根崎課長が課員たちに命じた。「捜査一課に恩を売れるぞ」

少年課の面々は自分の席に戻った。

課長が呼び止めた。「帳場が立ったら、おまえたちにも参加してもらう」

「高尾、丸木」

「なんです……」

高尾が顔をしかめた。「身元割り出しに一役買ったんですよ。褒美に楽させてくれるんじゃないんですか？」

「おまえは被害者と面識がある」

「真面目に仕事するだけ、損するな」

「ごちゃごちゃ言うな。捜査一課から連絡があったら、すぐに行ってくれ」

「丸木に行かせちゃどうです？　こいつ、最近なかなか頼りになりますよ」

「おまえと丸木の二人で行くんだ」

高尾は肩をすくめると、席に戻った。

2

明け方に携帯電話が鳴り、碓氷弘一《うすいこういち》は夢から覚めた。学生時代の夢を見ていた。今から三十年も昔の夢だ。

柔道部の稽古の最中だが、自分だけが道着を忘れている。ひどく後ろめたくて、何とか部外者のふりができないかと、必死に考えていた。

蒲団《ふとん》の脇に置いていた携帯電話を手探りで探した。

「はい。碓氷……」

「当直の平沢《ひらさわ》です。一斉の無線が入りまして……。複数の人間が道路に倒れているという一一〇番通報がありました。機動捜査隊《きそう》は現場到着《ゲンチャク》。所轄も向かっています」

碓氷弘一はうめいてから、枕元に置いてあるメモ帳をたぐり寄せた。

「場所は?」

「西池袋一丁目。東京芸術劇場裏です」

「わかった。すぐに向かう」

昨夜の酒がまだ残っている。起き上がってから大きく息をついた。

妻とは別の部屋で寝るようになって久しい。碓氷自身がそう決めたのだ。刑事の生活は不規則だ。

本庁勤めになり、いくぶんかは楽になったが、それでも帳場が立つといつ家に帰れるかわからない。

夜中だろうが明け方だろうが、こうして呼び出されることもある。

別々の部屋で寝れば、女房に迷惑をかけずに済む。離婚する刑事は驚くほど少ない。だが、家庭内に問題がないわけではない。おそらく誰もが問題を抱えているのだ。

タンスを開けてクリーニングに出してあったワイシャツを着る。ハンガーにかかった背広がくたびれているのだから、ワイシャツくらいぴしっと糊《のり》の利いたものを着たい。

ネクタイを内ポケットに突っ込み、部屋を出ると、居間に女房がいた。

「事件ですか？」

「ああ。うちの班が当番なんだ。いいから、寝てろ」

「現場はどこです？」

「池袋だ。行ってくる」

碓氷は警視庁の官舎の玄関を出た。まだ電車は動いていない。

しかたなくタクシーを拾うことにした。経費は限られており、贅沢《ぜいたく》ができる立場ではない。もしかしたら、このタクシー代も自腹になるかもしれないと、碓氷は思った。

現場はお馴染《なじ》みの光景だった。

パトカーや鑑識のバンが、回転灯から赤い光をビルの壁に投げかけている。機動捜査隊《きそうたい》の車らしい覆面車が何台か停まっていた。

すでに黄色のテープで現場が封印されている。夜明け前だというのに、野次馬がいた。近所の飲食店の店員や、徹夜で遊ぶ若者たちだ。

ビルの谷間は底冷えした。コートを着てくればよかったと切実に思った。手袋をして黄色いテープの内側に入った。

すぐに地面に転がっている三人が眼に入った。

一人は髪を金色に染めている。背が低い。

一人は、長い髪をしていた。こちらは長身だ。もう一人は、坊主刈りだった。

三人とも黒っぽい服装をしている。黒いカーゴパンツに、黒っぽいジャンパーだ。ごつい編み上げの靴も共通していた。

碓氷は、所轄の鑑識や機動捜査隊《きそうたい》の面々に挨拶をして遺体を見た。

三人ともまだ若い。おそらく未成年だろうと碓氷は思った。

死んでいるのは明らかだ。金髪の若者は目を見開いたまま固まっている。長髪の男は、鉤《かぎ》のように指を曲げた右手を宙に向けていた。坊主刈りは、俯《うつぶ》せだが、やはり目を開いたまま横たわっていた。

すでに所轄の刑事たちも到着して初動捜査を始めている。碓氷は、立ち上がり、誰に話を聞いたものかとあたりを見回した。

顔見知りを見つけた。機動捜査隊《きそう》の部長刑事だ。たしか、山下《やました》という名だった。彼に近づくと、向こうからうなずきかけてきた。

「このへんで遊んでいる、悪ガキどもらしい」

山下が言った。「ストリート・ギャングっていうやつだ」

「身元の確認は？」

「今取っている。顔は売れているが、ちゃんとしたことを知っているやつがなかなかいなくてな……」

碓氷はうなずいた。

「なんだか妙だな。三人とも死んでるんだろう？」

「ああ。死んでいる」

「こういう現場に来ると、死体の周りは血まみれと相場が決まっている。なのに、見たところ、血だまりがない」

「そうなんだ」

山下が言った。「悪ガキどもの抗争事件かと思ったんだが、そういう場合、必ず得物《えもの》が出るはずだ。最初は殴り合っていても、そのうち光モノや物騒な武器を取り出す。最近のガキはみんなそうだ」

「だが、こいつらは得物も持っていなければ、血も流していない」

碓氷は確認を取るような口調で言った。

「そうだ。顔面を見ろよ。きれいなもんだ。喧嘩をしたのならあざができたり、腫《は》れたり、唇が切れたりしてそうなもんだ……」

碓氷はもう一度死体を見た。たしかに顔はきれいだ。

「殴り合う間もなく、あっという間にやられちまったんじゃねえのか……」

誰かが後ろでそう言った。

振り向いた碓氷は驚いた。

ずんぐりむっくりの男がうっそりと立っている。がに股だ。首が太く髪が縮れている。

「赤城《あかぎ》……」

赤城竜次《りゅうじ》は、碓氷と同じ警視庁刑事部捜査一課の部長刑事だ。だが、班が違う。

碓氷は尋ねた。

「なんでおまえさんがここにいるんだ？　当番じゃないだろう」

「書類仕事してたら遅くなってな……。面倒くせえから警視庁《ホンブ》に泊まり込んでいたんだ。俺はおまえとちがって独身なんで、気楽なんだよ」

「書類仕事だって？」

「年度末までに溜まってるの全部出せって、班長がうるさくてな。そうしたら、一斉の無線が入ったってわけだ」

「仕事熱心なんだな。無線が入ったからって、普通、駆けつけんぞ」

「興味があったんだ」

「どんな興味だ？」

「二日前に横浜で似たような事案があった。殺された数も同じ、三人だ。女を車で拉致して乱暴しようとしたガキどもが、殺された。それが、こいらと同じだった。刃物で刺されたわけじゃない。ひどく殴られたわけでもない」

「横浜で……？」

「俺は、しつこい腰痛に悩んでいてな。整体に通っている。その整体の先生が武道の達人でな。昨日、施術をしてもらうついでに、ちょいと聞いてみた。武道の達人なら、目立った傷も残さずに殺すことは可能か、と……」

「こたえは？」

「それが本当の武術だと、先生は言ったよ」

「どこの何という先生だ？」

「美崎照人《みさきてると》。元麻布で整体院を開いている」

「俺もおまえも柔道を長年やっていた。だが、こんな殺し方ができるとは思えない」

「先生に言わせると、格闘技と武術は違うんだそうだ」

「なんだか、ばかにされたようでむかつく台詞《せりふ》だな」

「会ってみたらどうだ？　そうは思わなくなるかもしれない」

碓氷はちょっと考えた。

武道家云々はどうかと思うが、整体師ならば、どういう状況なら人はこういう死に方をするかわかるかもしれない。

「行ってみる価値はあるかもしれないな……」

「そのときは案内するよ」

所轄の刑事がやってきて、碓氷に尋ねた。

「遺体《ロク》、司法解剖に回しますが、いいですか？」

碓氷は、周りを見た。

碓氷より上の人間はいない。警部補すら来てない。赤城が、にやりと笑って言った。

「写真は撮ったんだろう？　もういいよ。いつまでも、遺体《ロク》を転がしとくわけにゃいかん」

「待て」

碓氷は言った。「検死官が来るまでそのままにしておけ」

所轄の刑事は、碓氷と赤城の顔を交互に見た。

検死官というのは、捜査経験の豊富な警視以上の刑事で、法医学の研修を受けた者のことだ。正式には、刑事調査官という。検視のエキスパートだ。

赤城が言った。

「おまえの班がこの件を担当することになるんだろうな」

「けっこうでかい事案になるかもしれない。横浜の件と関連があればな……」

「当然そうなるだろうな」

「同一犯だと思うか？」

「こんな真似ができるやつは、そうはいないよ」

「ということは、神奈川との合同捜査本部ができるかもしれない」

赤城はまたほくそえんだ。

「俺もそいつに参加できるといいんだがな……」

「妙なやつだな、おまえ。自分から帳場に参加したいっていうのか？」

「ああ。好奇心だけが取り柄でね……。なにせ、独身だから気が楽なんだよ」

「それはさっきも聞いたよ。帳場に参加したいのなら、何か土産《みやげ》を持って課長なり管理官なりに進言すればいい」

「土産？」

「例えば、手口だ。神奈川とこの件の手口が同一だということを証明すれば金星だぜ」

赤城は、また意味ありげに笑うと言った。

「そうすりゃ、おまえといっしょに仕事ができるというわけだ」

「俺といっしょに仕事がしたかったのか？」

「長年の柔道のライバルだからな……」

「俺はもう引退だよ。この年じゃあな」

「俺も若いころ無茶な練習を続けたせいで、腰がこのありさまだ」

そのとき、現場に緊張が走るのを感じた。碓氷はあたりを見回した。すぐに理由がわかった。

検死官の到着だ。若い刑事などはさっと場所をあけて気を付けをした。

赤城が言った。

「じゃあな。俺は今んとこ部外者だから消えるぜ」

「どこへ行くんだ？」

「始発を待って本庁《ホンブ》に戻るよ。もう一眠りできる」

赤城は去って行った。

「死因が知りたい。解剖に回せ」

そう言う検死官の声が聞こえてきた。

朝の八時を過ぎると、警視庁の刑事部捜査一課は、にわかにあわただしくなってきた。幹部たちが登庁してきて、今後の方針が相談されることになった。

夜明け前に叩き起こされたせいで、碓氷はひどく疲れていた。若い頃のように無理はきかなくなってきている。

まだ、具体的な指示はない。

碓氷は席を立ち、赤城のところに行った。机に向かっている赤城の、癖毛の後頭部が見えた。

赤城は、書類と格闘している。まさにそんな感じだった。

こいつは、何とでも格闘したがる。碓氷は赤城の後ろ姿を見ながらそんなことを思っていた。

「例の件だがな……」

声をかけると、驚いたように赤城が顔を上げた。

「なんだ、碓氷か……。班長かと思ってぎょっとしたぜ……」

「班長に睨《にら》まれているのか？」

「単独行動が多いんでな……」

「個人で情報源を持っているのがいい刑事だ」

「そういう時代じゃないんだそうだ。チームワークなんだとさ」

「係長は、おまえより若いんだっけ？」

「ちょっとだけな」

「じゃあ、元麻布に出かけるのはまずいか？」

「いや」

赤城は、ボールペンを放り出して書類を机の引き出しにしまった。「大歓迎だ」

地下鉄日比谷線の広尾駅から地上に出ると、それほど広くない道路に面して、瀟洒《しょうしゃ》な店が並んでいる。

有栖《ありす》川宮《がわのみや》記念公園の木立が見える。近くにドイツ、スイス、マダガスカルなどの大使館があり、女子のインターナショナル・スクールもあって、どこか異国の街のような風情がある。

有栖川宮記念公園の脇を、並んで歩きながら、赤城が言った。

「整体を受けに、ここにしょっちゅう来るんだが、いまだに馴染めねえな。なんだか尻がこそばゆくなる」

碓氷は言った。

「俺もこういう場所には縁がない。だが、嫌いじゃない」

「おまえは、そういうやつだよ」

「どういうやつだ？」

「いつも中途半端なんだ」

碓氷はちょっと驚いた。

「そんなことを他人に言われたのは初めてだ」

「柔道で組んでみればわかるさ。おまえ、高校まで柔道部だったんだろう？　そこそこの成績を収めたはずだ。だが、好きでやっていたわけじゃない。そうだろう」

「まあな。中学時代からやってたんで、何となく入部した。練習は厳しかった」

「何度もやめようと思っただろう。だが、やめなかった」

「なぜそんなことまでわかるんだ？」

赤城は頰を歪《ゆが》めて笑った。

「わかるさ。だが、それが悪いと言ってるわけじゃないぜ。俺たちの世代は、多かれ少なかれそうだ。つまり、我慢しちまうんだ。我慢の世代なんだよ。自分さえ我慢すればいいと思っちまう」

「つまり、おまえもそうだというわけか？」

「多かれ少なかれと言っただろう。俺は、けっこう自分勝手に生きさせてもらってるよ」

マンションの一階に「美崎整体院」という看板が出ていた。整体院もマンションの一室にあるようだ。

赤城が先に入った。受付で赤城が言った。

「おまえ、こんなところで何してるんだ？」

受付にいる若い女性に言っているようだ。

「お手伝い」

「アルバイトならもっと割のいいのがあるだろう」

「アルバイトじゃなくて、ボランティアだってば……」

愛くるしい女の子だ。

赤城は、碓氷に言った。

「ここの患者なんだ。笹本有里《ささもとゆり》。女子大生でな、新体操の選手かなんかやってる」

碓氷は曖昧《あいまい》にうなずいた。別にどうでもいいことだ。

赤城は笹本有里に言った。

「先生と話がしたい」

「どうぞ、今ちょうど患者さんもいないから……」

「邪魔するぞ」

赤城は靴を脱いで待合室に上がった。碓氷もそれに続く。待合室には、青い小さなソファが並んでいた。

布張りで座り心地はよさそうだ。整体院にやってくる人は、どこか体を痛めている人だ。その患者に固く冷たいプラスチックなどの椅子はそぐわないのだろう。

待合室の向こうが治療室のようだ。「施術室」という札がかかっている。

赤城はそのドアをあけて中に入った。

カーテンの中に施術用のベッドがある。その脇に机があり、白衣を着て椅子に座っている男が眼に入った。

「美崎先生だ」

赤城が紹介した。「こっちは、俺と同じ捜査一課の碓氷」

美崎は眉をひそめて二人を見た。

武道の達人だと赤城が言っていたが、とてもそうは見えない。むしろ細身に見えた。あまり身だしなみに気をつかうほうではないらしい。髪が少し乱れている。理髪店に行ってからずいぶん経つように見えた。

「何事です？」

美崎はにこりともせずに言った。

赤城がこたえた。

「池袋の事件、知ってるかい？」

「ニュースで見ました」

「俺が思うに、横浜の件と共通点がある」

「被害者が三人という点ですか？」

「違う」

「被害者が未成年だという点？」

「先生、昨日話したことだ。忘れたふりはやめてくれ」

「私は何も知りませんよ」

「知らなくてあたりまえだ。これから話すんだからな……」

「なぜ、私に……？」

「興味があるだろうと思ってね。横浜の三人、池袋の三人。いずれも目立った外傷はない。街中の喧嘩や悪ガキどもの抗争事件だとしたら、顔にひどく殴られた跡が残ったり、刃物で刺されたりしていてもおかしくはない。見た限りではそういう傷はなかった。だが、六人はたしかに死んでるんだ」

「警察には、そういうことを調べる専門家がいるんでしょう？　あるいは、法医学とかの仕事じゃないですか」

「違う観点が必要な場合があるんだ、先生。今回がそうだと、俺は思う」

「違う観点というと？」

「例えば、古武道だ。武道というのは、知られているようでほとんど知られていない。特に、古武道に関してはな……」

「私も日本の古武道に関しては何も知りません。沖縄の空手を学んだだけです」

「テレビでやっているような空手とはまったく違うんだろう?」

「同じですよ。空手は空手です」

「だが、目的が違う。沖縄の古流は試合を目的としていないんだろう? 試合をするためには危険な技を反則にしなくちゃならない。実戦的な技を反則として封印するから、スピードとパワーと体格に頼るようになる。だが、古流は違う。俺はそう解釈しているがね……」

「私はたまたま沖縄で古いタイプの空手を学んだというだけです」

「殺し技のあるような実戦的な空手だろう?」

「どんな格闘技だって、へたすりゃ死にますよ」

「どういう場合に死ぬんだ? 整体師としての専門的な意見を聞きたいんだが……」

美崎は、まったく乗り気がしない様子だ。

「まず、頸椎《けいつい》の骨折ですね」

美崎は淡々と言った。「格闘技に限らず、スポーツの事故では一番多いと思います。その次に、頭部の血管の障害。打撃による内出血です。これには、大きくわけて二つのケースがあります。脳を硬膜という膜が保護しています。この硬膜の内側で出血するか、外側で出血するかで、症状が異なります。内側で出血する場合は、いわゆる脳内出血で、急性の症状が出ます。頭を打ってから比較的短い時間で意識を失い、死に至る場合があります。硬膜の外側で出血する、いわゆる硬膜外血腫は、じわじわと出血して血の塊《かたまり》を作ります。この場合は、症状が比較的遅く出ます。頭を強打して二十四時間以上経ってから症状が出ることが多い。頭痛、意識混濁、そして死に至ります」

「脳の出血ね……」

赤城は確認を取るように言った。「それから……？」

「脳貧血も危険です。脳が酸欠状態になるのです。これは、柔道やプロレスなんかでいう落ちるという状態です。落ちた人を放置しておくと、そのまま死に至ることがあります」

「それは、俺も何度も経験した」

赤城は言った。「ちなみに、この碓氷も若い頃は柔道でけっこう鳴らしたもんだ」

「ならば、私に武道のことを訊くまでもないでしょう」

「そう言わないで教えてくれよ。そのほかにはどんなケースがある？」

「ローキックは慢性的な症状を起こさせることがあります」

「ローキックって、ふとももを蹴るんだろう？　たしか、先生の膝もローキックでやられたんだったな？　足を痛めるというのならわかるが、それがどうして命にかかわるんだ？」

「足の外側には腎臓や膀胱《ぼうこう》の経絡が走っています。また、内側には脾臓《ひぞう》、肝臓の経絡が走っているのです。だから、大腿部の外側を長年にわたって強打していると、必ず腎臓や膀胱に障害が出ます。内側を強打しつづけていると、脾臓や肝臓に障害が出ます。これも、長い目で見ると、殺し技でしょう」

赤城は考えながら言った。

「今回はそういうケースじゃないな……」

美崎は、関心ない様子で言った。

「私は、訊かれたからこたえただけです」

「一般的な見方だな？」

「そう。一般的な見方です」

「先生、実際に遺体を見たらもっと具体的なことはわかるか？」

「さあね。どうでしょう。赤城さんは、誰かの頭のこぶを見て、どうやってできたか言い当てることができますか？」

「できねえだろうな……」

「それと同じことですよ」

「いや、ちょっと違うと思う」

「とにかく、僕とは関係ないことでしょう」

「まあ、そう言っちゃ身も蓋《ふた》もない」

受付から、笹本有里の声がした。

「先生、患者さんです」

美崎は赤城の顔を見た。

赤城は言った。

「邪魔したな、先生。また来るよ」

「患者としてなら、歓迎します」

「いや、今度は遺体を見てもらうことになるかもしれない」

「私にそんな義務はありません」

美崎は、椅子から立ち上がった。そして、戸口へ行こうとしたが、そのとき机に立てかけてあった、奇妙な形の杖を手にした。

素材は何かわからないが、固そうな木でできている。持ち手が短い棒の形をしており、杖全体でいうとT字型をしている。持ち手が金槌《かなづち》のような形といったほうがわかりやすいだろうか。

赤城は、整体院を出るとき、受付の女子大生に声をかけた。

「またな……」

笹本有里はほほえみを返した。

整体院を出ると、碓氷は言った。

「どうも、乗り気じゃないようだな、あの先生」

赤城は、にやりと笑った。

「いや、今頃気になってしかたがないはずだ」

「どうしてそんなことがわかる」

「長い付き合いだからな……。あの先生は、武術がらみの犯罪を無視できない」

「達人だと言ったな？」

「ああ。間違いなくな」

「杖をついていた。足が悪いんだろう？」

「左の膝をやられている」

「ならば、達人などというのは、昔の話だろう？」

「いや、あの人は膝を傷めてから達人になったんだ」

「訳がわからないな……」

「そういう境地があるんだそうだ」

3

新島卓郎《にいじまたくろう》は、ゴミを出すために裏口のドアを開けた。コンビニの深夜のアルバイトは、最近物騒なので、ことさらに注意していた。

甲州街道沿いに立つコンビニで、店の前が駐車場になっている。

その駐車場のほうから、派手なラップが聞こえてくる。カーステレオからぶちまけられる音だ。

卓郎は舌打ちした。

また、やつらだ……。

窓に黒いフィルムを貼ったバンに乗った三人組だ。白いごついバンだ。最近、暴走族はこうした車を好むようだ。かつてのように、改造したスポーツ車に、バンが取って代わりつつある。

三人組は、たまにこのコンビニにやってくる。店の中で大声で騒ぎ、他の客の迷惑だ。だが、誰も何も言えない。いつか、注意したアルバイト店員が外に連れ出されてボコボコにされた。

三人のうち一人は、サバイバルナイフを出してちらつかせた。いつも持ち歩いているのだろう。

その事件以来、彼らには逆らうなと店長にもいわれている。年は、おそらく卓郎よりずっと若い。卓郎は、二十三歳のフリーターだ。おそらく、あの三人は、まだ十代だろう。

その三人が車から大音響のラップを流し、駐車場でとぐろを巻いているのだ。

卓郎は店の中に戻り、ガラス戸越しに彼らの様子を見ようとした。

あれ……。

卓郎は思った。彼らの姿が見えない。車だけが残っている。いつしか、大音響のラップも聞こえなくなっていた。

卓郎は、もうひとりのアルバイトに耳打ちした。

「あの三人はどうしたんだ？」

「え……？」

彼は、そのときようやくガラス戸越しに駐車場を見やった。「さあ、誰かとあそこで話をしていたみたいだけど……」

「誰か……？　誰だよ、あんなやつらと話をするのって……」

「知らねえよ。車の陰になって見えなかったからな」

あんなやつらと関わりたくないという口調だ。

それはそうだ。見るからに危険な三人組なのだ。金髪に染めた短髪。まだガキのくせにオールバックにしているやつ。それに坊主刈りだ。

彼らはいつも野戦服のようなものを着ていた。金髪のやつが迷彩で、オールバックは黒一色、坊主刈りはオリーブドラブだった。

卓郎も関わりたくない。だが、車を置き去りにして三人がどこに行ったのか気になった。

「ちょっとレジ頼む」

卓郎は言い置いて、表のドアから外に出た。やはり三人の姿は見えない。車の窓が開きっぱなしだった。

店の裏手は、坂になっており、その先は住宅街だ。細い道の十字路があり、左手に折れるとすぐに月極の駐車場があった。

そちらのほうから何か物音がする。卓郎は、恐る恐る近づいた。怖いもの見たさだった。

物音はすぐに止み、住宅街は静まりかえった。マンションの陰になって、駐車場の中は見えない。卓郎は、そっとマンションに近づき、身を乗り出して駐車場のほうをうかがった。

仄暗《ほのぐら》い街灯が一本立っている。

三人組が駐車場の地面に倒れているのが見えた。

何があったんだろう。

卓郎は訝《いぶか》しく思った。誰かにやられたに違いない。だとしたら、いい気味だ。

卓郎は、店に戻ろうとした。

あの三人がどうなろうと、知ったことではない。

戻り際にもう一度ちらりと倒れている三人を見た。

彼らは、ぴくりとも動かない。

変だな……。

卓郎は、さらに駐車場に近づいた。金髪の少年が仰向《あおむ》けに倒れていた。その顔が街灯に照らし出されている。

目を開けたまま倒れている。瞬きをしない。

死んでるんじゃないのか？

そのとき、卓郎は、駐車場の奥に誰かが立っているのに気づいた。

不気味な男だった。全身真っ白だ。白い詰《つ》め襟《えり》のスーツを着ている。髪は銀色だった。

まだ若い男だ。

卓郎は、ぞうっと全身に鳥肌が立つのを感じた。

そっとその場を離れ、店に戻ろうとした。心臓が破裂しそうだった。

とにかく、警察に知らせなければ……。

卓郎は、携帯電話を取りだして一一〇番にかけていた。

「また、少年の変死体か……」

誰かがつぶやいた。

碓氷は、駐車場の三つの死体を見下ろしていた。捜査の段取りはいつもと同じだ。

一一〇番通報があり、所轄の地域課の係員が駆けつけた。地域係から署活系の無線で署に連絡が入る。それから、一斉の無線が流れた。

その間に、機動捜査隊《きそう》が現場到着《ゲンチャク》、続いて所轄の鑑識と刑事がやってくる。

碓氷たち本庁捜査一課は、最後になった。

碓氷は、現場にまた赤城がいることに気づいた。

「今日も書類仕事で本庁に泊まり込みだったんじゃないだろうな？」

碓氷は赤城に言った。

「今日は俺たちの班が当番だ」

「なるほど……。これで、よけいな策を弄さずにこの件の担当になれたわけだ」

「やはり、手口は同じに見えるな……」

赤城が周囲を見回しながら言った。

碓氷はうなずいた。

「被害者にも共通点が見られるな」

「西池袋の件の被害者、身元はわかったのか？」

「ああ、わかった。少年犯罪課に資料があった。西池袋でつっぱっている連中だ。ギャングだった」

「そんなこったろうと思った」

「あそこに、少年犯罪課のやつが来ている」

碓氷が指差したほうを赤城が見た。

「知ってる」

赤城が言った。「富野《とみの》だろう。ぼうっとして、何考えてるかわからないやつだよな」

「だが、殺人《コロシ》の現場に来るなんて見上げたもんじゃないか」

「ふん」

赤城が鼻で笑った。「刑事になりたいんじゃないのか？」

「まさか……。生活安全部といえば、刑事なんかよりずっと出世コースだぜ」

「話を聞いてみよう」

赤城は、富野に近づいた。碓氷はそのあとをついていった。

富野が二人に気づいた。無表情だ。赤城が言ったとおり、何を考えているかわからないタイプだ。

年齢は三十代の前半。階級は、たしか巡査部長だ。

「知ってるやつらか？」

赤城が富野に尋ねた。

「いいえ」

富野はこたえた。「でも、きっと多摩のほうの所轄に聞けばわかるでしょう」

「多摩……？」

「通報者に聞きました。どうやらそっちのほうのマルソーらしいです」

「暴走族か……」

赤城がうめくように言った。

碓氷が尋ねた。

「抗争事件か？」

富野はかぶりを振った。

「抗争なら、もっと派手な喧嘩になっているでしょう」

碓氷はさらに尋ねた。

「西池袋のギャングのメンバーが三日前に殺されている。あの件との関連は？」

「あるでしょう」

富野はあっさりと言った。「手口が同じ。被害者は、非行少年」

「五日前の横浜の事件とも共通点がある」

赤城が尋ねた。「同一犯だと思うか?」

「当然、そうでしょう」

「やけにはっきりと言うじゃないか」

「まどろっこしいことは嫌いなんです。誰が見ても、明らかでしょう」

「誰かが、悪ガキを狙って殺して歩いているということか?」

「実行犯が一人とは限りませんよ。被害者は常に複数です」

駐車場の出入り口のほうが騒がしくなった。

「なんだろうな……」

赤城がそちらを見た。

碓氷は言った。

「行ってみようじゃないか」

パトカーの前に制服を着た警察官がおり、興奮した面持ちで何事か話をしている。聞いているのは、私服だ。

たぶん制服を着ているのは、所轄である高井戸署の地域係だろう。私服は同じ署の刑事だ。

身柄確保とか、犯人とかいう言葉が聞こえる。

「何事だ?」

赤城が、高井戸署の刑事に尋ねた。

「犯人の一人の身柄を確保したと言ってるんだ」

「身柄確保?」

赤城と碓氷は同時に、地域係員の顔を見た。まだ若い巡査だ。

「はい。通報者が目撃した人物と人相風体が一致しましたので、緊急逮捕しました」

「どこにいる?」

赤城が尋ねる。

「パトカーの中にいます」

「そのパトカーか?」

「そうです」

赤城が窓から中を覗き込んだ。碓氷もそれにならった。

碓氷はぎょっとした。白ずくめの男が後部座席でふてくされたような顔をしていた。着ているものはすべて白。詰め襟の服にそろいのズボンだ。そして、髪も真っ白だった。

最初、白髪なのかと思ったが、男の顔を見てそんな年齢ではないことがわかった。

よく見ると、髪は白ではなく銀色のようだ。染めているのかもしれない。

「話を聞いてもいいか?」

赤城が、所轄の刑事に尋ねた。

「ああ、かまわないが……」

そのとき、背後から声がした。

「そいつは、犯人なんかじゃない」

振り向くと富野がすぐ後ろに立っていた。すぐ近くにいるのに、碓氷はまったく気配を感じなかった。

「犯人じゃない？」

赤城が尋ねた。「知っているやつなのか？」

「知っています」

富野が言った。「私の情報源のようなものです。協力者ですよ」

「情報源だって？」

刑事なら誰でも独自の情報源を持っているものだ。少年課でもそのあたりの事情は変わらないのかもしれないと碓氷は思った。

「しかし……」

若い地域係が抗議した。「その人物は、現場で目撃されているんですよ。事件に関係している可能性は否定できません」

富野は面倒くさげに言った。

「違うんだよ」

「とにかく……」

高井戸署の刑事が言った。「疑いが晴れるまで、署で預かるしかないな。事件直後に現場で目撃されているとなれば、立派な参考人だ」

富野は、何も言わなかった。

まどろっこしいことが嫌いだと言ったのは本当のようだ。ここで抗議しても始まらないことを、彼は知っているのだ。

目撃者が現場にいたと供述する人物と人相風体が一致している。となれば、いくら富野が知り合いだと言っても、すぐに放免にすることはできない。

事件の現場にいたのは本人か。そうだとしたら、何の目的でそこにいたかなどを確認しなければならない。

少なくとも名前と住所だけは聞き出さなければならない。

警察官なら当然わかっているはずだ。だから、富野は何も言わないのだろう。

富野は、碓氷たちのもとを離れていった。

「署に身柄を運ぶから、署のほうで話を聞いたらどうだ?」

高井戸署の刑事が言った。

赤城はうなずいた。

「そうさせてもらう」

碓氷は、富野が何をしているのか気になり、彼の姿を眼で追った。

富野は駐車場の出入り口に張られている、黄色いテープの外にいた。野次馬が集まっており、その中の一人と話をしていた。

その男も、碓氷には異様な風体に感じられた。パトカーの中の男とは対照的だ。こちらは全身黒ずくめなのだ。

黒のタートルネックのシャツに黒いスーツ。靴も黒だ。髪も黒。どこか茫洋とした印象がある。

富野はあくまでも無表情のまま話をしている。黒ずくめの男は、その話を聞いているのか聞いていないのかわからない風情だ。

彼も情報源の一人なのかもしれない。

碓氷はそう思った。

富野も妙なやつだが、情報源とやらも妙なやつらだ。

「おい、パトカーが出るぞ。いっしょに行くか？」

赤城が言った。

「俺はここに残る。それより、富野を連れて行ってやるべきじゃないか？」

赤城はちょっと考えてから言った。

「どこにいる？」

「駐車場の外で誰かと話をしている」

赤城は、富野を見つけると大声で言った。

「おおい、富野。パトカーが出るぞ。いっしょに行くか？」

富野が返事をした。

「あとで行きます」

赤城が所轄の刑事とともにパトカーに乗り込んだ。

目を戻すと、富野と黒ずくめの男の姿が消えていた。

富野のやつ、いったい何をしにここに来たんだ……。

碓氷はそんなことを考えていた。

黒ずくめの鬼龍光一《きりゅうこういち》が言った。

「孝景《たかかげ》が捕まった……？」

富野輝彦《てるひこ》はうなずいた。

鬼龍光一が孝景と呼んだのは、安倍《あべ》孝景。パトカーで身柄を署に運ばれた白ずくめの若者だ。

富野は、現場付近の野次馬の中に、鬼龍光一の姿を見つけた。彼とは、因縁がある。

いくつかの事件で彼の手を借りたこともあるし、富野が彼を助けたこともある。

「事件直後に現場にいたらしい。目撃者がいる」

富野は言った。「いったい、何をやっていたんだ?」

「知りませんよ」

鬼龍は言った。「僕は彼の保護者でも何でもない」

「現場にあんたもいた」

「僕はただの野次馬です」

「真夜中だ。こんな時間にここを通りかかっただけだというのか?」

鬼龍光一と安倍孝景は同業者だ。二人とも平たくいえば「お祓《はら》い師《し》」だ。

鬼龍の家系は「鬼道衆《きどうしゅう》」と呼ばれているらしい。奈良の桜井市に本家があるという。巻向山《まきむくやま》の麓《ふもと》の神社だそうだ。

正確には神社と呼んでいいのかどうか、富野にはわからない。上古・古代の聖地はすべて現代では神社ということになっているらしいから、それで通用するだろうと富野は思っている。

鬼龍一族が祀《まつ》っているのは八百万《やおよろず》の神ではないのだそうだ。彼らの祭祀はさらに古い。なんと、卑弥呼《ひみこ》の「鬼道」にまでさかのぼるのだという。

出雲という国は、大和朝廷以前には強大な勢力を誇っており、その祭礼は広く日本に行き渡っていたのだそうだ。

出雲の習俗や宗教観の特徴は、一言でいえば火と山だ。金鉱と冶金《やきん》を専門とする技術集団だった出雲一族は、その生活様式から独自の宗教観を生みだした。

竜蛇をトーテムとして祀っていた。竜蛇というのは、ウミヘビのことだ。

この習俗は、現在では沖縄に残っている。また、東北地方にも竜にまつわる伝説は多い。

出雲民族は、日本各地にコロニーを作った。大和や熊野にもコロニーがあり、神武東征に抵抗したナガスネヒコは、そのコロニーの族長だったという。

ちなみに、ナガスネヒコのナガは、蛇神を表すナーガから来ているという説があるそうだ。

そして、奥州安倍氏の祖は、ナガスネヒコの弟のアビヒコだと伝えられている。奥州にも出雲民族系のコロニーがあったのだ。

安倍孝景の家系はその安倍氏で、「奥州勢《おうしゅうぜい》」と呼ばれている。

ナガスネヒコ、アビヒコはトミ姓だ。それぞれ、トミノナガスネヒコ、トミノアビヒコと呼ばれていた。

富野もその血を引いているに違いないと、鬼龍や孝景は言うのだが、富野は両親や親類縁者からそんな話は聞いたことがない。

だいたい、鬼龍や孝景の話は、常識に照らして、信じられるようなものではない。

だが、過去に彼らの話を否定できない不可思議な事件に何度か遭遇したのも事実だ。

鬼龍や孝景の話を聞いていると、現実というのはいったい何なのだろうと、富野は思ってしまう。

刑事や警察官というのは、現実主義でなければならない。法律というきわめて現実的なもののために働いている。

そして常識や良識というものを基準に考える癖がついている。だが、彼らと行動をともにしていると、その常識というのがいかに曖昧であるかを痛感してしまう。

とにかく、彼らとは、ある程度距離を置いてつきあうしかない。

富野はそう決めていた。

「おっしゃるとおり、僕はたまたまここを通りかかったわけじゃありません。仕事ですよ」

「……ということは、孝景もそうなんだな？」

「そうかもしれませんね。彼の情報網はなかなか優秀です」

「亡者《もうじゃ》か？」

「はい」

「じゃあ、この事件にも亡者が関わっているというのか？」

「はい」

富野は思わず、小さくうめいた。

鬼龍光一が亡者と呼ぶのは、死人のことではない。

怒り、憎しみ、妬《ねた》み、嫉《そね》み、怨み……。そうしたマイナスの思いが強すぎると、その怨念が凝り固まって人の心と体を支配するようになる。

すると、人は本来の心を失い欲望の虜《とりこ》となる。それが亡者だ。

亡者は「陰の気」に包まれている。「陰の気」は、亡者が他人を取り込むときにも作用するという。

亡者が活動するとき、必ず「陰の気」の痕跡が残る。鬼龍光一は、それを求めて歩き回る。

鬼龍の仕事は、「亡者祓い」なのだ。本家を継ぐために、修行として「亡者祓い」をやらされているらしい。

鬼龍に言わせると、動機が曖昧な犯罪の多くに、特に性犯罪や暴力的な犯罪の多くに亡者が関わっているらしい。

「陰の気」は、暴力や官能といった人間の裏の側面に強く作用するのだ。亡者になった者は、理性で押し止めていた性への渇望や暴力的な衝動を解放させる。

理性によって人の社会は成り立っている。「陰の気」は、その理性を失わせる。人間を衝動だけの生き物に変える。

「被害者も、多かれ少なかれ、亡者になりかけていましたがね……」

鬼龍は言った。

「なるほどな……。衝動を抑えるべき理性を放棄した若者たちか……」

「世間では、非行少年が更生できると考えているようですね。彼らをまだ人間だと思っている」

鬼龍は淡々と言った。むしろ悲しげですらあった。「一部の少年はたしかに更生します。普通の人ができないような偉業を達成する人すらいます。しかし、それがごく一部だということを忘れてはいけません。亡者となり、人の心を失った者は、二度ともとには戻れません。祓うしかないのです」

「少年の再犯率の高さは、いやというほど思い知らされているよ」

富野は、不愉快になった。

「ひじょうに残念なことに、日本が豊かになったことが、亡者を生む土壌になっているのです」

「どういうことだ?」

「例えば住宅です。人々は豊かになり、子供に個室を与えられるようになった。一人で部屋に閉じこもる子供は、陰の気を溜め込みやすい。家族といっしょに茶の間で過ごす時間が多いときには、陰の気はそれなりに発散されていくのです。個室でマイナスの情念を溜め込むとそれがいつしか凝り固まり、陰の気を生じ、やがて亡者が生まれます」

「祓えば、もとの人間に戻ることもあるんだろう?」

「あります。病気と同じで亡者にも軽症と重症があります。陰の気の強さも影響しますし、亡者になってからの時間経過も影響します。軽症の場合、祓えば正気と理性を取り戻せます。しかし、人の心を食い尽くされてしまった場合は、祓えば廃人になってしまう」

「亡者は亡者を作る。そうだったな?」

「はい。たいていは性的な関係をもって相手を虜にします。虜になった者はやがて、陰の気に心を侵食されて、亡者になります。性的な関係は亡者のエネルギー源の一つです」

「しかしな……」

富野は言った。「捜査会議でそんな話はできない。こっちの精神状態を疑われる」

鬼龍は肩をすくめた。

「別に僕は警察に理解してもらおうなんて思っていませんよ。僕は僕の仕事をするだけです」

「孝景はどうする?」

「いい薬になるでしょう。放っておけばいい」

「そうもいかんよ。あいつのことを知っていると言っちまったんだ」

「それはあなたの問題ですね」

富野は溜め息をついた。

「いっしょに高井戸署まで来てくれ」

「何のために、僕が……」

「たのむよ」

富野は言った。「孝景がおとなしく俺の言うことをきくとも思えない」

「僕の言うことだってききません」

「だから二人で行くんだ」

鬼龍はしばらくぼんやりとした顔で何か考えていた。

やがて、彼は言った。

「富野さんにたのまれたら、いやとは言えませんね」

「ねえ、僕もまだ帰してもらえないんですか？」

鬼龍光一が言った。徹夜をしたのだが、まったく疲れた様子を見せない。富野も警察官だから、徹夜には慣れている。だが、疲れていた。

安倍孝景の身柄が運ばれた高井戸署で結局夜を明かしたのだ。

富野が掛け合ったところで、容疑者として逮捕された安倍孝景をすぐに釈放させることはできなかった。

結局、孝景は留置され事件の翌日も、取り調べを受けることになった。

富野は、何度も彼は犯人などではないと言った。だが、誰も相手にしてくれない。とにかく、会わせてくれと言ったが、捜査員たちは、少年犯罪課の出る幕じゃないといって取り合ってくれなかった。

「孝景など放っておいて帰りましょうよ」

鬼龍が言った。

富野もそうしたかった。埒《らち》があかないのだから、ここにいても仕方がない。そう思ったとき、富野は名前を呼ばれた。

捜査員の一人が富野のほうを見ていた。その捜査員の眼も赤かった。だが、彼は疲れているようには見えない。

近づくと汗臭かった。事件を追っている捜査員はたいていそうだ。

「何でしょう?」

富野は、その捜査員に尋ねた。四十代のはじめに見える。階級はわからない。彼は言った。

「あんた、容疑者のことを知っていると言っているらしいな」

「彼は、僕の情報源の一人です」

「本庁《ホンブ》の少年犯罪課だって?」

「そうです」

「言ってることが要領を得ないのだが……」

何を言っているか、だいたい想像がついた。孝景は鬼龍ほど大人ではない。現実主義者と折り合いをつけようなどとは、はなから考えていない。

捜査員は言った。

「『外道《げどう》』ってのは何のことだ？　あいつ、外道を祓うのが仕事だ、なんて言っている」

「お祓い師なんです」

富野は言いながら、無力感を覚えていた。刑事は誰もが現実主義者だ。そうでなければつとまらない。

「お祓い師だって？」

「ええ。ここにいる鬼龍も同業者です」

「少年犯罪課ってのは、お祓い師を情報源にしているのか？」

「彼らは、かつていくつかの事件で協力してくれたことがあるんです」

「それで、外道ってのは何のことなんだ？」

富野は、鬼龍のほうを見た。

「それは、専門家に聞いたほうがいいでしょう」

捜査員は、胡散《うさん》臭そうに黒ずくめの鬼龍を見た。鬼龍は、飄々《ひょうひょう》とした態度で言った。

「人の心を失った連中です」

「俺もその点についちゃ自信がないんだがな……」

「孝景は外道と呼びますが、僕らは亡者と呼んでいます。人の怨念が実体を持つほどに凝り固まると、それが人の心を蝕《むしば》んでしまいます。つまり、亡者になるのです」

捜査員は、怪訝《けげん》そうな顔を富野に向けた。

富野は思わず顔をしかめていた。

「おい、まさか殺人《コロシ》の犯人はその外道だか亡者だかだっていうんじゃないだろうな」

富野は苦笑してみせるしかなかった。

「そんなはず、ないでしょう」

「じゃあ、何でお祓い師が現場で身柄を拘束されたんだ？」

「彼らには彼らの理屈があるのです。非行少年は、ある意味で心を病んでいる少年たちです」

「たまげたな。本庁の少年犯罪課は、精神鑑定だけじゃ不足で、お祓い師にまで頼っているのか？」

もちろん皮肉だということはわかった。

刑事課の人間は少年犯罪について、悔しい思いをしている。全件送致主義が問題なのだ。つまり、すべてを家庭裁判所に送らなければならない。

最近は逆送といって、検察に戻される事案も増えてきた。だが、全件送致のために十全に捜査が行えないという弊害もある。

逆送されてからでは、証拠の多くは失われているのだ。

そして、少年犯罪の審議では精神鑑定が頻繁に行われる。この捜査員はそれを皮肉っているのだ。

「犯罪を検挙するだけでは、少年犯罪の問題はなくなりません。心のケアが必要なんです」

富野は言った。

「ふうん……」

捜査員は、不審げな顔つきで富野を見ていた。「だが、そいつはお祓い師が死体のそばで検挙されたことの説明にはなっていないな……」

「本人は何と言ってるんです？」

捜査員はしばらく黙っていた。

富野に教える必要があるかどうか考えているのだろう。やがて、彼は言った。

「外道の気配を追っていただけだと言っている」

鬼龍が言った。

「それは、おそらく本当のことです。陰の気と呼んでいます。人の強い怨念や情念が凝り固まったものです。亡者はその痕跡を残します」

この説明で納得する刑事などいるはずがない。富野は、頭を回転させた。寝不足の頭が辛うじて働いている。

「孝景は、死体のそばで検挙されたわけじゃないでしょう。おたくの地域係が駐車場のそばで逮捕したと言っていた」

「そりゃあそうだが、通報者の目撃証言がある。死体のそばに白い男が立っていたという証言だ。安倍孝景を表現するのに、白い男以上の言葉はない」

「その目撃証言ですが、殺人の現場を目撃したわけじゃないんでしょう？　死体のそばに立っているのを目撃しただけなんですよね？」

「おい、弁護士みたいなこと言うなよ」

捜査員は急に面倒くさそうな態度になって言った。「とにかく、容疑が晴れるまでは帰れないよ」

「会わせてもらえませんか？」

「会ってどうする？」

富野は返事に窮した。

たしかに会ってもどうすることもできない。おそらく孝景は本当のことを言っている。祓うために外道の気配を追っていた。

孝景は、猟犬みたいな男だ。外道を見つけたらまっしぐらに追いはじめる。だが、その本当のことが、刑事たちの常識と合致しない。刑事たちの常識というのはつまり世間の常識ということだ。

法律も世間の常識を前提に作られている。

「引き上げるか……」

富野は鬼龍に言った。

鬼龍はこたえた。

「だから、最初からそう言ってるじゃないですか」

富野は、ひどい徒労感を覚えて出入り口に向かった。鬼龍がついてきた。

「面倒な説明を僕に振りましたね」

鬼龍が背後から言った。

富野は、振り向かぬまま言った。

「あんまりうまい説明じゃなかったな……」

「嘘をついても始まりません」

「おかげで俺は変人扱いだ」

「僕の知ったことではありませんね」

富野は、署を出ると立ち止まって振り返った。

「それで、あの三人を殺したのは亡者なのか？」

「それはわかりません。ただ、亡者が密接に関係しているのはたしかです。感じませんでしたか？　あの現場周辺にも陰の気が立ちこめていたのですが……」

「俺とおまえたちをいっしょにするなよ」

「あなたも僕たち同様に強い力を持っているはずなんですがね……。まだ、それを充分に自覚していない」

「ああ、自覚なんてしたくないよ。俺は警察官だ」

鬼龍は何も言わなかった。

富野は言った。

「付き合わせて、悪かったな……。孝景のこと、なんとかしなきゃならないと思ったんだが……」

「そのお気持ちには、孝景に代わって礼を言っておきますよ」

「何かわかったら、知らせるんだ」

富野は言った。「勝手に動き回ると、おまえも警察に捕まるはめになるぞ」

「僕はそんなへまはしませんよ」

「だといいがな……」

鬼龍は歩き去った。

4

「帳場が立つ。行ってくれ」

曽根崎課長が、高尾と丸木に言った。

高尾が尋ねた。

「緑署ですか？」

「いや」

課長は言った。「警視庁だ」

「警視庁……？」

高尾が眉をひそめた。「何で、神奈川県警の人間が、警視庁の帳場に参加しなけりゃならんのです？」

丸木も意外に思っていた。

「西池袋の事件と下高井戸の事件を知っているだろう。いずれも、緑区の事件と共通点がある」

「それはわかりますよ。ならば、緑署に捜査本部を置けばいいじゃないですか。最初の事案は横浜の緑区で起きたんだ」

「つまらんことでごねるな。いいか？　警視庁と池袋署、高井戸署、それに県警本部、緑署の合同捜査本部だ。緑署に収まりきると思うか？　事件の進展によっては、さらに参加する署が増えるかもしれない」

高尾がうめいた。

「どうせ、警視庁のやつらが音頭《おんど》を取ろうとするんだ。あいつらは、いまだにオウム事件のことを持ち出しちゃ、神奈川県警のことを見下している」

「なら、おまえが行って評価を変えてこい」

「無茶言いますね……」

「明日は、朝から警視庁に直行してくれ」

席へ戻るとすぐに電話が鳴った。

丸木はすぐに手を伸ばして受話器を取った。受付からだった。高尾に来客だという。

受話器を渡すと、高尾は言った。

「誰だ？」

しばらく受付の話を聞いていた。高尾はふいににやりと笑った。

「わかった。すぐに行く」

受話器を置くと、高尾は丸木に言った。

「いっしょに来い。懐かしい連中が会いに来ている」

丸木は立ち上がり、犬のように高尾のあとをついていった。

一階の受付まで下りると、高尾がほほえんだ理由がすぐにわかった。

制服姿の高校生が二人。そして、めりはりのきいた美しい体形をした美女が立っていた。

高校生たちの制服は、今時珍しい黒い詰め襟だ。

赤岩猛雄《あかいわたけお》、賀茂晶《かもあきら》、水越陽子《みずこしようこ》の三人だ。

一番目立つのは赤岩猛雄だった。とても高校生とは思えない巨漢だ。肩や胸が筋肉で盛り上がっている。

水越陽子は、誰が見ても美人だった。ウエストは引き締まり、胸は誇らしげに突き出ている。腰も丸く張りがあり、脚が長くすらりとして見えるが、太ももは充実している。

賀茂晶が最も目立たない。身長もそれほど高くはない。細身で弱々しく見える。髪型は長くもなく短くもなく、街中で見てもとても印象には残らないタイプだ。

「こいつは珍しいな」

高尾がいつになく上機嫌で言った。「また、首相官邸までパレードしたくなったか?」

赤岩はかつて、相州連合という暴走族の二代目ヘッドだった。そして、水越陽子は、赤岩と賀茂晶が通う南浜《みなみはま》高校の教師だ。

さて、問題は賀茂晶だが、かつて自殺未遂をしたことがある。学校の屋上から飛び降りたのだ。

一命は取り留めたが、そのショックのせいか人格に変調をきたしたことがある。

他の人格が彼に入り込んだ。少なくとも本人はそういう行動を取っていた。

その他人の人格というのが、飛鳥《あすか》時代の霊能力者だ。鬼を自在にこき使ったといわれる役小角《えんのおずぬ》なのだ。

丸木は、そのことについてどう判断していいかわからない。

賀茂晶が演技をしていたのかもしれない。しかし、たしかに賀茂晶は、数々の奇跡を起こしたように見えた。

南浜高校が取り壊されて、公営住宅を作ろうという計画が持ち上がっていた。それは、与党の議員とゼネコン、そして神奈川県の三つどもえの汚職事件でもあった。

賀茂晶は、その計画を頓挫させた。

高尾が言った「首相官邸までのパレード」というのは実際の話だ。賀茂晶は、なんと首相官邸にまで乗り込んだのだ。

たしかに丸木は奇跡を見た。あのときはそう思った。

だが、その事件の直後、役小角の人格は消え去り、もとの賀茂晶に戻ってしまった。

そして、丸木も何か夢を見ていたような気になっていた。現実に起こったこととは思えなかった。

あるいは、幸運な偶然が重なっただけなのかもしれない。時間が経つとそんな気がしてきたのだ。

あまりに常識から外れた出来事だった。そして、賀茂晶の言動も常識はずれだった。

だが、すべて終わったことだ。丸木はそう考えていた。

丸木は、水越陽子に会えるのはいつでも歓迎だ。彼女は、高尾にほほえみを返すと言った。

「旧交を温めに来たわけじゃないの」

「ほう。じゃ、何の用だ？」

「用があるのは、あたしじゃない。彼よ」

水越陽子は賀茂晶のほうを見た。

高尾は賀茂晶を見てうなずきかけた。

「よう。元気そうだな」

賀茂晶もうなずいた。鷹揚《おうよう》な態度だ。高校生とは思えない。

「吾子《あこ》も変わりないようだ」

ゆったりとした口調で賀茂晶が言った。

丸木は、自分の顔からほほえみが消えていくのを自覚していた。

高尾は、逆だった。面白そうに、声を上げて笑った。

「おい、そいつは演技じゃないだろうな？　俺をかついでいるのか？」

賀茂晶は何も言わない。穏やかな顔で高尾を見返しているだけだ。

丸木はその眼に気づいた。

黒々とした瞳の奥に、無限の空間が広がっているような眼差し。深い光をたたえている。

「まさか……」

丸木は、思わずつぶやいていた。

水越陽子は、丸木を見てうなずいた。

高尾は、言った。

「じゃあ、今のあんたは賀茂晶じゃないんだ」

賀茂晶は、ゆったりとうなずいた。

「わが名はオズヌ」


丸木は高尾に、どこかあいている部屋を探してこいと言われた。庁内を走り回り小会議室の一つを押さえた。

「久しぶりにオズヌが会いに来てくれたのはうれしいが……」

部屋に収まると、高尾が水越陽子に言った。「旧交を温めるために来たわけじゃないと、あんたは言ったな？」

「緑区で少年が三人殺された件を、賀茂君がひどく気にしているの」

「賀茂じゃなくて、役小角がだろう?」

「そういうことね」

「そもそも、いつからこうなったんだ?」

「こうなった?」

「えー、賀茂晶の人格と役小角の人格が入れ替わったというか……」

「あたしが気づいたのは、事件の直後よ」

「そりゃあ、同じ年代の人間が殺されたんだから気にはなるだろう」

「東京でも同じような事件が起きている。そうでしょう?」

「西池袋と下高井戸だ」

高尾は、赤岩に尋ねた。「何か知ってるのか?」

赤岩は無言で首を横に振った。

「殺された三人は、相州連合とは関係ないのか?」

赤岩はこたえた。

「ない」

「じゃあ、殺された三人に輪姦《マワ》された女の子はどうだ?」

赤岩ではなく、水越陽子が反応した。

「マワされた？」

「そうだ。輪姦されたんだ。ガキの悪さだ。車で若い女を拉致して遊んで捨てる。ガキどもはプレステなんて言っている。プレイして捨てるからプレステだ」

「新聞にはそんなことは出ていなかった……」

「被害者は未成年だ。しかも性犯罪だからな。新聞は書かない」

「その子はどうしてるの？」

「病院に入っている。話を聞けるような状態じゃない」

「相州連合と関係はない」

赤岩は、低く凄味のある声で言った。「だが、相州連合の縄張りで好き勝手やらせるわけにはいかない」

「たまげたな」

高尾は言った。「おまえ、足を洗ったんじゃないのか？」

赤岩は、にこりともせずに言った。

「OBの責任だ」

「OBね……」

高尾があきれたように言うと、水越陽子が言った。

「赤岩君は、暴走族とは手を切った。でも、相州連合をずっとまとめてきたのよ。今でも大きな影響力があるわ」

「そして、あんたもな」

「あたしは、ただの教師よ」

「いや、ただの教師じゃない。たった一人で神奈川の暴走族をまとめちまった相州連合初代総長の彼女だった」

「過去のことよ。小暮紅一《こぐれこういち》は、もうこの世にはいない」

一瞬、高尾が神妙な表情になった。彼は話題を戻した。

「赤岩、縄張りで好き勝手やらせないというのは、どういう意味だ？　被害者のことを調べたということか？」

「調べた」

赤岩は言った。「組織には属していない」

「ただの悪ガキというわけか。最近のガキはたちが悪い。平気で性犯罪を繰り返す。もっとすかっと殴り合いでもやってエネルギーを発散すればいいのにな……」

「ばかな大人がくだらないレイプもののAVなんか作るからよ」

水越陽子が言った。

「まあな。ガキが悪いというのは、大人が悪いということだ。俺にも経験があるが、ガキどもってのは、悪いことをやってみたいもんなんだ。それを首根っことっつかまえて躾《しつけ》するのが大人の役割なんだが、最近の大人はガキどもの顔色をうかがってばかりいる」

高尾のその言葉を無視するように、赤岩がぼそりと言った。

「三人を殺《や》ったのも、相州連合とは関係のないやつだ」

高尾は、しばらく赤岩を見つめていたが、やがて言った。

「おまえの言うことだから信用しよう」

丸木は驚いた。

高尾のことを充分に理解したつもりだが、こういうところはついていけないと感じてしまう。どうして、高尾はもと暴走族のリーダーの言葉を信用できるのだろう。

高尾はさらに言った。

「相州連合以外の暴走族の仕業ということはないのか？」

赤岩は無言でかぶりを振った。

赤岩の代わりに陽子が言った。

「赤岩君が情報を集めた限りでは、暴走族は関わっていない」

高尾は考えながら言った。

「西池袋では、ギャングのメンバーが殺された。下高井戸では、多摩の暴走族のメンバーが殺された……。緑区の件は、ギャングや暴走族じゃなかったが、おそらく性犯罪を繰り返していた悪ガキどもだ」

陽子が付け加えた。

「そして、被害者の全員が未成年」

高尾はうんざりした顔をした。

「そうした共通点を上げていくと、ひどく不愉快な犯人像が浮かぶんだがな……」

丸木が思わず尋ねた。

「犯人像？　それはいったい……」

「東京の二件のことを知ったときから嫌な気分だったんだ。俺たちの仕事をばかにしているやつがいる」

「どういうことです？」

「少年犯罪に腹を立てているやつの仕業だとは思わないか？　少年犯罪は、増加の一途だ。しかも凶悪化している。だが、加害者の量刑があまりに少ないと考えているやつらが少なくない」

「それは仕方がないでしょう」

丸木は言った。「僕たちは、少年法に則って仕事をするしかない」

「その少年法に腹を立てているやつがたくさんいるということだ」

「少年法は改正されたじゃないですか」

「例えば、少年犯罪の被害者は、改正ごときじゃ満足しないんだよ。自分の息子や娘が殺されて、加害者が二年やそこらで娑婆《しゃば》に戻ってこられるんだ」

「仕方ないですよ。それが法律です」

「法律が実情に合わないと考えている連中は少なくない」

「じゃあ、高尾さんは、一連の事件が少年同士の抗争なんかじゃないと思っているわけですね？」

「あたりまえだ。喧嘩にしちゃ、手際がよすぎる。おそらく組織だった犯行だ」

「組織だった犯行……」

丸木が鸚鵡返《おうむがえ》しにつぶやくと、陽子が言った。

「非行少年への制裁。おそらくその考えは正しいと思う」

高尾は言った。

「……ということは、犯人あるいは犯人グループは、大人だな」

陽子はうなずいた。

「赤岩君もそう言っている。これは、大人と少年の戦争になるかもしれないと……」

「大人と少年の戦争……？」

「そう。赤岩君がその言葉を口にしてから、賀茂君がまた変わってしまった……」

「役小角が降りてきたというわけか」

「そう。彼は何かを感じ取っている」

陽子にそう言われ、高尾は賀茂晶に尋ねた。

「いったい、何を感じているんだ？」

賀茂晶は、吸い込まれるような深い光を湛《たた》えた眼を高尾に向けた。

「怒りと悲しみ……。そして、大きな力じゃ」

高尾は眉をひそめた。

「大きな力……。大きな組織を持っているということでしょうか」

丸木は言った。「たとえば、暴力団のような……」

高尾はかぶりを振った。

「暴力団がガキを殺す理由などない。やつらは、常に人材を募集中なんだ。この赤岩なんか、何度広域暴力団傘下の組からスカウトされたことか……。なあ」

高尾は赤岩を見たが、赤岩は何も言わなかった。

「じゃあ……」

丸木は言った。「いったい、何者です？」

「ばかか、おまえは……」

高尾は言った。「それがわからないから、これから捜査本部を作って洗い出すんじゃないか」

丸木は、はっと現実に引き戻される気分だった。賀茂晶の一言で、すっかり別の世界に引き込まれそうになっていた。

そうだった。彼らが何を言おうと何の確証もないのだ。これから本格的な捜査が始まる。

賀茂晶の言葉にはつい現実を忘れさせるような不思議な力がある。

「大人と子供の戦争か……」

高尾は腹立たしげに言った。「ふざけやがって……」

そのとき賀茂晶が言った。

「会《お》うてみたい」

高尾は不意をつかれたように賀茂晶を見た。

「会いたい？　誰にだ？」

「心を病んで、臥《ふ》せっておるという娘だ」

「レイプの被害者のことを言ってるのか？」

賀茂晶は、能面のような顔をかすかに歪めた。

「唐人《からびと》のような言葉はようわからぬ」

「つまり、殺された三人といっしょに車に乗っていた娘のことをいっているんだな？」

「そうじゃ」

高尾は考え込んだ。

丸木が代わりに言った。

「面会謝絶ですよ。まだ、話が聞ける状態じゃないそうです。ひどくショックを受けたようで……」

陽子が無言で高尾を見た。高尾はそれに気づいたように陽子を見返した。

やがて、高尾は言った。

「おもしろいな。やってみる価値はあるかもしれない」

丸木はまたびっくりした。

「本気ですか？　会ってどうなるというんです？」

「おまえは、賀茂晶が……、いや役小角が起こした奇跡の数々を忘れたのか？」

「忘れました」

丸木はきっぱりと言った。「あれは現実ではなかったと思うことにしました」

「なら、思い出せ」

高尾は立ち上がった。


病院というのは、来るたびに気が滅入る。丸木はそう思った。看護師がトレイにのせて運ぶ注射器や金属の器具がなにやら恐ろしげだし、点滴のスタンドを持ちながら歩き回る患者を見るたびになぜかぞっとする。

病室のスライドドアの脇に椅子があり、そこに制服を着た警察官が座っていた。巡査の階級章をつけている。

高尾が警察手帳を開いてバッジと身分証を見せた。おそらく所轄の生活係だろう、制服を着た警察官は立ち上がりもせずに言った。

「何の用だ？」

高尾がこたえた。

「彼らは、中にいる子の親しかった知り合いだ。面接を希望している」

「誰にも会わせるなといわれている」

「誰にいわれたんだ？」

「上司だ」

「俺が許可する。入るぞ」

「待てよ。医者の許可は取ったのか？」

「必要ない」

「面会謝絶なんだ」

「知ってる。だが、俺が許可すると言ったんだ。聞こえなかったのか？」

「あんたにその権限があるのか？」

高尾は、かすかに笑った。丸木はその顔を見てそっと溜め息をついた。肉食獣が獲物を見つけたような顔つきだ。

高尾は、巡査の前に立ちちょっと間を取った。巡査はむっとした顔で見返している。

高尾は巡査の胸ぐらをつかまえると、力ずくで立たせた。

「何をするんだ……」

巡査は怒りを露わにする。

高尾は彼を壁に向かって突き放した。

「俺は、巡査部長だ。階級が上の者が来たら、ちゃんと立って話をしろ。暴走族だって上下関係はわきまえてるぞ。おまえみたいな警官がいるからガキどもになめられるんだ」

凄味がきいている。巡査とは役者が違う。

巡査は、驚きの表情になった。

高尾はさらに言った。

「おまえは、所轄の係長か課長に命令されているんだろう。俺は県警の本部から来た。命令系統は俺のほうが上だ。わかるか？」

巡査は怪訝そうな顔をしていたが、高尾の顔を見てあわててうなずいた。

「よし。俺たちが出てくるまで、誰も入ってこないようにここで見張っていろ。いいな」

「はい」

巡査はうなずいた。

高尾は、巡査を睨みつけながらスライドドアを開けた。

高尾に続いて賀茂晶が入り、そのあとに陽子が、そして赤岩が続いた。最後が丸木だった。

陽子が高尾に言った。

「賀茂君に頼めば、すんなり入れたのに……」

賀茂晶、いや役小角の呪術。それを丸木も何度か見たことがある。一瞬にして、相手に暗示をかけることができるようだ。

病室は個室だった。

少女が横たわっている。目を閉じていた。彼女は気配を感じ取り、はっと目を開いた。そして、上にかけていた毛布を両手で強く握り、口を開いた。

悲鳴を上げそうな顔だ。だが、声は出なかった。怯えた表情のまま、部屋に入った五人を見つめている。

陽子が言った。

「心配しなくてもだいじょうぶよ。ちょっと話を聞くだけ」

その声は、彼女の耳に届いていない様子だった。ただ、怯えているだけだ。徹底的に精神を痛めつけられたようだ。

レイプの被害にあった少女の中には、正気を失う者もいる。少年課にいる丸木は、そういう事例を知っていた。それほどの衝撃なのだ。その上、彼女は殺人現場を目撃してしまった可能性がある。

人間は、あまりに衝撃的な出来事に直面すると、自己を守るために思考をシャットアウトしてしまうのだと、丸木は聞いたことがある。

おそらく、彼女は今そういう状態なのだろうと、丸木は思った。

賀茂晶が歩み出た。まっすぐに彼女を見つめている。

彼女はさらに怯え、小さく、ひっと声を上げた。

賀茂晶が言った。

「名は何と申す？」

毛布を胸に抱き、逃げ場を探すようにびくびくしていた少女は、賀茂の眼を見た。そのとたんに動きを止めた。

まるで吸い寄せられるように賀茂の眼を見つめている。

賀茂晶は、もう一度言った。

「名は何と申す？」

まるで時間が止まったようだ。

丸木はそう思った。病室の中では、誰も身動きをしなかった。

やがて、少女が口を開いた。

「中山……」

彼女のか細い声が聞こえた。

賀茂晶が言った。

「それは、氏《うじ》か姓《かばね》であろう。名は？」

少女は、訊かれるままに素直にこたえた。

「美香」

「ミカと申すか」

賀茂晶は言った。「ミカ。怯えるな。訊かれたことに、すみやかにこたえよ」

少女は、ゆっくりとうなずいた。恐怖の表情は消え去り、ぼうっとした顔になった。

賀茂晶は、高尾に言った。

「訊きたいことを、訊くがよい」

高尾は、少女に尋ねた。

「ナカヤマ・ミカ。どういう字を書くんだ？」

「中山は、横浜線の中山と同じ……。ミカは、美しいに香る……」

丸木はメモ帳を取りだしてそれを書き留めた。

「住所は？」

高尾が尋ねる。

「町田市成瀬ヶ丘一丁目……」

やはりな、と丸木は思った。彼女は横浜線沿線に住んでいるのではないかと考えていたのだ。苗字を訊かれて横浜線の中山と同じとこたえたからだ。

町田市成瀬ヶ丘は、東京都だが横浜線沿線だ。成瀬という駅が最寄りの駅だ。

「あんたは、緑区の路上から救急車でここに運ばれてきた。そのことを覚えているか？」

高尾が中山美香に尋ねた。

美香は、またゆっくりとうなずいた。

「その夜、何があった？」

美香はぼんやりと宙を見つめた。思い出そうとしているようだ。その顔がゆっくりと苦痛に歪んでいく。

彼女は口を半開きにした。丸木は、その口から悲鳴が飛び出すのではないかとひやひやしていた。いくら個室だからといっても、悲鳴を上げたら病院の職員が飛んでくるだろう。

賀茂晶の声が聞こえた。

「美香。案ずるな。災いは去った」

美香は、賀茂晶の顔を見た。その顔からゆっくりと苦しげな表情が消えていく。

「美香。こたえよ」

彼女は、とぎれとぎれにしゃべりはじめた。

「町田でナンパされたの……」

今や、町田は渋谷や池袋以上に少年犯罪の多い街といわれている。少年犯罪は、都市部から郊外へと拡散する傾向がある。

高尾が尋ねた。

「向こうは三人いたな？」

美香がうなずく。

「あんたは一人だったのか？」

美香は首を横に振った。

「三人。カオリとシホがいっしょだった……」

「それから……？」

「ドライブしようって、車で……」

「車に乗ったのか？」

美香はかぶりを振った。

「断って、あいつらとは別れた……」

「どうして、あんた一人だけがやつらの車に乗ってたんだ？」

「カオリやシホと別れて町田の駅のそばにいるときに、突然後ろから車が来て……。口を押さえられた……。気がついたら車ん中にいた……」

「それから何が起きた？」

「車の中で輪姦《マワ》されて……。あそこで捨てられそうになった……。そのとき、別の車が来て停まって……」

眼がかすかに泳ぎはじめた。記憶が曖昧なのかもしれないと丸木は思った。

「別の車……？」

高尾が尋ねた。

「黒い大きな車だった……」

「あんたが乗せられたような車か？」

美香はしばらく考えてからうなずいた。

黒いワンボックスカーということだろう。

「それから、何が起きた……？」

美香はゆっくりとかぶりを振る。

「覚えてない……」

「黒い大きな車が停まったとき、あんたはどこにいた？」

「わかんない」

「その車を見たということは、あんたは三人組の車の外にいた。道路にいたはずなんだ。何か見ているはずだ」

美香は、眼をそらしてしきりに考えている。

高尾がさらに言った。

「三人はあんたを捨て去ろうとした。だから、あんたは車の外にいた。そうだろう？」

美香の眼の光がにわかに強まった。

「そう。あたし、車の外にいた。そこに、後ろからヘッドライトが近づいてきて……」

その口調は次第にはっきりしたものになっていった。

「大きな黒い車が、あいつらの車の前に停まった……。そこから人が降りてきて……。車に戻ろうとしていたあいつらを引きずり出して……」

そこで言葉が途切れた。

高尾が尋ねる。

「何が起きた？」

「わからない。本当に……。最初、あたしを拉致《らち》ったやつらが喧嘩を売ってたらしい。でも、その後に何が起きたのかわからない。気がついたら三人は倒れていた……」

高尾は、ゆっくりと大きく息を吸い込んだ。

「黒い大きな車からは、何人降りてきた？」

「たぶん、三人……。でも、はっきりとはわからない」

高尾は、うなずいた。

病室のドアが開いた。

「あなたたち、何をしてるんです？」

中年の女性看護師が戸口に立っていた。

丸木は、まずいことになったと思い、うろたえた。だが、高尾は平然と言った。

「見舞いだ」

「面会謝絶ですよ。患者さんは話もできない状態なんです」

「そいつは妙だな。ちゃんと話をしてくれた」

中年の看護師は怪訝そうな顔で高尾と中山美香を見比べていた。

「彼女に何をしたんです？」

「何も……。ただ話を聞いただけだ」

高尾は出入り口に向かった。

5

警視庁の大会議室の眺めは壮観だった。総勢二百名ほどの捜査員が並んで座っている。碓氷もこれほどの規模の合同捜査本部は久しぶりだった。

『少年連続暴行殺人事件特別捜査本部』という戒名《かいみょう》が立った。

捜査員はたいてい、所轄ごとや班ごとにまとまって座るが、碓氷は赤城を見つけてそのとなりに腰を下ろした。

「富野が来てるぞ」

赤城が碓氷の顔を見ぬまま言った。

「被害者がみな非行少年だ。特に東京で起きた二件は、非行少年グループのメンバーだからな。少年犯罪課がいてもおかしくはない。神奈川県警からも少年課が来ているはずだ」

「あそこに座っているのがそうだろう」

赤城は、振り向いて後ろのほうの席を顎《あご》で指し示した。碓氷も振り返ってそちらを見た。

黒い革のジャンパーを着た、やけに体格のいい男が腕組みをしている。そのとなりには、青白い頼りなさげな若い男がいる。おそらくあの革ジャンの同僚だろうと思った。

やがて幹部がやってきて、捜査員たちは一斉に起立した。赤城は、うめきながら立ち上がった。腰が痛いらしい。

警視庁の刑事部長と、神奈川県警の刑事部長、そして、各所轄の署長が並んで正面の席に座った。

それから、管理官と捜査一課長が座る。

捜査本部は、刑事部長や署長が指揮をとることになっているが、実際に多忙な彼らが捜査にかかり切りになるわけではない。

事実上の陣頭指揮は、管理官と捜査一課長がとることになるだろう。幹部の紹介のあと、警視庁の刑事部長が捜査員の士気を鼓舞《こぶ》すべく挨拶をした。

それから、事実説明が始まった。各所轄の捜査一課長が説明をする。捜査員たちは、難しい顔で配布された資料を睨み、ノートにメモを取る。

殺人の捜査となるとメモの量も膨大になる。手帳程度ではとても間に合わない。捜査員はたいていルーズリーフのノートを用意している。付箋ばさみがついたルーズリーフを使用している者が多い。

長い事情説明の間、碓氷は赤城が紹介してくれた美崎という整体師が言ったことについて考えていた。

たしかに、頭を強打した場合、脳内出血が起きることがある。硬膜内出血や硬膜外血腫について美崎が言ったことも間違いないだろう。

しかし、例外なく脳内出血を起こさせるような技術があるとは思えない。外からの衝撃による脳内出血というのは、偶発的なものだ。

頭を強打しても軽症で済む者もいれば、運悪く脳内出血で死んでしまう者もいる。個人差があるのだ。

今回の事件の被害者は、いずれも死亡している。

頸椎骨折が原因の場合もすべて死に至るとは限らない。救急車で病院に運ばれれば、助かるケースも少なくない。

とにかく、ただの街中の喧嘩でないことだけは明らかだ。非行少年同士の喧嘩なら、殺し合うにしても刃物か、バット、鉄パイプなどの鈍器を使うだろう。

やがて、鑑識の報告が始まった。

碓氷は、期待していた。死因が特定できれば、手口も明らかになるかもしれない。

まず、第一の事件である横浜緑区の事案が報告された。

三人の死因は、意外にも扼殺《やくさつ》だった。つまり素手で首を絞めて殺したということだ。

三人のうち、一人に硬膜外血腫が見られ、また一人は頸椎を損傷していた。だが、それが直接の死因ではなかった。

三人は絞め殺されたのだ。

西池袋の三人も同様だった。

頸椎の損傷が二人。頭部への打撲を思わせる軽微な出血が一人。だが、やはり直接の死因は首を絞められたことだ。扼殺だ。

下高井戸の事件も共通点が見られる。

三人の被害者のうち、一人はやはり頸椎を損傷していた。その被害者は、右肘の関節を脱臼《だっきゅう》していた。

二人目も頸椎の損傷あり。三人目は、硬膜外血腫の初期にあった。三人ともやはり首を絞められたことが直接の死因だった。

すでにすべての被害者の身元が確認されていた。

横浜緑区の被害者は、特定の組織には属していなかったが、地元ではかなり有名な非行少年だった。

西池袋の三人は、いわゆるストリート・ギャングだ。

下高井戸の三人は、多摩地区を拠点とする暴走族のメンバーだった。

いずれも非行少年だ。補導歴はあるが、刑事事件で送検されたことはない。

「美崎先生が言ったとおりだな……」

赤城がそっと言った。

「そうか？」

碓氷は言った。「全員が首を絞められて死んでいる。美崎先生は、脳内出血や頸椎の損傷のことを言っていなかったか?」

「鑑識の報告を聞いていなかったのか。全員がそのどちらかを起こしている」

「だが、それが死因じゃない」

「死因になりうるけがだ。だが、犯人は確実に首を絞めて殺した。おそらく抵抗力がまったくない状態でとどめを刺したんだ」

碓氷は突然、名前を呼ばれた。

正面席にいる田端守雄《たばたもりお》捜査一課長が碓氷と赤城のほうを見ていた。田端課長は、叩き上げの刑事だ。首が太く、猪のような体格をしている。

田端課長は、捜査本部の副主任をつとめていた。

「はい」

碓氷は立ち上がった。

田端課長が凄味のある眼で睨んで言う。

「何か意見があるのかね?」

「あ、いえ……」

碓氷は、会議の話題がどこまで進んでいたかわからなかった。赤城との会話に気を取られていたのだ。

「赤城と何か話し合っていたようだが……」

　碓氷の代わりに赤城がこたえた。

「被害者たちの死因についての参考意見を二人で聞いてきたんです。そのことについて、ちょっと話し合っていました」

　彼らより前の席にいる捜査員たちが振り返った。

　田端課長は、司会進行役の池谷《いけたに》管理官のほうを見た。池谷管理官は、捜査本部長の刑事部長を見た。

　刑事部長が赤城に言った。

「死因についての参考意見？　それはどういうことだね？」

　赤城は大儀そうに立ち上がり、発言した。

「知り合いに武道の達人がいましてね。空手をやっているんですが……。本職は整体師です。その人に手口についての意見を聞きました」

「整体師で武道の達人……？」

　捜査員たちが興味を示すのが、肌で感じられた。

　警察官は、剣道や柔道の経験者だ。学生時代にかなりの腕前だった者も少なくない。

　赤城は続けた。

「その先生は、三つのケースについて教えてくれました。まず、第一に頸椎の損傷。第二に脳内出血。これは、硬膜内出血と硬膜外血腫の二つに分けられる。そして、脳の酸素不足。これは柔道なんかで絞め落とされるやつです。鑑識の結果を見るとすべてが、その先生が教えてくれたケースに当てはまる」

「なるほど……」

刑事部長が言った。「犯人は何らかの武道をやっていると言いたいのか？」

「その可能性は否定できないでしょう。なにせ、跳ねっ返りのガキどもを外傷らしい外傷を与えずに殺している」

「跳ねっ返りのガキども？　彼らは被害者だぞ。言葉に気をつけなさい」

「これはマスコミの会見じゃないんでしょう？　本音でいきましょうや」

碓氷は、赤城のこの言葉に冷や冷やした。刑事部長といえば、雲の上の存在だ。周りのみんなも落ち着かない様子になった。

だが、刑事部長は赤城の態度より気になることがある様子だった。思案顔で、赤城に言った。

「不意を襲ったという可能性もある」

「不意を襲ったって、そうそう手際よく片づけられるもんじゃありません」

刑事部長は、池谷管理官の耳に何事かささやいた。池谷管理官はうなずくと、後ろの席のほうに眼をやった。

「何だね？」

誰かが手を挙げたらしい。

「横浜の件では、目撃者に話を聞けました」

碓氷は振り返って見た。神奈川県警の少年課の男が立ち上がっていた。革ジャンの男だ。立ち上がると、いっそう体格のよさが際だった。

碓氷は赤城を見た。赤城も碓氷を見ていた。互いにかすかにうなずき合い、着席した。

突然指名されて肝を冷やした。赤城が救ってくれた。

碓氷は、横浜の事案で目撃者がいたという事実に驚いていた。ならば、手口がはっきりするかもしれない。

「名前を言ってくれ」

池谷管理官が言った。

「神奈川県警生活安全部少年課、高尾です」

「目撃者は何者だ？」

「三人の被害者に拉致されて、輪姦の被害にあった少女です」

捜査本部内が少しだけざわめいた。

そのざわめきを打ち消すように、池谷管理官が尋ねた。

「現場にいたのか？」

「いました。ですが、ひどい精神的なショックを受けてしばらく面会謝絶の状態でした」

「そんな状態で話が聞けたのか？」

「なんとかしましたよ。少女の話では、車内で乱暴されたあと、現場に放り出されたんだそうです。そのときに、黒い大きな車がやってきて、中から三人ほどの男たちが降りてきたそうです。そして、気がついたら少女を乱暴した三人が道路に倒れていたということです」

捜査本部内が再びざわめいた。

碓氷も驚いていた。その少女は殺害の現場を目撃したことになる。そして、手口や被害者の共通点から見て、少女が目撃したのは、東京で起きた二つの事件の犯人でもある可能性が高い。

池谷管理官が確認するように尋ねた。

「殺害の現場を目撃したんだな？」

「本人は覚えていないと言っています。気がついたら、彼女を襲った犯人が道に倒れていたと……」

「覚えていない……？」

「集団に暴行されて、道に放り出された直後なんです。おそらく精神的に錯乱した状態だったでしょう」

捜査員の何人かがうめいた。

高尾の説明に、思い当たる節があると感じたのだろう。碓氷もそうだった。

強姦された直後、女性は放心状態になることがしばしばある。ほとんど無知覚状態になる。

見聞きしたものを覚えていないというのもよくあることだ。

精神科医に言わせると、自我を守るために情報をシャットアウトしてしまうのだそうだ。

「肝腎《かんじん》の殺人現場を覚えていないということか……」

池谷管理官が独り言のように言った。

「ですが……」

高尾が言った。「もし、強烈な印象があれば、彼女も覚えていたかもしれません」

池谷管理官をはじめ幹部たちが一様に怪訝そうな顔をした。

「どういうことだ？」

「おそらく、犯人たちの手際がおそろしくよかったのでしょう。それは、現場の様子もそれを物語っています。東京の二件も、そうだったと思います。つまり、手際がよすぎて見ていても何をしたのかわからなかった。だから、まったく印象に残らなかったと考えれば……」

「何が言いたいのかね？」

池谷管理官がますます怪訝そうな顔になって尋ねた。「要点を言ってくれ」

「整体師だか武道家だかの先生から話を聞いてきた、そこの警視庁の人の考えてることが的を射ているような気がするんですよ。つまり、犯人は何かの武道の使い手だ。しかも、全員かなりの腕前です」

赤城がゆっくりと振り向いて、高尾を見た。高尾は、正面の幹部席をまっすぐに見ていた。

池谷管理官は、刑事部長と何事かひそひそと話し、田端課長とも話をした。それから、おもむろに言った。

「それについては、慎重に対処しよう。どんな場合でも予断は禁物だ」

管理官らしい発言だと碓氷は思った。

赤城と高尾の話を聞いて、捜査員たちの多くの意識の中に犯人像が作られようとしていたに違いない。

管理官はそれを戒《いまし》めたのだ。出発の時点で間違った犯人像を作ってしまうと、捜査が混乱する恐れがある。

管理官は、高井戸署の刑事課長を指名した。

「容疑者の身柄を確保しているという報告が入っていますが……」

高井戸署の刑事課長が立ち上がる。

「安倍孝景、年齢二十二歳。お祓い師だと自称しております」

「お祓い師……？」

「高井戸署の地域係員が、現場付近にいるところを身柄確保しました。通報者の供述によると、安倍孝景と人相風体が一致する人物が現場となった駐車場内で、倒れた被害者たちを見下ろしていたということです」

池谷管理官は尋ねた。

「それで、何か聞き出せたか？」

「それが、供述の内容が要領を得ませんで……」

「どんな供述をしているんだ？」

「自分は外道を祓うために、外道の気配を追っていただけだと……。陰の気を追っているうちにあの駐車場にたどりついたんだと言っています」

「何のことだ、それは……」

「捜査を攪乱《かくらん》しようとしているのか、それとも精神に異常があるような演技をしているのか……」

「精神に異常？　受けこたえはどうなんだ？」

「ごく普通ですが……」

「あの……」

捜査員の一人が手を挙げた。

池谷管理官は、睨むようにその捜査員を見て言った。

「何だ？」

「その容疑者は、本庁の少年犯罪課のかたの情報源だと聞きました」

「本庁の少年課？　誰だ？」

「そこにおいでの方です。その方は、高井戸署に、容疑者の同業者を連れてやってきて、安倍孝景は犯人ではないと言われました」

池谷管理官が、その捜査員が指差したほうを見た。碓氷もそこを見た。

富野が座っていた。

富野はかすかに顔をしかめていた。

「どういうことか、説明してくれるか？」

管理官が言った。「名前を言ってからだ」

富野は立ち上がって、所属と名前を言った。

「たしかに、自分は鬼龍光一という協力者を伴って高井戸署に行きました」

「キリュウ・コウイチ？　それが、容疑者と同業者なのか？」

「そうです」

「お祓い師といったか？」

「はい」

「それが少年犯罪課の情報源だというのか？」

「自分の個人的な情報源です。彼らは、実際、過去に二つの事案の捜査に協力してくれています」

「今、捜査と言ったな？　それは刑事の仕事だ。少年犯罪課の仕事じゃない」

「合同捜査本部ができる大きな事案でした。連続少女暴行殺人事件と連続乱闘死亡事件です。自分もその捜査本部に参加しました」

池谷管理官は、ゆっくりとうなずいた。

「たしかにその二件は、少年が大勢関わっていたので、少年犯罪課も捜査本部に加わってもらった。君が参加していたわけだ」

「はい」

「だが、なんでお祓い師なんだ？」

「少年犯罪は、さまざまな要素が複雑に絡み合っています。別に自分は神頼みをしているわけではありません。彼らはさまざまな情報源の一部に過ぎません」

池谷管理官は不審げな表情だった。

「それで、安倍孝景はどうして現場にいたんだ？」

「それは自分にもわかりません。たぶん、彼が供述しているとおりなのでしょう。彼らの仕事のことは、我々の常識では理解できません」

「それではこたえになっていないな」

「そうとしかこたえようがありません。とにかく、彼らの言うことを一般的な常識で理解しようとしても無理です」

「だが、君は彼らを情報源として使っているのだろう？　どんな情報を得るんだ？」

「彼らは彼らなりの理屈で行動をしています。つまり、祓うべき相手を祓っている。それが、不思議と事件の犯人のそばに近づいていく。偶然かもしれません。しかし、過去の二つの事案では、彼らはおおいに役に立ってくれました」

「ＦＢＩは、透視能力者を使うそうだよ」

刑事部長が言った。

池谷管理官は、驚いた顔で刑事部長を見た。

刑事部長は笑みを洩らした。

「冗談だよ。だが、これ以上彼に質問しても合理的なこたえは聞けそうにない。問題は、安倍孝景という容疑者が、本当に容疑者かどうかということだ。彼が容疑者だという根拠は通報者の証言だけなんだね？」

高井戸署の刑事課長が直立不動でこたえた。

「は。そうです」

「だが、それは殺害の場面を見たわけじゃない。彼らしき人物が現場に立っていて、被害者たちを見下ろしていたというだけなのだろう？」

「はあ……」

「それ以外の証拠はないんだな？」

「ありません。本人の自白を取るべく努力しておりますが……」

「昨今、人権問題には特に気をつけなければならない。誤認逮捕で長期間勾留《こうりゅう》していたとなると、マスコミがうるさい」

「誤認逮捕……」

高井戸署の刑事課長の顔色がみるみる青くなった。

刑事部長は、管理官のほうを見て言った。

「どう思うね？」

「これ以上勾留すべき合理的な理由がなければ、すみやかに身柄を解放すべきだと思いますが……」

「しかし、事件直後に犯行現場にいたことは確かですし……」

高井戸署刑事課長が言うと、池谷管理官が溜め息をついた。

「参考人として、任意同行で話を聞くべきだったな。ただちに釈放しろ」

高井戸署刑事課長は、茫然と立ち尽くしている。

「ただし」

管理官は言った。「その者の今後の動向も気になる。富野君、君が責任を持ってその者の今後の動向を把握するんだ。いいな」

富野は、表情を閉ざしたままこたえた。

「はい。わかりました」

池谷管理官は、うなずいて二人を着席させると、言った。

「赤城君と碓氷君は、その整体師からさらに詳しい話を聞いてくれ。検死の結果を見せてもいい。高尾君の話を考え合わせると、何か参考になる意見が聞けるかもしれない。あとは、地取り、鑑取り、手口それぞれの班を作ってさっそく捜査にかかってくれ。以上だ」

6

富野は、高井戸署にやってきていた。捜査員たちの眼が冷たい。特に、刑事課長は怨みがましい視線を向けた。

逆恨みしているようだ。別に富野は彼らに不利な発言をしたわけではない。もとはといえば、高井戸署の地域係の先走りなのだ。

だが、高井戸署の捜査員たちは、八つ当たりする対象がほしいのだ。

安倍孝景が、所定の手続きを経て、留置場から出された。富野の顔を見ると嚙みつくように言った。

「いったい、警察ってのは、何なんだよ」

富野はうんざりしていた。高井戸署の連中には逆恨みを買い、孝景からは毒づかれる。つくづく面倒くさかったので、黙っていた。

孝景はさらに言った。

「俺は何にもしていないのに逮捕だぜ。訴えてやろうか」

富野は、周囲の高井戸署の署員の眼を意識して言った。

「静かにしろ」

「黙ってられるかよ」

「殺人現場をうろついていたおまえも悪いんだ」

「こっちは仕事をしていただけだぜ」

「だから、釈放してもらえるように、俺は努力したんだ」

「ふん。お世話様、だ」

いつ会っても、孝景の態度には腹が立つ。生意気な若者だと思ってしまうからだろう。それだけ、俺も大人になっちまったということか。

富野はそんなことを考えていた。

高井戸署の刑事課長に形ばかりの礼を言って署を去ろうとすると、刑事課長は言った。

「俺たちは、すぐに地取り、鑑取りの班に分かれて捜査に出る。あんた、どうするんだ?」

「捜査本部に戻れと言われてます。神奈川県警の少年課の係員といっしょに予備班に回れと言われまして……」

「予備班……」

刑事課長が気色《けしき》ばんだ。「そいつはいいご身分だな……」

通常、予備班というのは、準幹部クラスが割り当てられ、捜査本部でさまざまな調整業務を担う。いわばデスクだ。

「きっと、捜査の足手まといになると思ったんじゃないですか」

富野はそう言って高井戸署をあとにした。

曇り空で風が冷たい。三月といっても、まだ春の実感には程遠い。

「じゃあな」

孝景は署を出ると、すぐに別れようとした。

「待てよ」

富野は言った。「亡者を追っているんだろう?」

「外道だよ」

「今回の一連の事件に、その外道が関わっているということだな?」

「知らねえよ。俺は、外道の気配を追っているだけだ」

「おまえの情報網は、ばかにできないと鬼龍が言っていた」

「ふん、あいつが無能なだけだよ」

「鬼道衆は、奥州勢の本家筋に当たるんだろう?　そんなことを言っていいのか?　鬼龍は鬼道衆の跡取りだよな?」

「関係ねえよ。外道を祓う力が問題なんだ」

「その力も、俺には鬼龍のほうが上のように思えるんだがな……」

孝景は、富野を睨んだ。本気で腹を立てたようだ。この辺が若さだなと、富野は思う。

「早く外道の親を見つけ出さないと、事件はまだまだ続くぞ」

孝景が皮肉な口調で言った。警察の能力を嘲笑《あざわら》っているような言い方だ。

孝景のいう外道、つまり亡者は人を虜にして次々と亡者を増やしていく。病気が感染するようなものだ。その大元の感染源が『親』だ。

「鬼龍も探しているんだろう？」

富野は尋ねた。

「知るかよ」

孝景は歩きだした。

「どこ行くんだ？　駅はこっちだぞ」

孝景は振り向かずに言った。

「あんたと同じ方向に歩きたくないだけだ」

かわいげのないやつだ。

富野も孝景に背を向けて歩きだした。

警視庁の捜査本部に戻ると、富野は鬼龍に電話をした。

「孝景が釈放された」

富野が告げると、鬼龍ののんびりした声が返ってきた。

「何もしていないのだから、当然でしょう」

「そうもいかないんだよ。苦労したんだ」

「わざわざ、それを知らせるために電話をくれたんですか？」

「孝景が言っていた。今回の一連の事件の背後には外道がいて、早く親を見つけなければ事件はさらに続くってな……」

「ほう……」

「おまえさんも、亡者を追ってるんだろう？」

「祓うのが仕事ですからね」

「目星はついているのか？」

「言っておきますけどね、亡者の親を見つけたとしても、おそらく罰することはできませんよ。亡者にされた者たちが勝手に犯行に及んだのかもしれない」

「その点は調べてみないと何とも言えない」

「まあ、警察は警察の仕事をしてください。僕らは僕らの仕事をしますから」

「情報をくれ」

「そんな義理はないと思うんですが……」

「市民の義務だ」

「都合のいいことを……」

「とにかく何かわかったら教えてくれ。また電話する」

富野は鬼龍が返事をする前に受話器を置いた。

ふと、神奈川県警の少年課の係員に気づいた。革のジャンパーを着た、体格のいい男だ。富野のほうを見ていた。そばに、気弱そうな同僚もいる。

彼らは、富野と同じ予備班に割り当てられている。鑑取り、地取り、手口捜査の班の捜査員たちは出払っていたが、彼らは捜査本部に残っていた。

「なあ、あんた……」

革ジャンの男が富野に声をかけてきた。「さっき、おもしろいことを言ってたな？」

富野は、からかわれているのかと思った。

「あんた、高尾さんだっけ？　俺、そんなにおもしろいこと言ったっけ？」

「お祓い師の話だ。あんた、きっとそのお祓い師たちの言うことを信じているんだろう」

富野は、まともにこたえたくはなかった。ばかにされているのだと思った。

「ああ、信じてるよ。俺は幽霊もＵＦＯも超能力も全部信じている」

高尾は組んでいた脚を解き、身を乗り出した。革のジャンパーがぎしっと鳴った。

「俺も信じる」

富野は、しげしげと高尾の顔を見た。高尾はかすかに笑みを浮かべているが、富野をからかっているわけではなさそうだった。

「信じるって……、お祓い師の話をか？」

「彼らの行動は、俺たちの常識じゃ理解できないっていうあんたの言葉、よくわかるよ。実はな、俺たちが乱暴された少女の話を聞けたのは、ある人物の協力があったからだ」

「ある人物の協力？」

「ああ。そいつがいなければ、とても話を聞ける状態じゃなかった。少女は精神的に大きなダメージを受けていて面会謝絶の状態だった。医者にも話をしなかったらしい」

富野は興味を覚えた。

「どうやって話を聞き出した？」

「協力者が不思議な力を使った」

「不思議な力？」

「そうだ。たぶん、強い暗示なのだと思うが、そいつに名前を呼ばれると、何でも言いなりになっちまう」

富野は眉をひそめた。

「暗示……？　催眠術師か何かか？」

「横浜市内の高校生だがね……」

「高校生？」

「自分では役小角だと名乗っている」

「役小角……？」

富野は戸惑った。「あの、鬼を家来にしていたという……。たしか、山岳信仰の祖といわれている人物だよな」

「そう。転生者だ。たぶん、本物だと、俺は思っている」

「転生者……」

「その高校生は、あるとき自殺未遂をして、生死の境をさまよった。意識を取り戻したときには、別の人格になっていた。もともとの人格は陰に隠れ、役小角の人格がその高校生を乗っ取っていたというわけだ」

富野は、高尾の話にどう反応していいかわからなくなった。思わず、高尾の同僚を見る。たしか、丸木という名だった。

丸木は、眼が合うと、曖昧に小さく肩をすくめた。

自分は、常識的な人間だと思わせたい態度だと感じた。

「役小角は、いろいろな術を使ったそうだな。水の上を歩いたり、空を飛んだりしたそうじゃないか」

富野は探りを入れるつもりで、そう尋ねた。高尾はこたえた。

「伝説だろう。何でも仏教を奨励した時代に、役小角の伝説が利用されたらしい。鬼を家来にしていたというのも後世に作られた話のようだ。実際は、鬼と呼ばれた民族を使って何かをやっていたらしい」

「何かって、何だ？」

「鉱物資源の採掘と冶金だ。それは、役小角が生きていた時代には最高の技術だった」

「たしか、役小角は謀反《むほん》を企てた罪で大島かどこかに流されているよな」

「民族的な問題があったのかもしれない」

「民族的な問題？」

「おそらく役小角のもとで労働に携わっていたのは、古い時代の倭人《わじん》だ。つまり、まつろわぬ民だ」

「それは出雲民族のことか？」

「おそらくそうだろう。役小角の父親は出雲の賀茂氏だし、彼のゆかりの地は、出雲民族のコロニーだという」

「賀茂氏……？」

「ああ、役小角は、ある書物には賀茂《かも》役君《えんのきみ》と書かれている。役は氏で君が姓だそうだ。つまり、役小角は賀茂一族だ。そして、自殺未遂をした高校生の名前は賀茂晶」

富野は、眉をひそめた。

丸木が脇から言った。

「もちろん、賀茂晶が演技をしているという可能性もありますよ」

高尾が顔をしかめた。

「おまえの眼は節穴か？　どうしてその眼で見たことを信じない？」

「信じたくないからです」

丸木が言った。「役小角の転生者だなんて……」

「だから、おまえはだめなんだよ」

富野はふたりのやり取りなど聞いていなかった。気になることがあった。

「お祓い師たちだが……」

富野が言うと、高尾と丸木は富野のほうを見た。「鬼龍光一と安倍孝景という。鬼龍は、鬼という字に龍という字。安倍は安いに二倍三倍の倍だ。鬼龍は、鬼道衆と呼ばれる古い家柄で代々お祓いを生業《なりわい》としているらしい。その鬼道衆というのは、もともと卑弥呼の鬼道にも通じるというんだが……」

「卑弥呼の鬼道……？」

高尾が眉をひそめる。

「ああ、魏志倭人伝ですね」

丸木が言った。

「正式には三国志魏書倭人条というらしいが……。そう、それに出てくる鬼道だ」

「なんだか眉唾に聞こえるな……」

高尾が言う。

「だが、実際に鬼龍たちは亡者を祓う。俺はその現場を何度か見たことがある。そして、どうやら、鬼道衆も出雲と関係があるらしい」

「そういえば……」

丸木が言った。「鬼龍という名はたしかに出雲的かもしれません。役小角が使役していた鬼というのは、おそらく出雲系の人々でしょうし、出雲民族のトーテムは竜蛇、つまり、ウミヘビだったそうです」

「何だおまえ」

高尾が言った。「賀茂のことなんか信じたくないんじゃないのか？」

「役小角のことについて調べさせたのは、高尾さんじゃないですか」

「そうだっけな……」

富野は二人のやり取りを無視して言った。

「安倍孝景の血筋は奥州勢と呼ばれている。奥州安倍氏の末裔《まつえい》だそうだ。奥州安倍氏の祖はナガスネヒコの弟のアビヒコだと伝えられている。ナガスネヒコはトミ姓で、出雲系なんだそうだ。つまり、孝景の家も出雲系ということになる」

高尾が思案顔になった。何か悪だくみでもしているような顔つきだ。

やがて彼は言った。

「賀茂晶が言ったんだ。この事件には、何か大きな力が関与している」

「大きな力？　何のことだ？」

「大きな権力かもしれない。まだわからん。だが、こうも言った。これは、大人と子供の戦争の始まりかもしれない、と……」

「大人と子供の戦争……」

「被害者の共通点を見れば、なんとなく想像がつかないか？」

「少年同士の抗争なんかじゃないということだな？」

「会わせてみないか？」

高尾が言った。

「会わせる？」

富野は尋ねた。「誰と誰を……？」

「お祓い師たちと、オズヌをだよ」

7

碓氷は赤城とともに、再び美崎整体院を訪れていた。曇り空で冷たい風が吹いている。南国ではそろそろ桜の花の便りも聞かれるころだ。

東京はまだまだ肌寒い。碓氷は有栖川宮記念公園の脇を歩きながら、コートを着てくればよかったと思った。

赤城は、まっすぐに前を見ながら早足で歩く。がに股だ。

捜査本部では、部長刑事はたいてい巡査か巡査長と組まされる。こうして、部長刑事同士が二人で行動するのは珍しい。

しかも、多くの場合、所轄の刑事と本庁の刑事が組む。そうしたほうが捜査の効率がいいからだ。

赤城と碓氷は、手口捜査において他の捜査員に一歩先んじた。それで、二人が組むことになったのだ。

受付には、例の新体操をやっているという女子大生はいなかった。バイトが休みなのだろう。

美崎照人は、前回と同様に愛想がなかった。仕事を邪魔されるのだから当然かもしれない。施術が終わるまでしばらく待たされた。

待合室の患者がいなくなり、美崎はようやく赤城に声をかけた。

「これから出張治療なんです。用があるなら手短にお願いしますよ」

相変わらずの無表情だ。

赤城は言った。

「検死報告書や写真を持ってきたんだ。見てくれないかな」

「言ったでしょう。私は法医学者じゃない」

「捜査本部でね、先生の意見を発表したら、興味深い意見だということになってね……。まあ、とにかく見てくれよ」

赤城は書類を取りだした。通常、外部の人間に捜査資料を見せることはない。だが、相手が専門家の場合は別だ。

つまり、捜査本部は美崎をある種の専門家と判断したのだ。人体の構造には詳しい。整体のプロなのだから当然だ。そして、武道の達人だ。

「先生の言ったとおり、被害者には、頸椎の損傷や脳出血が見られた。だがな、死因は首を絞められたことだ。扼殺なんだ。被害者全員がそうだ。これについて、どう思うか聞きたいんだが……」

美崎は迷惑そうにしていたが、資料を読んだり写真を見たりするうちに次第に興味深げな表情になっていった。

普通は死体の写真など見せられたら、気味悪がるものだ。だが、美崎はまったく平気のようだ。腹が据わっている。

武道の達人というのは、嘘ではないようだと、碓氷は思った。

赤城は、資料を見つめる美崎の様子をじっと観察していた。やがて、美崎が顔を上げた。

「おそろしく冷静な犯人だということですね。確実に殺すことしか考えていない」

「詳しく説明してくれ」

「頸椎損傷や、硬膜内出血、硬膜外血腫は、最初の一撃でできたものでしょう。その段階で被害者は無力化されたはずです。ただの喧嘩や抗争ならそれで終わりでしょう。犯人たちは、その後に絞め落としたんです。息の根が止まるまで……」

「最初から殺すことが目的だったということだな？」

「そうとしか思えませんね」

「どうも、具体的なイメージがつかめないんですが……」

碓氷は言った。「犯人はいったいどういうことをやったんです？」

美崎がこたえた。

「技の特定はできません。ですが、合理的な技であることは確かですね」

「合理的？」

「つまり、危険な技です」

「一撃で相手を無力化したと言いましたね？」

「そのはずです」

「先生は、空手をやっていると赤城から聞きました。テレビで空手の試合や空手出身者の格闘技なんかを見ていると、とても一撃で人が無力化できるとは思えないんですが……」

「本当に合理的な技は、反則技になっていますからね……」

「反則技……」

「鍛えることのできない弱点を正確に攻めるのが合理的な技です。例えば、眼球、眉間、人中《じんちゅう》と呼ばれる鼻と上唇の間……。霞《かすみ》、あるいは太陽と呼ばれるこめかみ……。こういう急所は鍛錬のしようがありません」

「なるほど……」

「そして、重い頭部を支えているのは、たったの七つの骨なのです。頸椎の損傷はしばしば命取りになります」

「たとえば、脳内出血を起こしているやつは、何をやられたんです？　頭を殴られたって簡単に内出血はしませんよ。職業柄、頭を殴られて死んだケースを何度も見ていますがね、たいていは鈍器で殴られ、頭蓋骨を骨折して脳挫傷で死ぬんです」

「頭蓋骨はヘルメットのようなものです。頭部を素手で殴っても死に至ることはほとんどありません」

「じゃあ、蹴りですか？」

美崎は真顔でこたえた。

「実戦で、頭部に蹴りを放つなど、自殺行為ですよ。検死の報告書を見ると、硬膜内の出血と硬膜外血腫に分かれています。これは、打撃の方法が違う。硬膜の内側のいわゆる脳内出血は、おそらく開掌で頭部を打ったものでしょう」

「かいしょう……？」

「開いたてのひらです。そうすると、激しく脳が揺さぶられます。硬膜外血腫のほうは、こめかみを拳で強打したか、あるいはアスファルトの地面に叩きつけたものでしょう」

「地面に……？」

「投げ技か崩し技ですね。頸椎の損傷は頭部に急速に捻りを加えたもの。頸椎の捻骨は危険なので、整体やカイロでも禁止されています」

「どんな連中がやったのかわかりますか？」

美崎はかぶりを振った。

「それはわかりかねますね。空手家でもこうした技を知っている人はいます。柔術家にもいます。また、柔道の高段者にも可能でしょうし、プロレスなどの格闘技に長《た》けている人にも可能でしょうね。ただし……」

「ただし、何だ？」

赤城が尋ねた。

「殺し方を知っていても、それをいざというときに、実際に使えるかどうかは別問題です。どんな武道家や格闘家だって、相手を殺すとなると躊躇《ちゅうちょ》しますよ。だが、三つの事件では、何の迷いもなく相手を殺しているように思えます」

「つまり……」

赤城は尋ねた。「それはどういうことなんだろうな……」

「尋常じゃないことが起こっているということです」

「そりゃわかってるさ。立て続けに少年たちが殺された。尋常じゃねえ」

「単なる連続殺人じゃないという意味です」

「じゃあ、何だというんだ？」

「特定の対象を狙ったテロ行為。あるいは、戦争でしょうか」

「戦争だって……？」

「犯人グループはそれくらいの気迫だということです」

碓氷は思わず赤城の顔を見ていた。

赤城は不機嫌そうに顔をしかめていた。

美崎整体院を出ると、碓氷は赤城に言った。

「戦争だって……。冗談じゃない」

「だが、特定の対象を狙ったテロ行為だという意見にはうなずけるな」

「被害者に共通点があるからか？」

「ああ。全員が少年だ。それもただの少年じゃない。悪ガキだ」

碓氷は、急に憂鬱《ゆううつ》な気分になってきた。

気候のせいもあるかもしれない。どんよりとした曇り空で風が冷たい。

嫌な気分だった。

武道だか格闘技だか知らないが、悪用しようと思ったらこんなに物騒なものはない。だからこそ、武道の先生は秘伝だの口伝《くでん》だのと言って、危険な技を教えないのではないのか……。

だが、それはどうやら幻想のようだ。

たしかに美崎の言ったとおりだ。柔道の有段者だって人を殺すことはできる。アスファルトの道路に向かって投げ、絞め落とせばいいのだ。

喧嘩慣れしており、瞬間湯沸かし器のように挑発に乗りやすい非行少年たちを、一撃で無力化して、なおかつ確実に殺している。

それは、生半可な腕ではできないような気がした。つまり、長年武道や格闘技を修練した者たちが犯人と考えるのが妥当だ。

少年が犯人とは考えにくい。となると、大人たちが犯人ということになる。美崎の言うことが正しいとすれば、大人が非行少年に戦争を仕掛けているということになる。

「少年犯罪が増加の一途をたどり、なおかつ凶悪化している」

赤城が言った。「だが、少年法があり家裁の審議は非公開で、被害者の不満が募っている。量刑もあまりに少なすぎるという世間の声も強い」

「少年法が改正されて、地検への逆送が増える傾向にある。少年が刑事罰に問われるケースが増えている。地検に逆送された場合、公開捜査できるようにもなった」

「それでも手ぬるいと感じる連中が多いんだ。少年の凶悪犯罪は、たちが悪い。おもしろ半分で人を殺したり、女に乱暴したりしているように見えるからだ」

「実際にそうなんだろうな」

「そしてな……」

赤城は溜め息をついた。「たとえ少年院や鑑別所を出てきても、再犯率が高い。それが最近の少年犯罪の特徴だ」

「つまり、更生などしないということか？」

「更生するやつはするさ。だが、しないやつのほうが多い」

「少年課は努力しているんだろう？」

「ああ。非行防止のために、いろいろと手を打っている。講演会を開いたり、武道の大会を開いたりな……。だが、そういう催しに参加するのは、もともと非行などと縁のない少年少女たちだ」

「なるほどな……。世間の眼から見ればずれているわけだ」

　赤城が皮肉な口調で言う。

「だから、業《ごう》を煮やしたやつらが実力行使に出たんだ。そうは思わないか？」

　碓氷は、ますます憂鬱な気分になってきた。

「あんた、子供がいないんだよな」

　碓氷は赤城に言った。赤城は首を横に振った。

「俺は独身だと言っただろう」

「俺には子供がいる。息子が一人に娘が一人だ。両方ともまだ小学生だが、この先、どういうふうに育っていくのか、不安になってくる」

「ガキの犯罪は、大人の責任だという意見がある。ガキは大人を見て育つ」

　碓氷は溜め息をついた。

「だとしたら、あまり自信がないな……」

「誰だって自信なんて、ねえさ」

「累犯を防がなきゃな……」

二人は、美崎整体院からそれほど離れていない場所で立ち話をしていた。

「先生を尾行しようと思うんだが……」

赤城が言った。それは唐突な発言だった。

碓氷は驚いた。

「何だって？」

「あの先生は、必ず動く」

「どういうことだ？」

「武道家の犯罪だ。黙っていられなくなるんだ」

「ばかな……。素人《しろうと》の出る幕じゃない」

「あの人は素人じゃねえよ」

「相手が誰であれ、手を出したら傷害罪になる」

「武道家には武道家の世界があるんだ」

「武道家だって法律には従わなければならない。現代の日本は法治国家なんだぞ。江戸時代とはわけが違うんだ」

「何も、先生に事件を解決してもらおうってんじゃないんだ。囮《おとり》だと考えればいい」

「警察より早く犯人を見つけられるとは思えない。個人の情報網など知れている。捜査本部を出し抜いて、犯人たちに遭遇することなどできるはずがない」

「そうかな……」

赤城は言った。「あの先生ならできても不思議がないような気がするんだがな……」

張り込みや尾行は、刑事にとっては日常茶飯事だ。だからといって、何の準備もなしに始められるものではない。

交替要員も必要だし、尾行するには車も必要になるかもしれない。トランシーバーなどの装備も必要だ。

何より、碓氷にはコートが必要だった。美崎整体院のそばには、監視に使えるような喫茶店やレストランもない。

だが、赤城は本気で張り込みを始めるつもりのようだった。

碓氷は路地の角に立って、両肩をすぼめて震えていた。若い頃ならいざ知らず、四十歳を過ぎて、寒空の下、張り込みをするのはこたえる。

「いつまで、こうやってるつもりだ？」

碓氷は、つい不満を赤城にぶつけてしまう。

赤城が言った。

「すぐに動きがあるはずだ。言ってただろう？　出張治療があるって……」

赤城が言ったとおり、ほどなく美崎が姿を見せた。杖を持っている。左脚をわずかに引きずっていた。

「俺たちは面が割れているから、気をつけないとな……」

赤城が言った。

「武道の達人なんだろう？」

碓氷は言った。「気配とかでばれちまわないのか？」

「マンガかなんかの見過ぎじゃないのか？」

二人は、間に何人もの人をはさみ、距離をおいて尾行を続けた。美崎は、広尾駅から恵比寿方面に向かった。

恵比寿でJR山手線に乗り換え、五反田《ごたんだ》で降りた。東口に出てしばらく歩くと、マンションに入っていった。

「ただの出張治療だろう」

碓氷が言った。「尾行する意味なんてあるのか？」

「さあな……」

赤城が言う。赤城はマンションの出入り口を見つめている。

「治療となれば一時間近く出てこないんじゃないのか？」

「そうだろうな」

碓氷はまた寒さに震えていた。

「捜査本部に帰って、張り込みの態勢を整えたほうがいいんじゃないのか？」

碓氷が言うと、赤城が顔をしかめた。

「幹部が納得すると思うか？」

「説明すりゃ、納得するだろう」

「俺の経験から言うと無理だね。美崎は容疑者でも何でもない。あんただって、美崎を尾行することに意味があるとは思っていないだろう」

碓氷はこたえなかった。

赤城は言った。

「誰も、俺の言うことになんて耳を貸さないさ」

「だが、二人じゃ無理だ。第一、俺たち美崎先生に顔を知られている。尾行は無理だ」

「嫌なら、降りてもいいんだぜ。俺一人でやる」

碓氷は、本当にそうしようかと思った。

捜査はチームワークだ。捜査本部にすべての情報を集め、組織力を使う。だからこそ効果がある。

単独で動くことを強く戒められるのは、その行為が効率が悪いだけでなく、組織的な捜査の障害になりかねないからだ。

「どう考えても、無駄な気がする」

碓氷は言った。「たしかに、犯人が武道の達人だというのはうなずける。だが、先生だって言ってたじゃないか。どんな技を使ったのか、見当はつかないって……」

「ありゃ嘘だよ。美崎にゃ、もう目星がついている」

「どうしてそんなことがわかる」

「被害者は九人いる。その九人がさまざまな手口で殺されていたとしたら、いくら美崎でもわかりゃしねえさ。だがな、やられ方は共通していたんだ。どんな技を使うやつなのか、だいたいわかったはずだ。それにね、美崎は、口を滑らせた」

「何か特別なことを言ったかな……」

「あの先生は、こう言ったんだ。殺し方を知っていても、それをいざというときに、実際に使えるかどうかは別問題だってね」

「それがどうかしたか?」

「いざというときに、そういう技を使えるやつがいるということを知っているわけだ」

「考えすぎじゃないのか?」

「俺はあの先生と付き合いが長い。あの人のことはよく知っているんだよ」

碓氷は、赤城を残して捜査本部に戻りたかった。だが、それを言いだすきっかけを逃してしまった。

しかたがなく、赤城とともに五反田の街角に立っていた。雲行きはますます怪しくなってくる。

雨でも降り出したら、泣きっ面に蜂だな……。碓氷はそんなことを思っていた。

「おい、来たぞ」

赤城が言った。

美崎がマンションから出てきた。杖をついて歩いている。その姿を見ると、とても空手の達人とは思えない。

尾行を再開する。美崎は、来たコースを逆にたどり、元麻布の整体院へと引き返した。

「結局、何もなかった」

碓氷は言った。赤城が薄笑いを浮かべた。

「あんた、張り込みがそんなに簡単なものだと思っていたのか？」

「そうじゃないが……」

「事件が起きたのは、いずれも深夜から未明にかけてだ」

碓氷はうんざりした気分になった。

「深夜まで張り込むというのか？　二人じゃ無理だ」

「俺一人だっていい」

「じゃあ、こうしよう。俺は車を取ってくる。それまで、あんた一人で張り込むんだ」

「悪くない案だな」

碓氷は赤城をその場に残し、広尾の駅に向かった。

8

富野は鬼龍を電話で呼び出した。

鬼龍を連れて横浜まで出かけるのだ。

高尾によると、どうやら役小角の転生者は、高校生で、平日は授業に出ているはずだという。

また、役小角は前鬼《ぜんき》・後鬼《ごき》という手下を連れているが、その役割を果たしている二人も同じ学校にいるという。

彼らに東京に来てもらうより、鬼龍を連れて横浜の高校を訪ねるほうが手間が少ない。

高尾の車で横浜に向かうことになった。シルビアだ。後部座席が極端に狭い。このタイプの車は、一人か二人で乗るものだと富野は思った。

渋谷駅の南口前で鬼龍を拾った。

鬼龍は、いつもの黒ずくめの恰好で現れた。黒いタートルネックのセーターに、黒のスーツ。靴も黒だ。

富野は、高尾と丸木を紹介した。鬼龍は表向きは丁寧に挨拶をした。だが、不愉快な思いをしているに違いないと富野は思った。

彼らは独自に動き回りたいのだ。警察に呼び出されるなど、迷惑に違いない。

後部座席に鬼龍が乗ると、ますます狭くなった。男が四人で乗る車じゃない。富野は本気でそう思った。

助手席の丸木は気をつかって座席を精一杯前に引いてくれているが、それでも後部座席は狭かった。膝が前のシートの背もたれに当たる。

「それで……？」

鬼龍は言った。「横浜まで行って、何をするんです？」

富野は言った。

「会ってもらいたい人がいる」

「誰です？」

「役小角の転生者で、賀茂晶という高校生だ」

鬼龍は眉をひそめた。

「転生者ですって？」

「そう。ややこしいので、俺はオズヌと呼ぶことにした」

「あのですね。いくら、僕がお祓い師をやっているからといって、そういう類の話をすべて信じるというわけじゃないんですよ。転生者だなんて……。しかも、役小角ですって？」

「俺だって信じているわけじゃないさ、ただ……」

富野は言った。「彼が、あんたと会わせてみたいと言うんでな……」

鬼龍は、高尾を見た。高尾はルームミラー越しに、鬼龍に向かってにっと笑った。

「何でも、あんたらは鬼道衆と呼ばれているそうだな？」

「はい」

「出雲系の家柄なんだそうだな？」

「そうだといわれています」

「役小角も出雲系なんだ」

「そのようですね」

「だからさ、会ってみると話が合うんじゃないかと思ってな」

「それだけのことで、僕は呼び出されたんですか？」

「オズヌは、一連の事件の陰に大きな力を感じると言っている。それが何のことかはわからんが、あんたたちが探しているものと何か関係があるかもしれない」

鬼龍の表情は変わらない。茫洋としてとらえどころのない顔つきだ。

「わかりました」

鬼龍は言った。「百聞は一見にしかずと言います。とにかく、会ってみましょう」

南浜高校は、新興住宅街の外れにあった。背後に小高い山があり、環境はよさそうだ。

だが、学校は荒れている。グラウンドには小石が目立ち、でこぼこだし、バックネットのあちらこちらが破けている。

クラブハウスのようなプレハブの建物があり、そのドアのいくつかには穴があいている。

「荒れた高校ってわけか……」

門の入り口に立ち、富野は思わずつぶやいた。

「これでもかなり良くなったんだ」

高尾が言った。「南浜高校は、荒れ果てていた。ガラスはすべて割られ、授業時間中にラジカセのでっかい音が教室から響いていた。改善されたのは、オズヌが現れてからだ」

「へえ……」

富野は、本当だろうかと訝った。高尾は、オズヌを買いかぶっているのではないかと思った。

たった一人の生徒が、荒れた学校を改善したというのは信じがたい。

高尾を先頭に、富野、鬼龍、丸木の四人は玄関に向かった。受付の窓口があり、そこで、高尾は「水越先生にお会いしたい」と言った。

しばらくすると、驚くほどの美人が富野たちの前に現れた。胸も腰も驚くほど豊かだが、全体の感じはしなやかに見える。

顔はどちらかというと童顔だ。黒目勝ちの眼が印象的だった。

「あら……」

彼女は言った。「いつも突然やってくるのね」

高尾がこたえた。

「あんたの訪問も突然だったぞ」

富野は、その女性を見てすっかり落ち着かない気分になっていた。

高尾が言った。

「水越陽子先生だ。こちらは、警視庁の富野に、お祓い師の鬼龍」

「お祓い師？」

「はい」

鬼龍は平然とこたえた。

「彼は、富野の協力者だ」

「あなたにとっての賀茂君みたいな？」

「まあ、そうだな。その賀茂に会いに来た」

「わかったわ。こっちへ来て」

四人は水越陽子について廊下を進んだ。

高尾が言った。

「ほう……。学校の中もきれいになったもんだな」

「これも賀茂君のおかげよ」

富野は驚いた。高尾の買いかぶりだと思っていたのだが、同じようなことを教師が言ったからだ。

富野たちは、図書準備室という札のついた部屋に案内された。大きなテーブルが部屋の中央にあり、その周囲にパイプ椅子が置かれている。

「ここで待っていて」

水越陽子が部屋を出て行った。

「彼女、美人ですね……」

富野が言うと、高尾がにっと笑った。

「きれいなバラには棘《とげ》があるぜ。彼女は、小暮紅一という伝説の走り屋の、もと彼女だ」

「小暮紅一……？」

「神奈川の少年課や交通課でその名前を知らないやつはいない。横浜の暴走族を相州連合という組織に統一した男だ」

「もと彼女ということは、その男とは別れたのですか？」

「小暮紅一は死んだ」

スライドドアが開いた。

水越陽子が二人の生徒を連れて戻ってきた。一人は、高校生とは思えない巨漢だ。もし、学生服を着ていなければ、暴力団員と間違われるに違いない。

それほど凄味のある顔をしていた。

もうひとりは、おとなしそうな少年だ。きちんと詰め襟のホックまではめている。髪型も地味だ。小柄で線が細い。

「わ……」

富野の隣にいた鬼龍がのけぞっていた。まぶしい光を避けるように目を細め、手を額のあたりにかざしている。

彼は、一般人には見えない光が見えるようだ。少年のどちらかから、彼にしか見えない光が放射されているらしい。

富野は、当然凄味のある巨漢のほうがオズヌだと思った。

だが、鬼龍はもう一人の目立たないほっそりとした少年のほうを見ていた。

その少年が言った。

「ほう……。その者もなかなかの法力《ほうりき》を持っておるな」

富野はその少年を見た。

高尾が言った。

「紹介する。彼がオズヌだ。隣にいるのは、赤岩といって、どうしようもないワルだったが、オズヌの手下となってからはすっかりおとなしくなった」

「すごい……」

鬼龍が珍しく驚愕の表情で言った。「こんなに霊力の強い人は、初めて見た……」

「どうだい？」

高尾が鬼龍に言った。「彼が役小角の転生者だって信じるか？」

「信じます」

鬼龍はこたえた。「それ以外に説明がつきません」

「さあ、賀茂君も赤岩君も座って」

水越陽子が促した。赤岩はオズヌが座るまで立っていた。テーブルを囲んで一同が席に着くと、高尾がオズヌに言った。

「こちらの鬼龍さんは、お祓い師でね。今回の事件については、ええと、その……、独自の観点で協力をしてくれている」

高尾の説明は歯切れが悪い。富野は補足説明した。

「亡者を祓うことが鬼龍の仕事です。鬼道衆と呼ばれています。亡者というのは、陰の気が凝り固まり、人の心を失った者たちです」

オズヌは、ゆったりとうなずいた。

「鬼道衆と申したか？」

鬼龍はすっかりかしこまっている。格の違いを実感しているようだ。

「はい。そうです」

「同じ血筋のにおいがする」

「恐縮です」

こんなに殊勝な鬼龍を見たのは初めてだったので、富野はすっかり驚いてしまった。

「亡者とは唐人《からびと》の言葉だが、もののけにあらず、心を失った人のことだと申すか？」

高校生の口から古風な言葉が発せられる。

富野は奇妙な感じがした。ふざけてそういうしゃべり方をする若者もいるに違いない。だが、明らかに賀茂晶はそういう若者とは違っていた。

その語り口はごく自然であり、威厳さえ感じさせた。

鬼龍がこたえた。

「そうです。怒り、悲しみ、妬み、怨み、憎しみ……。そうした負の感情があまりに強すぎると、陰の気が凝り固まります。陰の気はやがて人の心を蝕み、人は亡者になります」

「このたびの出来事に、その亡者が関わっていると申すか？」

「関わっています」

「いかにして祓うのか？」

「霊力を使うのですが、僕は陰陽道や古神道、真言密教などの手法も利用します。使い勝手がいいので……」

オズヌは鷹揚にうなずいた。

高尾が鬼龍に尋ねた。

「高井戸署が身柄確保したやつは、あんたの仲間なんだな？」

「そうです」

「現場にいたということは、何か知っているんじゃないのか？」

「僕らは、亡者が発する陰の気を追います。強い陰の気を追いかけていたら、あの現場にたどり着いたというだけのことです」

「なるほどな……。オズヌも同じようなものを感じ取ったのかもしれない」

高尾も、直接オズヌに質問するのは、はばかられる様子だ。

オズヌが言った。

「我は力を感じた。大きな力だ」

鬼龍が尋ねた。

「それは、どのような力です？　霊力ですか？」

オズヌは首を横に振った。

「法力の類ではない。例えて言うならまつりごとを行う司《つかさ》のごとき力だ」

高尾がうなるように言った。

「政治家の権力のことか……」

「実際にまつりごとを執り行うておるか否かはわからぬ。そのような力のことを申しておる」

「なるほど……」

　高尾がうなずいた。

　富野は高尾に言った。

「鬼龍は、陰の気を追う。そちらは、どうやってその権力者を探し出すんだ？」

「そこにいる赤岩と水越先生は、相州連合を動かせる」

「暴走族を……？」

「赤岩と水越先生の影響力はいまだに大きい。暴走族といえども、相州連合ほどの組織になれば情報収集能力はあなどれない。何か手がかりが見つかるはずだ」

　鬼龍が言った。

「僕は、親亡者を見つけなければなりません」

　高尾が聞き返した。

「親亡者？」

「そう。亡者は他人を亡者にします。そして利用するようになります。その大元が親亡者です。それを祓わねば、僕の仕事は終わらない」

「祓うと、亡者はもとの人間に戻れるのか？」

鬼龍はこたえた。

「亡者になってからの時間や心を蝕まれる度合いによります。もとの人間に戻る場合もありますが、親亡者など大物になるともとには戻れません。心をすっかり食い尽くされるのです」

「祓うとどうなる？」

「廃人になります」

高尾はうめいた。

「心神喪失状態だな。刑法で罰するのが難しくなる」

「しかし、祓わねば同じような事件が次々と起こりますよ」

「なるほどな……」

高尾は思案顔でうなずいた。それから、富野に向かって言った。「奇妙な情報源を持つ者同士だ。お互い協力し合うということでいいな」

富野より早く、鬼龍がこたえた。

「僕はオズヌさんになら、どんな協力でもしますよ。孝景にも協力させます」

富野は言った。

「鬼龍がこう言うんだから、俺は異論はないよ」

「いいだろう」

高尾は言った。「まずは、情報収集だ」

「初めてだよ」

富野は言った。

「何がだ？」

「警察で鬼龍たちの話を、まともに聞いてもらったのが」

高尾は笑いを浮かべた。

「こっちも同じだよ」

南浜高校を後にすると、高尾と丸木は神奈川県警本部に顔を出していくと言った。富野は彼らと別れ、鬼龍といっしょに東急東横線で渋谷まで出ることにした。

曇り空の憂鬱な天気だ。風はまだ冷たく、冬の名残を感じさせる。

電車を待っていると、鬼龍が言った。

「驚きましたね。本当に転生などということがあったんですね」

「あんたが驚いたということが、俺にとっては驚きだよ。あんただって、充分に非現実的な世界に生きている」

「僕らがやっていることには、理屈があります。ただ、ちょっと世間の常識と異なるだけです」

「役小角が転生してきたことにも、それなりの理屈があるのかもしれない。ただ、俺たちに理解できないだけだ」

「まあ、そうかもしれませんね」

「その後、孝景から何か連絡はないか？」

「あいつは、滅多に連絡なんてよこしませんよ。勝手に行動するんです」

「おまえら、手を組んだほうがよっぽど効率がいいと思うんだがな……」

「奥州勢は、鬼道衆にコンプレックスを持っていますからね……。ちょっと複雑なんです」

「コンプレックスね……。だが、孝景の霊力もちょっとしたもんなんだろう？」

「ええ。ちょっと荒っぽいですけどね」

「実行犯が亡者だと思うか？」

「そう思います」

「根拠は？」

「現場に残っていた陰の気です。かなり濃厚でしたからね」

　富野は小さく溜め息をついた。

「捜査本部で報告できるような情報をもらえるとありがたいんだがな……」

鬼龍は言った。

「それは、僕の知ったことじゃないですね」

電車が来た。二人は乗り込んだ。

9

碓氷は車のフロントウインドウから前を見つめている。すでに夜の十時を過ぎていた。倦怠感《けんたいかん》にどっぷりと浸かっている。赤城が助手席の背もたれを倒し、いびきをかいている。

交替で眠ることにした。張り込みでつらいのは、尿意や便意、それに睡魔だ。車を美崎整体院のあるマンション脇に路上駐車すると、碓氷はまずトイレの場所を確認した。コンビニのトイレを借りられることになった。

そして、交替で眠ることにしたのだ。

赤城によると、美崎は整体院の奥の部屋に住んでいるということだ。すでに整体院の営業は終了している。美崎は出張治療から戻り、それから一度も外出していない。

いくらなんでも、この張り込みは意味がないのではないか。

碓氷はずっとそう考えていた。だが、赤城が、手口についての有力な情報をもたらしたことも事実だ。

もう少しだけ赤城に付き合おう。赤城は、捜査本部への上がりの時間を無視した。碓氷は電話で戻れないことを報告しておいた。

碓氷は集中力が低下しているのを自覚していた。

きっと今夜は何も起こらない。こうして尻が痛くなるまで車の中に座っているだけだ。他の捜査員たちが持ち帰る情報が気になっていた。捜査会議に出席して情報を共有しておかないと不安になってくる。

ラジオでも聞こうか……。そう思ったとき、美崎整体院の明かりが灯った。

「おい……」

碓氷は、赤城の体を揺すった。

赤城のいびきがぴたりと止んだ。

「動いたか……？」

赤城が尋ねた。

「美崎の家の出入り口は一つか？」

「ああ。整体院の出入り口だけだ」

「整体院の明かりがついた」

赤城がゆっくりと体を起こした。ついでにシートの背もたれも起こす。

「何時だ？」

「十時十分」

「そろそろ動き出してもいい時刻だな」

碓氷は、整体院の出入り口を見つめた。

赤城が言ったとおり、やがて出入り口のドアが開き、美崎が姿を現した。間違いない。杖をついている。

「あの先生は、いつも電車で移動するのか？」

碓氷は尋ねた。車で尾行すべきか徒歩で尾行すべきか迷ったのだ。

赤城は言った。

「ケースバイケースだ」

赤城はシートにもたれたままだ。

杖をついてはいるが、美崎の歩みは決して遅くない。広尾の駅へ向かう方向に角を曲がった。

赤城がドアを開けて車を降りようとした。

碓氷は尋ねた。

「どうするつもりだ？」

「俺は徒歩で尾行する。携帯で連絡するから待っていてくれ」

「ここでか？」

「他に方法があるか？」

赤城の言うことが最も合理的だ。

「だが、美崎はあんたのことをよく知っている」

「へまはやらねえよ」

赤城は、美崎が消えた角に向かってがに股で足早に進んでいった。

一人取り残されて、なんだかひどく間抜けなことをしている気分だった。

このまま、ずっと待ちぼうけを食わされるんじゃないだろうな……。

そんなことを思っていると、携帯電話が鳴った。赤城からだった。

「すぐ来てくれ。先生がタクシーを拾った」

碓氷は、キーを捻ってエンジンをかけた。

「どこだ？」

「そのまま直進してくれ。角で待っている」

碓氷はすぐに車を出し、角まで行った。赤城がすぐに助手席に乗り込んできた。

「右だ」

碓氷は右折して進んだ。

「タクシーだって？」

「ああ。さいわいこの道は、交通量が少ないからすぐに見つかる」

しばらく進むと、赤城が前を指差した。

「あのタクシーだ。間違いない」

タクシーは麻布税務署の前を通り、六本木通りを左折した。信号は黄色だ。

信号が赤に変わる。

「突っ込め。見失うな」

六本木通りの信号が青になり、車が動き出した。

「くそっ」

碓氷は、先頭の乗用車の鼻先をかすめて左折した。派手にクラクションを鳴らされた。

「やばかったぞ……」

碓氷は言った。

「いいから、タクシーを見失うな」

交通量が増えて、尾行に気づかれる危険は少なくなった。その代わりに、身動きが取りにくくなった。タクシーが車線を変えるたびに、こちらも車線を変えておかなければならない。

「西麻布を右だ……」

赤城が言った。

「わかってる」

美崎が乗ったタクシーは、西麻布の交差点で右折車線に入った。一台置いて後ろにつける。

タクシーを追って右折して、すぐ先の二股を右に進んだ。青山一丁目へ抜ける通りだ。

「どこへ行くつもりかな……」

碓氷はつぶやいた。

「このまま行くと、外苑東通りに出る。そして新宿通りにぶつかり、それを左に行けば新宿だ」

「新宿だって？」

碓氷は言った。「だとしたら、美崎先生はやはり素人だ。歌舞伎町あたりは、深夜まで人通りが多すぎる」

「どうかな……。池袋の西口だって人は大勢いたはずだ」

碓氷は考えた。

「たしかに、池袋の西口広場には大勢人がたむろしていたかもしれない。だが、事件は人通りの少ない路地で起きた」

「新宿の歌舞伎町にだって、人通りが少ない通りはある。とにかく、あとをつけるんだ」

「なあ、こんなやり方、ばかばかしいとは思わないか？　美崎先生とは長い付き合いなんだろう？　話を聞けば済むことじゃないか」

「言っただろう。武道家には武道家の世界がある。ときにそれは、一般社会の常識に反することもある」

「それは、法に背《そむ》くということか？」

「そういうこともあり得るな」

「あんた、刑事だろう。それを認めるのか？」

「美崎に罪を犯させるつもりはない。だから、こうして尾行しているんだ」

「話し合えばいい」

「あの人は決して話してはくれない。そういう人なんだよ」

「ちょっと考えればわかることだ。警察の領分なんだ」

「いや、あの人にとっては武道家の領分なんだ」

「付き合い切れんな……」

「あの先生はばかじゃない。その点は信頼していい」

「充分にばかげたことをやっていると思うがな……」

「俺も何度もそう考えたことがある。だが、結局、いつもあの先生が正しい」

「正しいだって？　法律を無視するのが正しいことだというのか？」

「男として、あるいは人間として正しいんだ」

碓氷は口をつぐんだ。

赤城が言ったことを考えていた。碓氷も決して杓子定規《しゃくし》なほうではない。赤城の一言は碓氷のツボをついた。そんな気がしていた。

美崎は、靖国通りの歌舞伎町の入り口付近でタクシーを降りた。

「この先は、歩いて尾行するしかないな」

赤城が言った。碓氷はうめいた。

「先に行ってくれ。車を停める場所を見つけなけりゃならん」

「その辺に路上駐車しておけよ」

「タクシーの空車の間に割り込むだけでも時間を食う」

「わかった。ケータイに電話する」

赤城が車を降りた。

碓氷は苦労してなんとか車を路肩に寄せた。車を降りて歌舞伎町に向かう。通りにはまだ人通りが多い。

酒に酔ったサラリーマンに客引き。若者たちが行き交う。コマ劇場に向かう通りは、光の洪水だった。

派手な電飾がずらりと並んでいる。その無秩序さはおそらく世界一だろうと思った。

赤城から電話があったのは、コマ劇場の正面に来たときだった。

「今どこにいる？」

碓氷は尋ねた。

「コマの脇の広場だ」

「わかった。すぐに向かう」

赤城はすぐに見つかった。ゲームセンターの前の目立たぬところに身を寄せている。碓氷も用心して建物沿いに進み、赤城に近づいた。

「先生はどこだ？」

「この先だ」

赤城は路地を指差した。

「新宿交番のほうだな？」

「ああ。それより、気づかないか？」

「なんだ？」

「ガキどもがぴりぴりしている」

碓氷は、さりげなく周囲を見回した。ゲームセンターや映画館の前などにたむろする少年の集団が見える。

いつもは、若い女などを物色している連中だ。だが、今夜はたしかに雰囲気が違う。赤城が言ったとおり、そのあたりには緊張感がみなぎっている。

強い静電気を帯びているような緊張感だ。

「ガキどもは気づいているんだ」

赤城が言った。「誰かは知らないが、不良どもの狩りをやっているやつらがいることに……」

赤城が路地を進んだ。碓氷はそのあとをついて行った。

杖をつく美崎の姿が見える。新宿交番の前の角を左に曲がった。新しい大きなビルが並んでいる通りに出たことになる。

赤城は用心深くその角から様子をうかがった。そのとたんに、彼は溜め息をついてかぶりを振った。

角から美崎が現れた。彼は、赤城と碓氷のほうを見ていた。

「私に何か用ですか？」

美崎は無表情のまま言った。

赤城は渋い顔をしている。

「いつから気がついていたんだ、先生」

「タクシーに乗ったときからですよ。私の家のそばに立っていたでしょう。六本木通りに出るところでは、かなり危ない運転をしていた」

「運転をしていたのは、碓氷だよ……」

「私はこれから人に会うのです。用があるなら、早く言ってください」

赤城は渋い顔のまま言った。

「先生を尾行していりゃ、犯人の手がかりがつかめるんじゃないかと思ったんだ」

「それは、私を疑っているということですか？」

「そうじゃねえよ。先生は、きっと犯人のことが許せなくなる。そう考えたんだ」

「犯人を逮捕するのは、警察の仕事でしょう。私には関係ない」

「こんな時刻に、誰に会いに行くんだ？」

「友人です」

「ほう、どんな友人だ？」

「柔術家です。その人も整体師をやっていましてね……。久しぶりに酒でも飲もうと……」

「待ち合わせにしちゃ、遅い時間だ」

「何時に待ち合わせしようと、法に触れるわけじゃない」

赤城は、うなずいた。

立ち話をしているのが、交番の正面というのも、なんだか間抜けな気がすると、碓氷は思った。

「済まなかったな、先生」

赤城は言った。「俺もちょっと手柄をあせっていてな……。普段、好き勝手やってるもんで、班の連中や捜査本部の捜査員たちにもいい顔をされない。手柄でも上げりゃ、ちょっとは立場がよくなると思ったんだ」

美崎は何も言わなかった。

「行ってくれ。人を待たせているんだろう？」

赤城が言った。

「これからも、私を尾行するつもりですか？」

「いや。尾行するたびに勘づかれるんじゃ意味がない」

美崎は、赤城と碓氷に背を向けて歩きだした。

三歩歩いてから立ち止まり、振り返った。

「まだ、仕事があるんですか？」

赤城はかぶりを振った。

「いや。尾行に失敗したからな」

「いっしょに、一杯どうです？」

赤城は意外そうな顔で美崎を見ている。

「誰かと待ち合わせしているんだろう？」

「男二人で飲むというのも芸がない」

「俺たちが行って、芸があるとも思えねえがな」

「いやなら、いいですよ」

「相手は、柔術家で整体師だと言ったな？」

「はい」

「おもしろそうだ。せっかくのお誘いだから、ごいっしょさせてもらおうか」

碓氷は、赤城に任せることにした。

美崎が歩きだすと、二人の刑事はその後ろについて行った。

碓氷はそっと赤城に言った。

「へまはやらない、だって？」

「うるせえよ」


美崎が二人を案内したのは、雑居ビルの中にある古いスナックだった。カウンターがあり、あとは、十人も入れば満席になりそうなボックス席があるだけだ。

ソファの色はオレンジ色だ。

カウンターで巨漢がウイスキーを飲んでいた。その巨漢が戸口のほうを向いた。髪を短く刈っており、口髭《くちひげ》を生やしている。

美崎を見ると、その巨漢は立ち上がった。胴体の縦と横が同じくらいに見える。それくらいに横幅がある。脂肪ではない。筋肉の鎧《よろい》だ。

その男は、紺色のジャンパーを着ていたが、腕の太さがわかった。

「美崎先生」

その男は言った。「ご無沙汰しておりました」

美崎も礼を返した。

「こちらこそ、ご無沙汰で……。紹介します。うちの患者の赤城さんです。そして、こちらは、赤城さんの同僚の碓氷さん」

口髭の巨漢は二人に対しても丁寧に頭を下げて挨拶をした。

美崎が二人に男を紹介した。

「美作《みまさか》竹上流の師範、吉谷浩二郎《よしたにこうじろう》先生です」

吉谷浩二郎は、再び頭を下げた。

「吉谷です。お見知りおきください」

碓氷もつられて礼をしていた。

美崎が説明した。

「この二人は、実は警視庁の刑事なんです」

吉谷浩二郎は、にこやかに応じた。

「誰であれ、美崎先生のお連れなら歓迎しますよ。じゃあ、奥に移りますか……」

吉谷浩二郎は、自分のグラスを持ち、一番奥の席へ移った。自分が下座に座る。美崎を上座に座らせたがっている。

美崎も、吉谷に上座を譲ろうとしている。公務員やサラリーマンは、こうした席次にうるさいが、武道家はさらに気にするようだ。

碓氷はそんなことを思って二人のやりとりを見ていた。結局、美崎が上座に座り、吉谷は普段ホステスが座るスツールに腰を下ろした。

赤城と碓氷もソファのほうに座ることになった。

「お互いに忙しい身です」

吉谷は、みんなに酒が行き渡ったのを見計らって言った。「時間を無駄にはしたくない。美崎先生、不良たちを殺して回っているやつらのことでしょう？」

美崎はうなずいた。

赤城は無言で二人のやり取りを見つめている。

碓氷は驚いていた。赤城が考えていたとおり、美崎は独自に調べ回ろうとしていたらしい。

美崎が吉谷に言った。

「そうです。何か、思い当たることはありませんか？」

「頸椎の損傷や脳内出血に硬膜外血腫……。そして、直接の死因は扼殺。たしか、そういうことでしたね？」

美崎はうなずいた。

どうやら、美崎は警察の資料で見たことを吉谷に話したようだ。美崎に守秘義務を課したわけではないので、文句は言えないが、決して望ましいことではない。

碓氷はそう思って、赤城の様子をそっとうかがった。赤城は、吉谷浩二郎を見つめて彼の次の言葉を待っている。

どうやら、赤城は捜査情報が洩れたことを、それほど気にしていないようだ。それだけ、美崎を信頼しているということだろうか。

碓氷は不思議でならなかった。

赤城は、捜査本部の連中より美崎を信頼しているようにすら見える。いくら付き合いが長いとはいえ、それは誤った考えだ。

もしかしたら、彼の班には、彼の居場所がないのかもしれない。単独行動を取りたがる刑事は嫌われる。いや、それ以前に捜査員としての資質を問われる。

吉谷浩二郎が言った。

「たしかに、美崎先生が言われたことを考え合わせると、古流の柔術の技によって殺された可能性が大きい」

「つまり、吉谷先生にも同じことができるということですね？」

美崎が問うと、吉谷は凄味のある笑いを浮かべた。

「できます。しかし、それは、あなたとて同じことでしょう」

美崎はうなずいた。

「しかし、技術的に可能なのと、実際にやってのけることは違います」

「たしかにね……」

吉谷浩二郎は、ウイスキーの水割りをぐいと飲んだ。「それで、やりそうなやつに心当たりはないかと、私に訊きたいわけだ」

「そういうことになります」

「刑事を二人連れてきて、私にそういう話をしろとおっしゃる。美崎さん、そいつは筋が通らないんじゃないですか？」

吉谷浩二郎は、穏やかな笑みを浮かべている。だが、その眼は笑っていなかった。眼の奥がちかちかと底光りしている。

碓氷にとっては馴染みの目つきだ。おそらく赤城にとってもそうだろう。ヤクザ者の眼に似ている。

「刑事がついてきたのは、私にとっても予想外でした。私は尾行されたのです」

「尾行……？」

吉谷が聞き返した。

「そう。しかし、それも仕方がないと思いました。警察も必死なんです。それで、私はこの二人をここに誘いました。いずれ、私が誰かから聞き出した程度のことは、すぐに警察に知られてしまう。ならば、最初から話を聞いてもらったほうがいい。そう考えたのです」

吉谷は、じっと美崎を見据えていた。

美崎が話し終えても、眼をそらさない。美崎も吉谷を見返している。

碓氷は緊張した。ここで話が決裂する程度ならいい。武道の達人同士が喧嘩を始めたら、誰が止めに入ればいいのだろう。

刑事にだって、できることは限界がある。

ひりひりするような緊張を感じた。

突然、吉谷は笑いはじめた。膝を叩いて大笑いしている。

「美崎先生を尾行するなんて、どうかしてる」

そう言われて、赤城が渋い顔をした。

「こっちもプロだ。自信はあったんだがな……」

吉谷は美崎に言った。

「こいつはね、ただの私怨じゃありません。社会的な制裁です。司法が役割を果たさないから、代わりにやらなきゃならない」

「つまり、少年犯罪に対する怒りというわけですか？」

「社会を正すには、荒療治も必要です」

吉谷浩二郎の仲間たちがやっているのかもしれない。

彼の言葉から、碓氷はごく自然にそう考えた。

だが、美崎はそうは思っていない様子だ。

「そういう思い切ったことができるのは、誰でしょうね？」

「俺はね、美崎先生、若いころにはヤクザ者と喧嘩もしましたよ。ヤクザの用心棒もやった。そういう縁で、ヤクザ者との付き合いもあります。国粋的な政治団体とも関わっている。だから、先生は俺が何かを知っているかもしれないと思ったんでしょう？」

「はい。その筋からの情報には詳しいでしょう？」

吉谷浩二郎はかぶりを振った。

「違うんだ、先生。こいつは、ヤクザ者や政治団体の暴走なんかじゃない。もっと、ずっとやっかいなんですよ」

「つまり、大物がからんでいるということですか？」

「そういうことです」

「誰なんです？」

「残念ながら、そいつは俺にもわからない。ただ、かなりの大物が絡んでいるという噂はあります」

「実際に手を下しているやつらは？」

吉谷は、赤城と碓氷のほうを見た。

「東京のやつらじゃない」

「東京じゃない？」

「不確かな情報だが、大阪に本部がある武術の団体だという噂があります」

「大阪には、武術の団体がいくつもありますよ」

「格闘技でも武道でもない。喧嘩屋の団体といえば、だいたい想像がつくんじゃないですか？」

美崎はうなずいた。

赤城が苛立った様子で言った。

「おい、それは何という団体なんだ？」

美崎は、赤城を見て言った。

「不確かな情報だと言ったでしょう。ここで名前を出すことはできません。武道家の仁義に反する」

「今、そいつらは格闘技でも武道でもないと言わなかったか？」

「いちおう、空手を名乗っているのです」

「団体の名前を教えてくれ。そうすれば、あとは警察がやる」

「それはできません。ですが、私なりに協力はできるかもしれません」

赤城は、美崎をじっと見据えた。

「何か、考えがあるのか、先生……」

美崎は、赤城の問いにはこたえずに、吉谷に言った。

「その団体と接触できますか？」

「つてはある」

「では、私が事件のことで、いろいろと嗅《か》ぎ回《まわ》っているという情報を流してください」

碓氷は言った。

「それはどういうことだね？」

美崎ではなく赤城がこたえた。

「つまり、その団体が美崎先生を狙うということさ」

「黙認できないな。それじゃ、ヤクザの抗争と同じじゃないか」

美崎は何も言わない。

吉谷が唸るように言った。

「刑事さん。ヤクザ者と俺たちをいっしょにしてもらいたくないですね」

その眼差しには凄味があった。「ただね、筋を通すためには命もかける。その点じゃヤクザも武道家も同じです。今の日本人が忘れちまった大切なものの一つだ」

「情報の提供には感謝するよ」

碓氷は言った。「だが、美崎先生のやろうとしていることは、警察としては認められない」

「認めてもらう必要はありません」

その言い分にむかっときた碓氷は言った。

「身柄を拘束するぞ」

「私は、まだ法に触れることは何もしていませんよ。そんな私を逮捕したら、そちらが罪に問われますよ」

「あんたを保護するという名目で拘束する」

「私は保護を望んではいません」

「公務執行妨害でも何でもいい。とにかく、警察はやろうと思えばたいていのことができる」

「よせよ、碓氷」

赤城が言った。「そういう脅しは、この人たちには通用しない」

「おまえは、警察官だろう。ならば、美崎先生のやろうとしていることを黙認などできないことが、よくわかっているはずだ」

「おまえさん、いつからそんなに頭が固くなった？」

「何だって？」

「自衛隊から来たやつといっしょに爆弾テロ犯と戦ったときのことを忘れたのか？」

過去にそんな事件もあった。陸上自衛隊の爆弾処理の専門家が、一時的な措置として警察庁に出向してきた。その男と組んで連続爆弾魔を検挙したことがある。

赤城は言った。

「あのときは、そうとうな無茶もやったはずだ」

「やらされたんだよ。俺はただおとなしく定年まで勤め上げることだけを考えていた」

「妻子持ちはつらいよなあ」

「そのとおりだよ」

「だがな、ものは考えようだ。場合によっちゃ、こちらから一般市民にかなりきわどい協力を要請することもある。今回は、一般市民が協力を申し出ているんだ」

「都合のいいことを言うなよ。美崎先生に万が一のことがあったらどうするつもりだ？」

「この人はだいじょうぶだ」

「相手は、そうとうの腕なんだろう？　喧嘩好きの少年たちを、あっという間に無力化し、殺している。美崎先生一人でどうしようっていうんだ？」

「一人じゃありませんよ」

吉谷が言った。「美崎先生に何かあったら、この私も黙っちゃいません」

赤城が言った。

「頼もしいじゃないか」

「しかし、まあ……」

吉谷がにやりと笑って言う。「美崎先生に限って、心配はないと思いますがね……」

赤城はうなずいた。

「俺もそう思うよ」

碓氷はかぶりを振った。

「あんたらには、付き合い切れん」

赤城は言った。

「付き合わなくていい。目をつむっていてくれればいいんだ」

碓氷は、抗議をする気力をなくした。

碓氷の常識が通用しない。

こいつらは、どうかしている。碓氷は思った。

ウーロン茶をがぶりと飲み、碓氷は怨みがましい気持ちで言った。

「どうなっても知らんぞ」

赤城がほくそ笑んで言った。

「それでいいんだ」

10

土曜日の夕刻。捜査本部の中は、かすかな倦怠に包まれていた。捜査本部には土曜日も日曜日もない。

朝からずっと捜査本部に詰めていた丸木は、ぼんやりと部屋の中を見回していた。

高尾と富野もすぐそばにいた。

丸木は、彼らの考えていることがとても現実的とは思えなかった。オカルトの類だ。オカルトで事件が解決できれば、警察はいらない。そんなことまで考えていた。

捜査員はほとんどが出払っており、ときおり電話が鳴るだけだ。幹部たちは、しきりに何事か相談しているが、その内容は丸木にはわからない。

高尾の携帯電話が鳴った。

高尾は電話に出てしばらく相手の話を聞いていたが、そのうちにうれしそうに笑みを浮かべた。

電話を切ると、高尾は言った。

「横浜のマルソーたちの動きが活発になってきたようだ」

「どこからそんな情報が……」

「交通指導課のやつが知らせてくれる」

「暴走族対策室ですか?」

「まあ、そんなところだ」

「マルソーの活動が活発になると、どうしてそんなうれしそうな顔をするんですか?」

「ばかか、おまえは」

「なんでですか」

「横浜のマルソーといえば、相州連合だろうが。赤岩や水越先生の指令が届いたということだろう」

　富野が二人のやり取りを聞いていた。

　高尾は、その富野に言った。

「そっちはどうだ? あのお祓い師たちは、何か動きがあったか?」

「その後、連絡はない。でも、亡者たちを追っているのは間違いないんだ。それが彼らの仕事だからな」

「おい、警察に情報が入らなければ何にもならないんだぞ」

「わかってる。そのうち何か言ってくるだろう」

「悠長なこった」

「だいじょうぶだ。オズヌと会ったときの鬼龍の顔を見ただろう?」

丸木は、南浜高校の図書準備室でのことを思い出していた。

たしかに鬼龍は、オズヌに会ってひどく驚いた様子だった。

高尾が言った。

「それがどうしたんだ?」

「鬼龍があんなにあからさまに驚いたり、神妙になったりしたのを、初めて見た」

「つまり、オズヌに尻尾を振ったということか?」

「オズヌにならどんな協力もする。彼はそう言った。彼の口からあんな言葉を聞くとは思いもしなかったよ」

「なるほどな……。オズヌの力、恐るべしってことだ」

丸木は恐る恐る言った。

「ただ、こうやって連絡を待っているだけでいいんですか?」

高尾がゆっくりと丸木のほうを見た。

「それ以外に何かできることがあるのか?」

「被害者の共通点を洗うとか、過去に互いに関係がなかったかどうか調べるとか……」

「それは、鑑取り班の連中がやっている。俺たちはあくまで予備班なんだ」

「でも……」

「いいか？　俺たちは今、他の捜査員たちとは違うアプローチをしている。待つしかないんだ。おまえ、何かできることがあるというのなら、出かけていいぞ」

そう言われて丸木は黙り込んでしまった。

たしかに高尾の言うとおりだった。出かけても右往左往するだけに違いない。それは、無駄な仕事なのだ。

「今日は土曜日だ」

高尾が不意に言った。

「え……？」

丸木は、思わず高尾の顔を見ていた。

「若者たちが夜の街に繰り出す。マルソーが走り回る。何かが起きるかもしれない」

「そんな……。また事件が起きることを期待しているんですか？」

「これまでとは違う」

「どうしてです？」

「オズヌが動いている」

「そして……」

富野が言った。「鬼龍と孝景も……」

それから一時間後、今度は富野の携帯電話が鳴った。

「横浜……？　横浜にいるのか？」

富野が電話の相手に言った。それから、しばらくは、相手の話に相づちを打つだけだった。

丸木は、富野の表情に注目していた。だが、富野の顔にはあまり感情が現れない。

電話を切ると、富野は言った。

「鬼龍と孝景が横浜にいるというんだが……」

高尾がくつろいだ恰好のまま言った。

「ほう……。俺の庭で何をやってる？」

「相州連合といったか？　マルソーの動きが活発になっていることと関係あるんじゃないか？　孝景のネットワークに、濃密な陰の気がひっかかったらしい」

高尾は、椅子を鳴らして姿勢を起こすと立ち上がった。背もたれにかけてあった革のジャンパーを着る。

丸木は、高尾を見上げていた。

高尾が丸木に言った。

「なに、ぐずぐずしてるんだ？」

「何です？」

「外へ出かけたいと言っていただろう？　今がそのときなんだよ」

丸木はあわてて立ち上がった。

「あんたも来るか？」

高尾が富野に言った。富野はすでに立ち上がっていた。

「行くよ。鬼龍たちが行ってるというんだから……」

三人は、高尾のシルビアに乗り込んだ。昨日、南浜高校へ行ったときよりずっと荒っぽい運転だと丸木は思った。

だが、これが高尾の普通の運転だ。昨日はおそらく客を二人も乗せていたので、彼なりに気をつかっていたのだろう。

あるいは、久しぶりに相州連合が動き出したと聞いて、少々興奮しているのかもしれない。

高尾というのは、そういう男だ。丸木には信じられないが、危機が近づいたり緊張が高まるにつれて、わくわくするらしい。

「どこへ向かいますか？」

丸木は高尾に尋ねた。

高尾は、富野に訊いた。

「鬼龍はどこにいるんだ？」

「関内《かんない》だと言っていた」

「じゃあ、まずそこで鬼龍と落ち合おう」

高尾は、シルビアを飛ばした。

関内の駅の前に車をつけると、高尾は富野に言った。

「鬼龍はどこにいる？」

富野は、携帯電話を右の耳に押し当てたまま、サイドウインドウから周囲を見回している。

「いた。あそこだ。あの街路樹の脇……」

丸木はそちらを見た。

奇妙な二人組がいた。

白と黒だ。

黒いほうは鬼龍だ。全身黒ずくめ。もう一人のほうが不気味な感じがする。真っ白な男だ。

白い詰め襟のスーツを着ている。髪まで白い。白髪ではない。まだ若い男だ。銀髪のようだ。

染めているのか、生まれつきなのかはわからない。だが、生まれつき銀色の髪の日本人などいるだろうか。

富野が車を降りた。続いて高尾が降り、丸木が最後になった。

三人が近づいていくと、鬼龍はぺこりと頭を下げたが、白いほうは不機嫌そうな目線を向けるだけだった。

近づくと、白い男は遠くで見た印象よりもずっと若いことがわかった。まだ、二十代の前半といったところだ。

「なんで、俺たちが警察の手伝いをしなけりゃならないんだ」

白い男がいきなり敵意をむき出しに言った。

丸木は、思わず高尾の顔を見た。高尾は、唇を歪めて笑っていた。非行少年を見つけたときのようなうれしそうな笑いだ。

「威勢がいいじゃないか」

「何だと……?」

富野が少しだけ顔をしかめて言った。

「こいつ、高井戸署に身柄を持ってかれてね……」

「ああ、現場で容疑者に間違えられたというのはこいつか?」

「そう。安倍孝景だ」

安倍孝景と紹介された白い男が、ふくれっ面で言った。

「だいたい、俺の情報網に引っかかった獲物だぜ。あんたら、関係ないはずだ」

高尾が言った。

「餌《えさ》をまいたのは俺たちだ」

「何だって？」

「相州連合という暴走族を動かした。あんたの獲物はその動きを察知したんだろう」

安倍孝景は、ますます不機嫌そうになった。

「だからといって、あんたらの出る幕じゃない」

「おい、鬼龍」

富野がうんざりした顔で言った。「孝景にも協力させるって言ってなかったか？　これじゃとても協力的な態度とはいえないな……」

「はなから、僕の言うことをきくようなやつじゃありませんよ。でも、オズヌさんに会えば変わりますよ」

安倍孝景は言った。

「俺は一人でやらせてもらう。つるむのはまっぴらだ」

富野が言う。

「……とかいって、結局いつも鬼龍とつるむじゃないか」

「うるせえよ」

白い若者は、そう言い捨てると一人で歩きだした。

鬼龍が肩をすくめた。

「いいじゃねえか」

高尾が言った。「どうせ、行き着く先はいっしょだ」

「あいつが、一人で先走らなければいいんだが」

富野が言う。

「なんだ、あいつのことを心配してるのか？」

「そうじゃなくて、孝景のやり方はかなり荒っぽいので……」

「相手のことを心配してるのか？」

「犯人を殺しでもしたら面倒なことになるからな」

「とにかく、車に乗ってくれ」

高尾は路上駐車していたシルビアに向かった。

「僕もですか？」

鬼龍が言った。

「乗りたきゃ乗ってくれ。あの白いのみたいに、一人で行きたければ行けばいい」

「いっしょに行きます」

高尾はうなずいた。

車に乗ると、高尾は無線のスイッチを入れた。

後部座席から富野の声がした。

「これ、覆面車か？」

「いや」

高尾がこたえた。「俺の自家用車だよ。でも、時々仕事に流用している。だから、MPRを積んでるんだ」

「まさか、赤色灯とかサイレンはついてないだろうな」

高尾がにやりと笑った。

「本当はそうしたいんだがな」

無線から、交通課の情報が流れてくる。

「戸部1から通信指令課。マルソーを追尾中。車両四台に、単車七から八台。現在、浅間町付近。環状1号を保土ヶ谷《ほどがや》方面に向けて走行中……。繰り返す。マルソー、車両四台、単車七から八台、環状1号を保土ヶ谷方面に向けて……」

「通信指令課了解。通信指令課より、各移動局……」

高尾は、ギアをローに入れていきなりクラッチをつないだ。跳ねるようにシルビアが発進する。

丸木は、シートに体を叩きつけられた。

走行している車と車の間に飛び込み、さらに車線を変更して追い抜いていく。

何度乗っても、高尾の運転には慣れることができない。

「ルイードだ」

高尾が言った。

「何です？」

後部座席の富野の声がした。

「環状1号はルイードの縄張りだ。車が四台にバイクが七、八台だって？　冗談じゃない。今にその五倍に膨れあがるぞ」

やはり、うれしそうだ。

丸木は思った。

「そんなに派手な暴走行為をやっていたら、いくら犯人だって手を出そうとはしないでしょう」

「いつまでも集団で動いているわけじゃない。どこかで集会をやったら、解散する。そうなれば、少数のグループに分かれる」

後ろの席の富野が言った。

「つまり、そのときが犯人たちの狙い時だと……？」

「そういうことだ。派手なパレードでまず目を引き、それから少人数に分かれて犯人を引き付ける。そういう作戦だろう」

「自らが囮になるというのですか？」

「天下のルイードだ。それくらいのことは、やるさ」

「危険だな」

富野が言った。「犯人たちの手際のよさを知っているだろう」

「ルイードのメンバーは百戦錬磨だ。緑区で殺された、レイプ野郎どもとは違う」

「下高井戸で殺された三人は、多摩のマルソーだった。やつらも充分に喧嘩慣れしていた。西池袋の三人はストリート・ギャングだ」

「被害者たちは、警戒していなかった。だが、今夜のルイードは違う。おそらく戦闘モードだ。それに、オズヌが動いている」

丸木は、先ほどから言わなければならないことがあると感じていた。高尾と富野の話に割り込むのは気が引けたが、思い切って言った。

「あの……。黒いワンボックスカーのことを交通課や地域課の連中は知っているんでしょうね」

「情報は回っているはずだ」

高尾は言った。「だが、徹底されていない恐れはあるな」

高尾は、無線のマイクを取った。

「通信指令課。こちらは、本部少年課だ」

「こちらは、通信指令課。本部少年課、どうぞ」

「環状1号のマルソーを追っている各移動局に徹底してくれ。連続少年暴行殺人の容疑者が、現れる可能性がある。容疑者は、黒いワンボックスカーに乗っている」

高尾は、それを繰り返した。

「通信指令課、了解。連続少年暴行殺人事件に関わる車両、黒のワンボックスカー。各移動局に徹底します」

「以上だ」

高尾は、マイクを置いた。それから、ジャンパーのポケットを探り、携帯電話を取りだした。

片手で運転しながら、携帯電話の電話帳を調べている。とても褒められた運転ではない。交通指導課の連中に見つかったら摘発されてしまう。

それから高尾は携帯電話を左耳に当てて言った。

「ああ、赤岩か。高尾だ」

それを聞いて、丸木はびっくりした。

この人は、赤岩の電話番号まで知っていたのか……。

「言い忘れていたことがあった。緑区の三人を襲ったやつらは、黒のワンボックスカーに乗っていた」

それだけ言って、高尾は電話を切った。

「いつの間に、赤岩の電話番号を聞いたんです？」

「問題のある少年の連絡先は押さえておく。少年課のイロハだぞ」

丸木は押し黙った。

「水越陽子の電話番号も知ってるぞ。なんなら教えてやろうか？」

「いいですよ」

丸木は言ったが、本当は教えてほしかった。

夜になり、捜査本部の中がにわかにあわただしくなったのを、碓氷は感じた。

碓氷は、昨夜の美崎や吉谷浩二郎たちとの話を思い出して、考え込んでいた。

やはり、どう考えても、まともな捜査のやり方じゃない。今ならまだ赤城を説得して思いとどまらせるのも可能ではないか……。

捜査員たちが上がってきて、何やら話し合っている。どうやら、神奈川県警の人間が幹部たちに何かを申し入れているようだ。

「マルソーだって？」

陣頭指揮を取っている池谷管理官の声が聞こえた。

それに、神奈川県警の捜査員がこたえている。

「ええ。にわかに活動が活発になったようで、今夜もあるグループが暴走行為を行っているそうです」

「事件と何か関係があると思うか？」

「被害者の共通点を考えれば……」

碓氷は、彼らのやり取りを聞いて、昨夜の新宿歌舞伎町の雰囲気を思い出していた。夜遊びしている若者たちがぴりぴりしていた。

犯人の目的はまだまったく不明だ。だが、若者たちは、理屈ではなく肌で感じ取っているのだ。

ターゲットは若者であり、それも素行の良くない少年たちだ。誰かが自分たちを敵視している。

不良少年たちを刺激するには、それで充分だ。

「高尾君はいるか？」

池谷管理官の声がした。

そういえば、少年課たちの姿が見えない。

「こういうときに、いてくれなくちゃ困るな……」

池谷管理官は、不満を露わにした。

いつも、すっきりとした身だしなみの池谷管理官は、滅多に感情的になることはない。だが、捜査本部の本部主任ともなるとストレスに苛《さいな》まれるのかもしれない。

「あいつら、ひょっとしたら、マルソーを追っかけてるのかもしれねえな」

隣にいた赤城が碓氷に言った。

「どこからそういう発想が生まれるんだ？」

「あの高尾ってのは、なかなかやるよ」

「知っているのか？」

「人相を見ればわかる」

「人相ね……」

「それから、あの富野だ。どうも、一筋縄ではいかねえやつだ」

「ああ、何を考えているかわからんやつだ」

「お祓い師のことを言っていただろう？」

「高井戸署に身柄を拘束されたやつのことか？」

「情報源の一人だと言っていた。俺にとっての美崎先生みたいなもんだ」

「何が言いたいんだ？」

「あいつらも、俺たちみたいに、ちょっと変わった角度から捜査をしているのかもしれない」

「ちょっと変わった角度から捜査……」

碓氷は言った。「なるほど、いろいろ言い方はあるもんだな」

結局、暴走族の件は神奈川県警に任せるしかないということになったようだ。捜査本部から人を出すにしても、何をすればいいのか、あまりに漠然としている。

暴走族の周囲をうろうろするだけでは、何の役にも立たないだろう。

碓氷は、また美崎の件を考えはじめた。

どうして、赤城はあんなに美崎のことを信頼できるのだろう。それが不思議でたまらなかった。

11

高尾は、何度もハンドルを切った。

富野は、横浜の町をよく知らない。だから、どこを走っているのかはわからない。でたらめに走っているようにも思えた。

市街地を抜け、郊外に出てまた市街地に戻る。

その間、高尾はずっと無線に耳を傾けていた。助手席にいる丸木も黙っていた。

富野は、隣で窮屈そうに膝を折りたたんでいる鬼龍にそっと尋ねた。

「陰の気を感じているか?」

「ええ。感じています」

「強いのか?」

「強いですよ。まるで、思念が凝り固まっているようだ」

「つまり、近くにいるということだな?」

「亡者が集まると、かなりの広範囲にわたって陰の気の影響が出ます。また、あるときは、陰の気が一種の気流や海流のように、流れを作ります。今はその流れができつつあるように感じます」

「流れ？」

「驚いたことに……」

鬼龍は言った。「高尾さんは、正確にその流れを追っているのです」

「彼は無線の情報をもとに車を走らせている。つまり、それが陰の気の流れと偶然一致しているということか？」

「偶然じゃありませんよ」

鬼龍は言った。「だって、追っているものはいっしょなんですから……」

「つまり、犯人たちもルイードという暴走族に狙いをつけているということだな？」

鬼龍はうなずいた。

「そういうことになると思います」

ルイードは、その後保土ヶ谷インターを越えてから国道16号に入って、横浜市街地方向に引き返した。

さらに高根町を通過して、やがて本牧《ほんもく》のD突堤に集結した。無線の情報によると、高尾が言ったとおり、最終的には、車両約二十台、バイクが五十台近くに膨《ふく》れあがっていた。

高尾の情報は確かだ。最初見たときは、警察官とは思えない恰好をしていると、富野は思った。

特に少年課などは、みな背広にネクタイという恰好だ。高尾は確かに変わり種だった。だが、信頼できる警察官だということが、富野にもわかってきた。

革ジャンにジーンズという恰好は伊達《だて》ではないのだ。

D突堤では、ヘッドライトが交差し、マフラーを特殊なものに換えたバイクのエンジン音が響き渡った。

獣たちが咆哮《ほうこう》しているようだと、富野は思った。

暴走族は交通課にとっても少年犯罪課にとっても頭痛の種だ。暴力団の予備軍という側面がある。

暴力団の構成員ないしは準構成員が暴走族のバックについて、何かと面倒を見る。そして、構成員にスカウトするわけだ。

暴走行為や抗争を繰り返す暴走族は、憎しみの対象でもある。たしかに、富野は暴走族を憎んでいた。

感情的になってはいけない仕事だ。それは充分にわかっているが、人間である以上感情を完全に消し去ることなどできない。

反抗心をむき出しにする暴走族やストリート・ギャングたちには腹が立つし、憎しみも感じる。

その暴走族が、間接的にせよ、警察に協力しようとしている。この集会は、連続少年暴行殺人犯の眼を引き付けるためのものだ。

富野は不思議な気持ちで集会の様子を眺めていた。

無数のヘッドライトとエンジンの咆哮を、神奈川県警のパトカーや覆面車、白バイなどが、遠巻きに取り囲んでいる。

高尾はその包囲網の中にシルビアを駐車させていた。運転席の高尾は、ヘッドライト群で光の島のように浮かび上がっているD突堤のほうを眺めて、かすかな笑みをうかべている。

うれしそうだ。

不思議な男だと、富野は思った。

まるで、暴走族に共感しているかのようだ。警察官が、暴走族に近しい感情を抱くなど、考えられないことだ。

だが、彼らに共感しているからこそ、彼らの行動を理解することもできる。だからこそ、高尾は驚くほど正確にルイードの行動を予測できたのだ。

俺には真似はできない。

富野はそう思った。

やがて、集会は終了し、ルイードは解散した。改造された車やバイクは、ほうぼうに散っていく。

それぞれの後ろにパトカーや白バイ、覆面車がぴたりと付いた。危険な走行や迷惑行為をやらないかどうか監視しているのだ。

暴走行為をしたとたん検挙する態勢だ。

「さて……」

富野は言った。「これからどうする？」

次々と走り去っていくルイードのメンバーの車両に目をやりながら、高尾がこたえた。

「ここまでは俺の仕事だが、これからはそこにいるお祓い師の仕事だ」

富野は、隣に座っている鬼龍を見た。

「どうだ？　何か感じるか？」

「陰の気の流れが、はっきりしたものになってきています」

高尾が後ろを振り向いて尋ねた。

「どっちへ行けばいい？」

「北西です」

「保土ヶ谷のほうに戻ることになるな……」

そう言うと、高尾はギアをローに入れた。例によってシルビアを勢いよく発進させると、D突堤を後にした。

高尾が運転するシルビアは、本牧通りを北西に向かった。

「俺は無線をチェックする」

高尾が言った。「鬼龍、あんたは、その陰の気とやらの流れを追うことに専念してくれ」

「わかりました」

小グループに分かれたルイードを追尾するパトカーや白バイからの無線が絶え間なく入ってくる。

「どうやら、俺たちの後ろから来るやつらがいるらしい。四輪が一台に単車が三台だ」

富野は思わず振り向いてリアウインドウから背後をうかがった。たしかに暴走族らしい車両が後方に見えた。

「へえ……」

高尾は無線を聞きながら言った。「こいつら、ルイードの親衛隊じゃねえか……」

「親衛隊？」

助手席の丸木が聞き返した。

「一番腕の立つ連中だ」

鬼龍が訊いた。

「つまり、暴力的な連中ということですか？」

「ああ。飯より喧嘩が好きなやつらだ」

「考えられますね……」

鬼龍がつぶやく。

「何のことだ？」

高尾が尋ねた。

「陰の気は、性欲や暴力的な衝動といった人間の原始的な欲求に強く作用します。暴力的な人間や性的な衝動が強い人間が、引き付けられやすいのです」

「つまり、親衛隊の連中は、陰の気に誘われて保土ヶ谷方向に向かっているということか？」

「そうでしょうね。おそらく本人たちも気づかぬまま、陰の気の流れに導かれているのです」

「つまり、どこかで誰かが待ち伏せしているというわけか？」

「待ち伏せ。あるいは、犯人たちもこの近くを車で走っているかもしれません」

「おい、丸木」

高尾が言った。「周りに黒いワンボックスカーがいないかどうか、注意していろ」

「はい」

丸木が返事をした。

富野も周囲を見回していた。

高尾がスピードを落としたので、ルイード親衛隊の車とバイクは、徐々に近づいてきた。

彼らの背後には、パトカーが一台付いてきている。

つまり、高尾のシルビアと神奈川県警のパトカーでルイード親衛隊たちを挟む恰好になっていた。

目の前にいるシルビアが邪魔だとばかりに、背後の車がハイビームで威嚇してきた。

「ふん」

高尾が鼻で笑った。「旧式のスカイラインをばりばりに改造してやがるな。やっぱり親衛隊だ」

その車は、紫に塗装されていた。

二台のバイクが紫の改造スカイラインをすり抜けるように前に出てきた。一台のバイクが高尾の脇についた。ライダーが、脅すように運転席を覗き込んだ。

シルビアなどの車は、暴走族たちを刺激するようだ。

「前を開けろと言ってるんだろう?」

富野が言った。「開けてやればいい。そのほうが追尾しやすい」

「たしかにあんたの言うとおりだがな……」

高尾が言う。「簡単にやつらの言いなりにはなりたくないな」

丸木が驚いたような口調で言った。

「そんなことを言っているときですか」

高尾はちらりと助手席を見た。

それから脇のバイクを一瞥する。

「わかったよ」

高尾は、車を道の左脇に寄せた。

バイクが通り過ぎていく。それに続き、紫のスカイラインが、すれすれで追い越していった。

その後ろにバイクが一台いた。派手な蛇行を繰り返していた。

高尾は、蛇行するバイクの後ろに付けた。パトカーの前だ。

「転《こ》けるなよ」

高尾は独り言のようにつぶやいた。「転けたら轢《ひ》くぞ」

そのとき、背後のパトカーのスピーカーから声が流れてきた。

「前方のシルビア、左に寄って道を開けなさい」

高尾は、ルームミラーで後方を確認した。左に寄ろうとする様子はない。

パトカーの乗務員は再度同じメッセージを繰り返した。

「うるせえな……」

高尾は言った。「丸木、背後のパトカーの番号を確認しろ」

「どうするんです？」

「いいから、早くしろ」

丸木は、富野に尋ねた。

「そこから見えますか？」

富野は振り返り、パトカーの番号を確認した。

「神奈川３だ」

高尾は、無線のマイクを取り、トークボタンを押して言った。

「横浜根岸通り、桜木町駅付近を走行中の神奈川３」

ややあって、返事があった。

「こちら神奈川３」

「てめえ、誰に向かって脇によけろと言ってるんだ？」

しばしの沈黙。

「こちら神奈川３。送信者は誰だ？　繰り返す。送信者の素性を明らかにせよ、どうぞ」

「県警少年課の高尾だ。わかったらがたがた言うな」

またしばらく沈黙があった。やがて、ぶっきらぼうな声で応答があった。

「神奈川３、了解」

そのやり取りの間、丸木はずっと心配そうに高尾の顔を見ていた。富野もはらはらしていた。

高尾はマイクをフックに戻した。どうやら神奈川3は、高尾のルイード親衛隊に対する怒りの犠牲にされたようだ。腹いせだ。

高尾という男に怖いものはないのだろうか。富野はそんなことを考えていた。

やがて、市街地を抜けた。無線から、パトカーや白バイの追尾を終了するという報告が流れる。

集会を終えて、ばらばらになったルイードが、これ以上の暴走行為に及ばないと判断したのだ。

「いよいよ、これからだな……」

高尾が言った。

ルイード親衛隊も、追尾のパトカーがいなくなったことを確認したらしい、バイクが紫色の改造スカイラインから離れていく。一台、そしてまた一台と交差点で別れていった。

国道16号に入り、保土ヶ谷を通過するころには、紫色の改造スカイラインだけを、高尾のシルビアが追尾する恰好になっていた。

旭区に入ると、あたりはかなり閑散としてくる。住宅街だ。高尾が言うとおり何か起きるとしたらこれからだろうと、富野は思った。

周囲に黒いワンボックスカーは見当たらない。だからといって油断はできなかった。

「後ろの車だ」

　突然、高尾が言った。

　富野は振り返った。リアウインドウ越しにヘッドライトが見えた。

「かなり後ろに付いていたんだが、急にスピードを上げやがった」

　富野は言った。

「黒のワンボックスカーじゃないですね。セダンです」

　高尾が言った。

「ＢＭＷだろう」

　高尾が言うとおり、濃紺のＢＭＷのようだ。シルビアのすぐ後ろに迫っている。

　鬼龍が言った。

「あの車から、強い陰の気を感じます」

「やろう……」

　高尾が言う。「じっとチャンスを待っていやがったな……。おそらく、本牧からずっとつけてきたんだ」

　高尾が言い終わる前に、濃紺のＢＭＷは、さらに加速し、追い越しをかけた。

　シルビアを追い越し、さらに紫の改造スカイラインを追い越した。

　それだけでもルイード親衛隊を刺激するには充分なはずだった。

だが、それだけではなかった。ルイード親衛隊のスカイラインの前に出た濃紺のＢＭＷは、蛇行運転を始めたのだ。

明らかに喧嘩を売っている。紫の改造スカイラインは即座に反応した。

ＢＭＷをかわして前へ出ようとする。ＢＭＷはそれを巧みにブロックする。

「無茶しやがる……」

高尾がつぶやいた。

高尾の言うとおりだった。彼らの動きは、対向車を完全に無視していた。

激しい金属音が聞こえた。

スカイラインのノーズとＢＭＷのテールが接触したのだ。ＢＭＷのテールランプのプラスチックカバーが飛び散った。

その一部が宙を飛び、シルビアのフロントウインドウにぶつかる。

バトルはそれでも終わらない。ＢＭＷの側面をかすめるようにスカイラインがさらに加速した。

互いの側面が接触する。スカイラインが前に出た。

今度はスカイラインがＢＭＷをブロックする。次第にスピードを落とす。ＢＭＷも鼻先を押さえられる恰好でスピードを落とした。

やがて、ＢＭＷは車を道の左端に寄せて停車した。

　スカイラインも停車した。

　高尾はその二台を追い越し、前方に車を停めた。

　富野は背後を見ていた。二台の車が停車している。すでにスカイラインから人が降りていた。

　今時珍しい、暴走族の戦闘服を着ている。ニッカーボッカーズのようなだぶだぶのズボンに派手な刺繡が入った丈の長い上着。その下はどうやら裸のようで、腹にさらしを巻いている。

　さらに一人降りてきた。

「河田次郎《かわだじろう》に須藤芳雄《すどうよしお》……」

　高尾がルームミラーを見ながら言った。「ルイードで最高の戦闘員だよ」

　その二人は、ＢＭＷに近づいた。ドアを蹴る。ドライバーを引きずり出そうとしているのだ。

　ＢＭＷの運転席のドアが開いた。

　中から現れた男は、黒いセーターに黒のカーゴパンツ、それに黒の目出し帽をかぶっていた。

　さらに後部の二つのドアが開き、同じ恰好をした男が二人現れた。

　ルイード戦闘部隊たちの怒号が聞こえる。紫のスカイラインの運転席から、やはり戦闘服に身を固めた若者が降りてきた。

「内海剛蔵《うちうみたけぞう》……」

高尾が言った。「親衛隊長だ。大物だぞ」

これで、三対三になった。富野は言った。

「解説している場合じゃないだろう。また、三人が殺されちまうぞ」

「ルイード親衛隊はそれほどヤワじゃない」

丸木が言った。

「そういう問題じゃないでしょう」

「ふん。やるべきことはやるさ」

高尾は無線で応援を要請した。

富野は、どうやって彼らを制圧するかを考えていた。

戦いはいつ始まるかわからない。

ルイード親衛隊の一人が黒の目出し帽の男たちの一人に殴りかかった。

その瞬間だった。そのパンチをかいくぐるようにかわした目出し帽の男はさっとルイード親衛隊の一人の首に、左腕を巻き付けた。そのまま、後ろに回り込む。

「まずい」

そう言って車を真っ先に飛び出したのは、高尾だった。

高尾は突進し、首に手を回している黒い眼出し帽の男に体当たりをした。三人はもつれ合って道路に転がった。

真っ先に起き上がったのは、黒い目出し帽の男だ。次に起き上がったのは、高尾だった。黒い目出し帽の男は高尾と対峙していた。

ルイード親衛隊長の内海と残りの一人は、何事が起きたのかと立ち尽くしている。

「行くぞ」

富野が言った。それを合図に、丸木がシルビアを飛び出した。ツードアのシルビアは、前のシートの背もたれを倒さなければ、後ろから出られない。

富野と鬼龍がシルビアを出たときには、次の戦いが始まっていた。

黒い目出し帽の男が、高尾に鋭いパンチを繰り出していた。

富野たちの姿を見た残りの目出し帽の男たちの動きは素早かった。即座にＢＭＷに戻ろうとした。

「そいつらを逃がすな」

高尾の声が聞こえた。

その声に真っ先に反応したのは、ルイードの親衛隊長、内海だった。

車に乗り込もうとする目出し帽の一人の腰に背後からしがみついた。そこにもう一人の親衛隊が飛びついた。

二人にしがみつかれた目出し帽の男は、それでもあわてた様子はなかった。

「あ……」

突然、ルイード親衛隊の一人が目を押さえて立ち尽くした。目出し帽の男の指が、彼の目を捉えたのだ。軽く目に指先が触れるだけでも、人は戦闘能力をなくす。

親衛隊長はひるまなかった。なんとか男を引き倒そうとしている。力ずくだ。

そこに丸木がつかみかかっていった。

高尾と目出し帽の男の戦いも続いていた。高尾は慎重だった。相手の意図を悟っているのだ。

相手は、殴り合いなど考えていない。狙うのは、目、金的、咽《のど》、首……。一瞬で相手の戦闘力を奪うポイントだ。

富野にもそれがわかった。

「何とかしろよ」

富野は、鬼龍に言った。

「言われなくても、やりますよ」

鬼龍は、右手の人差し指と中指を立ててそれを戦う男たちに向けた。

それを縦横に振りながら、呪文を唱えた。

「天・地・玄・妙・行《ぎょう》・神《じん》・変《べん》・通《つう》・力《りき》」

最後に鋭く二本の指を突き出して、鋭い声を発した。

「勝《しょう》」

富野は、光と風を感じた。

実際には吹いていない風と、目に見えない光だ。鬼龍といると、ときおりそれを感じることがある。

その光と風が、もつれ合う男たちに襲いかかった。

親衛隊長の内海と丸木にしがみつかれていた目出し帽の男が、突然崩れ落ちた。急に力が抜けたように見えた。

鬼龍の呪《しゅ》が効いたのだ。

富野は、以前も同じ呪を聞いたことがある。「魔切り」と呼ばれる呪らしい。

高尾の相手も瞬時にして集中力を失ったようだ。高尾は、その瞬間を見逃さなかった。強烈なフックを相手の顔面に叩き込む。

高尾の拳は顎を捉え、相手の膝からかくんと力が抜けた。目出し帽の男はそのままアスファルトの上に崩れ落ちた。

BMWの運転席にいる男も、放心したように正面を見たまま座っている。

高尾がゆっくりとBMWに近づいた。

「降りろ」

運転席のドアを開けて、目出し帽の男を引きずり出す。男は抵抗しなかった。

「なんだ、てめえら……」

親衛隊長の内海が吼えた。「こりゃ、いったい何の真似だ？」

彼はわけがわからないなりに、精一杯威嚇しているのだ。

高尾が内海のほうを見た。

「おまえたちは、こいつらに襲撃された。その証言をしてもらう。いっしょに来るんだ」

「何だと？」

「俺は、神奈川県警少年課の高尾だ。名前くらい聞いたことがあるだろう」

「マッポだって……？」

「こいつらの身柄がほしかった。赤岩とも話はついている」

「てめえ、赤岩さんを利用しやがったな……」

「そういうことじゃない。あいつは、すすんで協力してくれたんだ」

「赤岩さんが警察に協力なんてするはずがない」

「赤岩は大人なんだよ。俺たちに逆らうということは、赤岩や水越陽子に逆らうことになる」

親衛隊長は絶句した。

赤岩や水越陽子の名前は、いまだにルイードに強い影響力を持っていることが証明されい。

た。親衛隊長の内海は、高尾の言うとおりにするしかないと観念したのだ。

　高尾は、富野に言った。

「倒れているやつの様子を見てやってくれ」

　富野は、最初に倒された親衛隊員の様子を見た。地面に倒れたまま動かない。

　頸動脈に触れると、脈はあった。まだとどめを刺される前だったのだ。だが、意識がない。

　倒されたときの体勢から考えて、頸椎をやられているおそれがあった。

「救急車が必要だ」

　高尾はうなずいた。

「丸木、無線で救急車を呼ぶんだ」

　丸木は、肩で息をしていた。取っ組み合いをしたせいだ。彼は明らかに格闘向きではない。丸木は、青い顔をしていたが、高尾に命じられて、よろよろとシルビアに向かった。

「それで……」

　高尾は鬼龍に尋ねた。「何をしたんだ？　三人の男たちの手ごたえが急になくなった。まるで放心したようだ」

　鬼龍はこたえた。

「祓ったんです。亡者としては、小者です。おそらく亡者にされたばかりだ」

「祓った後、廃人になる場合があると言ったな？」

「この程度の亡者ならば、そういうことはありません」

「そいつは、ありがたい。つまり、尋問できるというわけだ」

パトカーのサイレンが聞こえてきた。

高尾が言った。

「収穫だな。やつらの身柄を警視庁の捜査本部に運ぼう」

12

碓氷は、予備班の連中が襲撃犯の身柄を取ってきたと聞いて、驚いていた。

碓氷ばかりではない。幹部をはじめとする捜査員たちも、みな何事が起きたのかという顔をしている。

池谷管理官が、興奮した口調で神奈川県警の高尾に言うのが聞こえた。

「どこから引っ張ってきたんだ？」

高尾がこたえた。

「ルイードというマルソーのメンバーが襲撃されました」

「詳しく聞かせてくれ」

高尾は肩をすくめた。

「ルイードが集会をやるというんで、張り込んでいたんです」

「それだけか？」

「それだけです」

池谷管理官は、一瞬きょとんとした顔をした。高尾の説明があまりに素っ気ないので、肩すかしを食らったような気分になったのだろうと碓氷は思った。

「まあいい。詳しいことは報告書に書いてくれ。とにかくお手柄だ」

襲撃されたという二人の暴走族メンバーも警視庁まで高尾らに同行していた。高尾と丸木は、彼らの事情聴取に向かった。

「やっぱりマルソーを追っかけていたな」

赤城が言った。「あいつらに、先を越されちまったな……」

「本当に、連続少年暴行殺人の犯人なのかな……」

碓氷は、まだ半信半疑だった。

「顔を見たか？」

「ああ。いい年をした大人だ。俺たちとそれほど変わらないかもしれない」

「予想どおりだ。大人が子供に戦争を仕掛けているんだ」

「何のために……？」

「腹に据えかねるんだよ。今の若いやつらを見ているとな」

「だからって……」

「そう。まともじゃない。だがな、ガキどもだってまともじゃないんだ。これまで大人がおとなしすぎたくらいだ」

「まるで、あんたがそう思っているような口ぶりだな」

「あくまでも一般論だよ」

「俺たちは、法に頼るしかないんだよ」

「法の整備はいつでも後手だ。実情にはとうてい追いつかない。業を煮やしたやつらがいるのさ」

「リンチは、どんな場合も許されない。それに、まだ、被疑者たちの動機ははっきりしていない。憶測で勝手なことを言うなよ」

　碓氷が言うと、赤城は上目遣いに見返してにやりと笑った。

「そうだな。やることをやってからでないと、発言に説得力がない」

　赤城は立ち上がった。腰が痛そうだった。

　碓氷が言った。

「どこへ行くんだ？」

「腰の調子がよくないんで、整体をしてもらおうと思ってな」

「こんな夜中にか？」

「あの先生は、俺が頼めば、いつだって治療してくれる」

　美崎とは、新宿で別れたきり会っていない。何かあれば知らせると美崎は言ったが、いちいち報告してくるような男には見えなかった。

　こちらからつついてみる必要がある。本来ならべったりとくっついていたいのだが、赤城と二人きりではそうもいかない。捜査本部の方針を無視して動き回るには限界がある。聞き込みに回るふりをして接触するしかない。あるいは、こうして深夜に出かけるしかないのだ。

碓氷は赤城に言った。

「俺も付き合うよ」

「俺は治療に行くだけだぜ」

「車で送ってやるよ」

「おまえ、親切なんだな」

「今まで気づかなかったのか」

富野は、目出し帽を取った三人を見て少なからず驚いていた。その年齢だ。

富野もうすうす気が付いていた。この事件は、大人と子供の戦いの要素が強い。だが、これほどの年齢とは思わなかった。全員が四十歳前後に見えた。分別のある大人が、少年たちを襲撃していたということになる。

一時期、オヤジ狩りというのがはやった。今ではその言葉を聞くこともあまりなくなったが、話題にならなくなっただけだ。行為そのものがなくなったわけではない。

最近では、少年たちが携帯電話の出会い系サイトなどを利用し、美人局《つつもたせ》をやっている。

それも、巧妙なオヤジ狩りだ。

オヤジ狩りに対する報復。富野は、一瞬そんなことを思った。だが、それにしてはやりすぎだ。すでに、少年が九人も死んでいるのだ。

そしてまた、三人が襲撃された。おそらくまた殺すつもりだったのだろう。

病院に運ばれたルイードの親衛隊員は、ほどなく意識を回復した。いわゆる「落ちた」状態だったので、命には別状なかった。頸部の損傷も軽微だった。軽いむち打ち症程度のものだという。

彼に付き添った神奈川県警の所轄署員が知らせてきた。じきに彼の身柄もこちらに届くはずだ。

だが、あのとき高尾が飛び出して体当たりをしなければ、頸骨をへし折られていたかもしれない。そういう体勢だった。

明らかな殺意を感じた。残忍なやり方だ。

警察に身柄を運ばれてきた三人の犯人は、残忍な行為とは無縁の人間たちに見えた。

パトカーが到着した時点ですでにそうだった。

鬼龍が祓ったからだ。過去に経験があるので、富野はそれを受け容れることができる。

高尾もなんとか理解してくれたようだ。

だが、ほかの捜査員には理解できないだろう。いや、理解しようとすらしないだろう。

取り調べは、ベテランの刑事が担当した。彼らは、被疑者たちの態度に面食らっているかもしれない。

あるいは腹を立てているだろう。襲撃犯たちの言い分は、想像がついた。

まるで夢を見ていたようだ。そう言うに違いないのだ。そして、それが実感なのだ。亡者でいる間は、まるで夢の中の出来事のように現実感がなくなる。

夢の中だから、欲望のままに何をしても許される。彼らはそう感じていたはずなのだ。だが、彼らは現実の世界で人を殺そうとした。その事実に、自分自身で驚いているはずだ。

夢が現実だったという驚きと戸惑いだ。

鬼龍とは警視庁の前で別れた。

別れ際に、鬼龍は言った。

「今、あの三人は、自分たちがやったことの恐ろしさに、怯えきっているでしょう。夢の中から現実に引き戻されたんです」

それが亡者の絡む犯罪の特徴だ。亡者になると、それまで抑制されていた欲望が解放される。本人には、罪を犯しているという自覚がなくなる。

亡者が引き起こす事件は、悲惨なものばかりだ。残忍な殺人。救いのない性犯罪。富野は、そこに人間の隠された本質を見る。だから、亡者絡みの事件に出会うと、いつも暗い気持ちになる。

鬼龍の言葉を聞いた高尾が言った。

「犯罪はいつもそんなもんだよ。やっちまってから、ことの重大さに気づくんだ」

すべてを割り切って考えられるこいつがうらやましい。

富野はそのとき、そう思った。

美崎整体院の看板の明かりはもちろん消えている。だが、奥の部屋の明かりはついているようだった。

碓氷は時計を見た。

すでに深夜の十二時を回っている。こんな時刻に他人の家を訪ねるのは非常識だ。だが、刑事には一般人の常識は通用しない。

赤城はためらうことなく、出入り口脇にあるインターホンのボタンを押した。

しばらくして返事がある。赤城はインターホンに向かって言った。

「先生、起きてるかい？」

「こんな時間に何の用です？」

「時間外の治療、頼めるかい？」

返事はない。赤城もそれ以上何も言わずにじっと待っている。

整体院の明かりがともり、出入り口のドアが開いた。

「入ってください」

美崎が顔を出して言った。彼は碓氷に気づいたが、何も言わなかった。

「すまねえな」

赤城が整体院に入っていき、碓氷はそれに続いた。

整体院の中は、昼間と違って冷え冷えとしていた。照明もほの暗い感じがする。人気がなかったからだ。

「先生、その後、関西の武術の団体とやらから、接触はなかったか？」

「あったら、こんなにぴんぴんしていませんよ」

「そんなに危ないやつらなのか？」

「私は、見ての通り足が不自由ですからね……」

「俺にそういう冗談は通用しねえんだ、先生」

「気になるなら、この間みたいに私を監視したらどうです？」

赤城はしばらく考えていた。それから言った。

「そうさせてもらうかな……」

「おい……」

碓氷は言った。「俺はもうこりごりだぞ。捜査本部の幹部に睨まれちまう」

「手柄を上げりゃ、文句は言われねえさ」

「それにしても、二人で二十四時間監視を続けるのは不可能だ」

「情けねえな。あんただってベテラン刑事だろう。それくらいのこと、腹をくってくれ」

美崎が言った。

「捜査の打ち合わせなら、別のところでやってください。私はもう寝るところだったんですよ」

赤城は、美崎の顔を見て言った。

「今日、暴走族を襲撃した三人の身柄を確保した」

美崎の表情がわずかに変わった。

「一連の事件の犯人ですか？」

「まだ、取り調べの最中なんではっきりしたことはわからない」

「もし、その三人が犯人だとしたら、一件落着じゃないですか」

「本気で言ってるわけじゃないだろうな。あの柔術の先生も言っていただろう。この事件の背後には大物がいるらしいって。たった三人挙げただけで終わる事件じゃねえんだ」

「その三人から聞き出せばいいでしょう。私の出番はもうない」

「だといいんだがな……」

赤城は言った。

碓氷は二人のやり取りに苛立ちを感じて言った。

「美崎さん。あなたは、私たちに協力してくれる気になったんじゃないのですか？」

美崎は碓氷を見た。

「充分協力しているつもりですがね……。こんな時間にやってきた刑事たちの相手をしている。先日は、吉谷浩二郎先生を紹介しました」

たしかに美崎の言うとおりだと碓氷は思った。彼は、すでにさまざまな情報を提供してくれた。

あとは、こちらの問題なのだ。だが、すでに餌をまいてしまった。美崎が餌になったのだ。その事実から眼をそらすわけにはいかない。

「あなたの身の安全を確保するためにも、私たちはあなたと行動を共にする必要があると思います」

碓氷は言った。「たしかに、三人の被疑者を検挙しました。しかし、その三人が本当に一連の事件の犯人かどうかはまだわからないのです」

赤城が言った。

「今日検挙された三人は、紺色のＢＭＷに乗っていた。だが、最初の事件の犯人は、黒いワンボックスカーに乗っていたという情報がある」

「犯人がいくつかのグループに分かれているとしたら、車も複数あるでしょう。レンタカーを使ったのかもしれない」

「レンタカーの線はない。借り主から犯人が割れる」

「つまり……」

碓氷は説明した。「三人を検挙したからといって、まだあなたの身が安全になったということにはならないのです」

「今日、三人を挙げてきたのはな、先生、少年課の連中なんだ」

赤城が言った。「刑事が少年課に先を越されたんだ」

美崎は、小さくため息をついた。それから彼は言った。

「私にどうしろというんです？　囮らしく、街をうろつけというんですか？」

赤城がこたえた。

「そうだな、それも悪くないかもしれない」

美崎はかぶりを振った。

「私はそれほど暇じゃないんです」

「こっちも暇じゃない。だから、先生が出かけるときだけ、俺たちが張り付く。それでどうだ？」

美崎は無言で考えていた。碓氷は、その様子を見つめていた。美崎が何を考えているのかわからない。

赤城は、彼が武道家としての規範で行動するだろうという意味のことを言っていた。それがどのようなものなのか碓氷には今ひとつぴんとこない。

例えばヤクザは、彼ら独特の規範で行動する。「筋を通す」というのが、彼らの言い分だ。武道家もそれと似たようなところがあるのだろうか。

だとしたら、武道家も反社会的な側面を持つことになる。それを警察官として認めていいものだろうか。

碓氷はまだ迷っている。

美崎が言った。

「殺人事件の捜査を手伝えと言われても困ります」

赤城が言う。

「そりゃあ、わかってるさ。それは俺たちの仕事だ」

「でも、犯人たちのやっていることが許せないというのは、赤城さんたちも私も同じだ。いいでしょう。囮になると決めたのは私です。外出するときは知らせますよ」

赤城はうなずいた。

「先生は話がわかる人だと思ったよ」

赤城が出口に向かおうとした。美崎が尋ねた。

「治療はどうするんです?」

赤城は、人を食ったような笑みを浮かべた。

「どうしたわけか、急に腰が軽くなった。先生は名人だな、こうして話をするだけで具合がよくなる」

13

　ほとんど夜を徹して三人の被疑者の取り調べが行われていた。担当しているのは、いずれも被疑者を落とすことに定評のあるベテラン捜査員だ。

　すでに、被害にあったルイードの三人は、事情聴取を終えて帰宅している。

　取り調べを担当していた捜査員の一人が、捜査本部の置かれている大会議室に戻ってきた。疲労困憊《こんぱい》の様子だ。

　白髪交じりの、目の細い捜査員だ。その眼差しは鋭く、筋金入りの刑事であることがすぐにわかる。

　富野、高尾、丸木の三人は定位置に腰を下ろし、彼が幹部席に近づくのを眺めていた。

　池谷管理官がそのベテラン捜査員に尋ねた。

「どんな様子だ？」

　ベテラン捜査員はこたえた。

「さっぱり要領を得ませんね……。今夜……、というか昨夜の事件については、大筋で認めていますが、動機その他についてははっきりしたことを言いません。よくわからないなんて、ふざけたことを言っています」

「過去三件との関係は？」

　ベテラン捜査員は首を横に振った。

「否定してます。自分とは関係ないと……」

「その点、どう思う？」

「自分の印象ですか？」

「ああ、印象でいい」

「本当に関係ないんじゃないかという気がします。実際、使用していた車も、最初の事件で目撃された車と違っていますし……」

「誰かに命令されてやったというようなことは？」

「追及しましたがね、それも否定しています」

「そりゃあ否定するだろうが、それを吐かせるのが、君の仕事だ」

「いや、管理官……。あれ、違うんじゃないかと……」

「どういうことだ？」

「つまり、模倣犯じゃないかと……」

　管理官は難しい顔になった。

　その後、ほかの二人の取り調べを担当していた捜査員も本部に戻ってきた。

彼らは、ほぼ同様の印象を語った。

富野ら予備班の三人は、席に座ったまま、管理官と彼らのやり取りを聞いていた。

高尾がぽつりと言った。

「模倣犯か……。あり得ない話じゃないな……」

じきに夜が明ける。富野は疲れ果てていた。捜査本部に詰めている誰もがそうだ。だが、不思議なことに、高尾だけがまったく疲れていないように見える。

「模倣犯ですって……」

丸木が言った。彼の眼も赤い。「そんな……」

高尾は足を組んでくつろいだ恰好のまま言った。

「考えられないことじゃない。三件の殺人事件のことはマスコミでかなり詳しく報道されている。まねしようというやつが出てきても不思議はない」

丸木が言った。

「でも、暴走族に喧嘩を売る中年男だなんて……」

「オヤジだって頭に来ているんだ」

「過去三件の事件の犯人の素性はまだわかっていない」

富野は言った。

高尾が富野を見た。

「何が言いたいんだ？」

「俺は漠然と、大人の犯行だと思っていた。つまり、この事件は大人が少年に対して怒りをぶつけているという性格のものだと感じていた」

「俺もそう思っていたよ。それがどうした？」

「今回、俺たちが検挙したのは、いずれも中年男だ。俺たちの考えにぴったりと符合する」

「だから、それがどうしたと訊いているんだ」

「だからさ、過去三件の事件の犯人がどんなやつか、誰も知らないんだ。なのに、今回の犯人は、見事に俺たちの予想にぴったりと合っている」

「できすぎだって言いたいのか？」

「そうだ。仮に模倣犯と仮定しよう。これが、もし、跳ねっ返りの若者ならそれなりに納得できるが、俺たちの予想どおり中年男の三人組だ。犯人が中年男だとマスコミで報道されていたのなら、模倣しようという気にもなるだろうが、何度も言うように、殺人犯の素性は報道されていない。あたりまえだ。俺たちですら知らないんだからな」

　高尾はくつろいだ姿勢を変えない。

「一般大衆というものを甘く見ちゃいけない。俺もあんたも、殺人の犯人は大人だと、漠然と考えていた。報道を見聞きしてそれくらいのことを思いつく人間はいくらでもいる」

「それで、自分たちもやってみようと思ったというわけか？」

「その可能性はおおいにある」

丸木は言った。

「じゃあ、空振りだったというわけですか？」

高尾は丸木に言った。

「模倣犯だとしても、殺人を未然に防げたんだ。空振りってことはないだろう」

富野は、現場を思い出しながら言った。

「病院に運ばれたルイードのメンバーは、たしかに、落とされていたよな」

高尾は富野を見た。まるでおもしろがっているような顔つきだ。

「ああ。落ちていた」

「つまり、その手口は過去の三件とよく似ていた……」

「そうだな」

「そんな手口まで報道したメディアはない」

高尾はちょっと考えた。

「腕に覚えのある人間なら、みんな同じようなことを考えるだろう。結果的に同じ手口になっただけかもしれない。喧嘩なんてのはな、誰がやったって、たいてい同じような恰好になる。実際に戦うときの技術など、本当はごく限られているんだ」

「俺たちは、亡者を追っていたんだ。鬼龍は間違いなく陰の気を追っていた。あの三人は、間違いなく亡者だった。鬼龍が三人を祓った。その結果、俺たちは検挙できたんじゃないか」

「そうか？」

高尾は言った。「俺は無線を聞きながらルイード親衛隊を追っていた」

「そのコースが、陰の気の流れとほぼ一致していたと鬼龍は言っていた」

「亡者の話を信じないわけじゃない。だがな、俺は、何だかあの三人は過去の三件の殺人事件とは直接関係がないような気がしてきた」

「根拠は何だ？」

「根拠はない。だが、俺たちは何か間違っているのかもしれないと思いはじめた」

「間違っているだって？　いったい、何をどう間違っているというんだ？」

高尾はまた考え込んだ。人を食ったようなかすかな笑みを浮かべたままだが、彼の眼は真剣だった。

「俺たちは、この事件が何か組織だったもののように考えていた。実行犯の背後に黒幕がいて、その黒幕の指令で軍隊のように実行犯が動いているという構図を頭に描いていた。違うか？」

富野は言った。

「そのとおりだ。手口がみな驚くほどよく似ていたし、手際がおそろしくよかったからな。よく訓練された実行犯がいて、それを操っているやつがいると考えるのが自然だろう」

「それが間違っているという気がしてきたんだ」

「だが、あんたが信頼しているオズヌも言ってたじゃないか。この事件の背後には大きな力を持った者がいると……。それは、政治家かもしれないと、オズヌは言ったんだ」

「それで、勘違いしたということも考えられる」

「勘違い……？」

「そうだ。誰かが権力を利用して人を動かしているとすれば、そこに必ず何かが介在するはずだ。例えば、金、信条、思想、信仰心。人を殺すんだ。生半可なことでは人は動かない」

「それはそうだが……」

「そうしたものは、捜査の過程で必ず引っかかってくるはずだ。それが手がかりになる。だが、何も引っかかってこない」

「まだ、捜査は始まったばかりだ」

「最初の事件から、もう一週間以上経っている。そして、連続して二件起きた。一般的に言うと、連続犯罪の場合は手がかりがもっと見つかりやすいはずなんだ。同一犯が連続犯罪をやれば、もっといろいろなことがわかるはずだ」

「連続殺人犯はパターンを残す……」

丸木が突然言った。「それが手がかりになることが多いんですね」

「俺は刑事じゃないんで、そういうことにはあまり明るくないんだが……」

富野は考えながら言った。「言いたいことはわかる。今回だって、三つの殺人にはパターンが見て取れるじゃないか。おそろしく手際のいい素手による殺人。手口が同じだ」

「手口だけなんだ」

「いや、被害者が少年だという点も一致している」

「そこで、捜査員たちは勘違いをしたのかもしれない」

「何を勘違いしたんだ？」

「最初の緑区の被害者は、レイプの常習犯だが、組織的なバックはない。夜な夜な遊び歩いているただの悪ガキだ。第二の事件の被害者は、ストリート・ギャング。組織的なように思えるが、実は殺された三人だけのグループだったようだ。そして、下高井戸の事件の被害者は、多摩地区の暴走族だろう？　小規模らしいが、れっきとした組織だ。そして、ルイードの親衛隊だ。ルイードは暴走族としては大組織だ。そして、背後には相州連合がひかえている。俺には、この被害者が共通しているとは思えないんだよ」

富野は、高尾が言ったことを真剣に考えた。

言われてみれば、被害にあった少年たちは、それぞれ行動パターンが違う非行少年だ。

「それは、あんたが少年課だから考えることなんじゃないか？」

富野は言った。「俺も少年犯罪課だから、あんたの言うことはわかる。だが、一般の人々から見れば同じ非行少年だ。犯人も同一視していた可能性は高い」

高尾は、富野の顔を眺めていた。やがて、彼は大きく伸びをした。

「何かもやもやしているんだ。きっと、あんたも無意識のうちに気づいている。自覚していないだけだ」

自覚していないだけ……。

鬼龍や孝景によく言われる台詞だ。

「俺は、あんたが何にこだわっているのか、まったくわからない」

高尾は言った。

「俺自身にもわからない。だから、苛立ってるんだ」

彼は椅子を鳴らして立ち上がった。「寝不足のせいかもしれない。仮眠所で一眠りしてくる。朝になれば、もっと頭が働くかもしれない」

それから、彼は時計を見た。「おっと、もう朝だったな……」

高尾は仮眠所に向かった。

丸木は、高尾と付き合いが長いだけに、彼の苛立ちを敏感に感じ取っていた。

高尾は、優秀な少年課の課員だが、同時に優秀な捜査員でもあると丸木は思っている。納得するまで調べつづける。それが高尾だ。

見かけは型破りだが、仕事に関しては真摯《しんし》な男だ。そして、洞察力にすぐれ、思慮深い男なのだ。

その高尾の心になにかが引っかかっている。だとすれば、そこに何らかの真実が隠れているのかもしれない。

丸木はそう考えていた。仮眠所では、そこかしこで重苦しいいびきが聞こえる。睡眠不足の捜査員たちが、眠りをむさぼっている。

丸木もくたびれ果てていた。だが、高尾と富野の会話が頭から離れない。

捜査本部は見当はずれの捜査をしているのではないだろうか。高尾はそんな意味のことをほのめかしていた。

犯罪というのは、常識からはずれたところで起きる。一般の人は、自分の常識に照らして、犯罪など自分と関わりがないと思って日々を暮らしている。だが、警察にいると犯罪はごく身近にある。

警察官の身近にあるだけでなく、一般市民の身近にあるのだ。誰がいつ罪を犯しても不思議はない。出来心という言葉がある。誰もが、出来心を抱く恐れはあるのだ。みなそれに気づかずに暮らしているに過ぎない。

罪を犯していることに気づかぬことも多い。車を運転する者は、たいていいつもスピード違反をしている。勤め人は、会社がもくろむ経済的な犯罪に気づかずに荷担していることもある。

携帯電話やインターネットの出会い系サイトを利用して買春をする者もいる。風俗店で性行為に及ぶ者もいる。これらは、れっきとした犯罪だが、本人にはそれほどの罪の意識はないに違いない。

たとえば、道に落ちていたボールペンを拾い、それを自分の物にして使用することすらも、厳密にいえば遺失物等横領という犯罪だ。刑法三八条の二五四項に、一年以下の懲役または十万円以下の罰金と定められている。

誰もが、意識せずに罪を犯している可能性はあるのだ。

殺人などの重要な犯罪と微罪は違うと考える人もいるだろう。だが、その差は一般人が考えるほど大きくはないことを、警察官の丸木は知っている。

また、確信犯というものもある。

思想や信条に従って、あえて罪を犯すこともあるのだ。

丸木は、高尾と富野は互いに核心の周囲を行き来しているような気がしていた。二人の会話は対立しているようで、実は補完し合う内容だったのではないか。

そんな印象があった。

だが、その核心というのが何であるのかはわからない。

高尾といっしょにいると、つい右往左往してしまう。まるで、自分が無用の人間のような気がしてしまうのだ。

だが、今日の高尾と富野の話を聞いているうちに、自分自身の役割もあるはずだと思うようになった。

高尾は個性が強い。富野も一見押しが弱そうに見えるが、実は強情な人間であることがわかってきた。彼も個性が強いのだ。

個性の強い二人がいっしょに仕事をすれば、対立することもあるだろう。素直に相手の話を受け容れないことも考えられる。

そんなとき、二人の間に立ち、彼らの話を冷静に聞くのが自分の役割だ。丸木はそう考えることにした。そうすれば、何かが見えてくるかもしれない。高尾が見つけようとして苛立っている核心も、丸木に見つけられるかもしれない。

そう思うと、ようやく心が落ち着き、眠る気になった。


朝の八時から捜査会議があり、昨夜逮捕された三人の被疑者の取り調べの途中経過が報告された。

碓氷はルーズリーフのノートにメモを取っていた。だが、それがたいした情報でないことはわかりきっていた。

三人の素性はすぐにわかった。一人は中学校の教師、一人は書店の経営者、一人は会社員だった。住所は三人とも横浜市内だ。

三人とも似たような供述をしている。

夢から覚めたような気分だというのだ。自分のやったことは認めているが、それが現実だったとは感じていない。夢の中の出来事のような気がしていると語っているそうだ。

ばかを言えと、碓氷は思った。

仮にも人を殺しかけたのだ。夢の中の出来事のようだで済まされるか……。

三人とも殺意は否定している。暴走族にはいつも腹を立てていたと、口をそろえたように語っている。

三人は横浜市在住だが、地縁はない。中学校教師は、港北区《こうほく》に住んでおり、書店主はJR横浜駅西口のそばに自宅がある。会社員は、旭区の団地に住んでいた。

職業も住所もつながりのない三人だ。学校で同級生だったということもなく、飲み友達でもない。

だが、一つだけ共通点があった。管理官がそれを報告したとき、碓氷はようやくめぼしい情報にありつけたと感じた。

三人は、横浜にある空手の道場に通っていた。いずれも黒帯で指導者クラスだという。

『昇平館《しょうへいかん》』という道場らしい。

やはり、事件は武道団体とつながった。

空手の指導者クラスというのなら、あっという間に街の不良少年の息の根を止めたのもうなずけると、碓氷は考えた。

思わず赤城のほうを見た。

赤城は、難しい顔で何事か考えていた。

『昇平館』に家宅捜索をかけようと、田端捜査一課長が言い、池谷管理官はすぐにそれに応じた。

令状が下り次第、『昇平館』に向かうことになった。鑑取りの班がいくつかガサイレ班に回され、赤城と碓氷も組み込まれた。

管理官は、さらに言った。

「予備班の高尾、丸木、富野の三君もガサイレに参加してくれ。なにせ、君たちが挙げたんだからな」

碓氷は、固まって座っているその三人のほうを見た。

高尾は眠そうな顔をしているだけだし、富野は相変わらず何を考えているかわからない。

丸木という少年課員だけが、慌てた様子で立ち上がり、拝命の復唱をした。

捜査会議が終わり、捜索令状が下りるのを待つ間、碓氷は赤城に言った。

「ようやく光明が見えてきた感じだな」

赤城は不機嫌そうだった。

「そうか？」

「あんたは、武道家が絡んでいると最初から目星をつけていた。それが明らかになったんだ」

「何だか、おもしろくねえ……」

碓氷はその言葉に驚いた。

「なぜだ。読みが当たったんだ」

「新宿で会った柔術の先生は、大阪の団体と言ったんだ。だが、今回の事件は横浜の団体だという……」

「吉谷といったか、あの柔術の先生……。あの先生の情報がガセだったという可能性もある」

「いや、あの先生はたしかに何かの情報をつかんでいた。過去の三つの事件のうちのどの事件かはわからない。だが、どれか一つの事件に関して、たしかに関西の団体が動いたんだろう」

「なぜそんなことがわかる」

「美崎先生とあの柔術の先生は互いに武道家同士だ。いいかげんなことは言わねえよ。もし、ガセなんぞ吹き込んだら、美崎先生の命が危ないからな」

「大げさだな……」

「本物の武術家ってのは、それくらいの覚悟で生きてるんだよ」

どうも、赤城は武道家に対する思いこみが強すぎるようだ。碓氷はそう思った。あるいは、美崎と付き合う間にそう考えるようになったのかもしれない。

この平和な日本で生きることに、武道家であろうと何であろうと、どれほどの覚悟が必要だというのだろう。碓氷は疑問だった。

警察官ですら、それほどの覚悟はない。かつて、碓氷は爆弾テロ事件に関わったので、それをいやというほど痛感していた。

また、秋葉原で起きた奇妙な人質立てこもり事件のときも、結局解決に手を貸してくれたのは海外の諜報部員だった。

「じゃあ、吉谷も事実を言ったんだ。……ということは、二つの団体が関係しているんだ。武道の団体なんだから、つながりがあることはおおいに考えられる」

「二つの団体か……」

赤城は言った。「それだけで済めばいいがな……」

「それは、どういうことだ？」

赤城が上目遣いに碓氷を見た。彼独特の目つきだ。何かを考えているときの表情だということが、ようやくわかってきた。

赤城は言った。

「まあ、ガサイレしてみりゃ、何かわかるかもしれない」

碓氷は、赤城にしては煮え切らない言葉だと思った。

14

富野は一人になれる場所を探していた。警視庁の中というのは、驚くほどそういう場所が少ない。

捜査本部を一歩出たとたんに、記者たちに囲まれる。

結局外に出るしかなかった。

富野は、迷った末に鬼龍に携帯電話で連絡を取った。捜査情報を一般市民に洩らすのは捜査員にとっては御法度《ごはっと》中の御法度だ。

だが、鬼龍はそれに見合うだけの協力をしてくれている。そして、鬼龍に情報を洩らすことで捜査に支障をきたすことはないだろうと富野は判断した。

おそらく、高尾もオズヌたちにある程度の情報を漏らさざるを得ないだろう。

鬼龍が電話に出ると、富野は前置きなしに言った。

「横浜にある『昇平館』という空手道場にガサイレする」

「ショウヘイカン？　旅館みたいな名前ですね」

「昇るに平らにやかたと書く。ルイード親衛隊を襲撃した三人は、そこの指導員クラスだった」

「それで……？」

鬼龍の声はのんびりとしている。富野は舌打ちをした。こちらは、それなりの危険を冒して捜査情報を漏らしているというのに、鬼龍の声にはまるで緊張感がない。

「『昇平館』が亡者の巣だという可能性があるだろう」

「どうでしょうね……」

「寝ぼけた声を出していないで、調べに行ったらどうなんだ？」

「行けというのなら、行きますが……」

「行け」

富野は電話を切った。

捜査本部に戻ると、ものものしい雰囲気だ。待ち望んだ捜索令状が届いたらしい。

ガサイレの陣頭指揮を取るのは、田端捜査一課長だ。

池谷管理官が気合いのこもった声で家宅捜索に向かう一行を送り出した。

丸木は、警視庁の刑事たちの態度に少々腹を立てていた。彼らは、神奈川県警の捜査員を道案内程度にしか考えていないように振る舞った。

『昇平館』は新山下の貯木場の近くにあった。倉庫街の一角にある古い空き倉庫を改造した道場だ。外から見ると、ほとんど倉庫のままだ。愛想のない建物だが、造りはしっかりしているようだ。

出入り口は、多少見栄えのいい引き戸に作り直されていた。その出入り口の脇に一枚板の看板が掛かっており、筆字で『昇平館』の名前が書かれていた。

中から、威勢のいい声が聞こえてくる。

だが、戸口から中に入ってみると、四十畳ほどもある広い道場で、稽古をしているのは、わずか六人に過ぎなかった。

黒帯が一人いる。四十代に見える男で、口髭をはやしている。彼が指導者だろう。ということは、稽古している生徒は五人ということになる。

口髭の黒帯が怪訝そうに捜査員たちを見た。

「何ですか……」

最前列の中央に立った田端捜査一課長が言った。

「責任者の方はおられますか？」

口髭の黒帯が言った。

「奥におりますが……」

田端捜査一課長が、警察手帳を出して開き、バッジと身分証を見せた。

「警視庁と神奈川県警の合同捜査本部です」

口髭の指導員は慌てた様子で言った。

「ちょっとお待ちください」

稽古を中断されて、生徒たちは呆然としている。生徒の中に黒帯は一人もいない。年齢もまちまちだ。

彼らは、取り残されてどうしていいかわからない様子でたたずんでいた。生徒の数よりやってきた警察官のほうが多い。倍以上いる。彼らは面食らっているのだ。

しばらくしてから先ほどの口髭の黒帯が、黒いジャージ姿の中年男を伴ってやってきた。その黒ジャージの男は、黒帯の男よりも十歳ばかり年上に見えた。身長は百七十センチほどしかないが、おそろしく体格がいい。

腹は出ているが、それ以上に胸板が厚い。肩の筋肉も盛り上がり、首も顔と同じくらい太く見えた。

髪を角刈りにしている。その髪に白いものが混じっているが、肌の色つやはよかった。

「私が館長の平良昇量《たいらしょうりょう》ですが……」

丸木は、表の看板にその名があったのを思い出した。

「警視庁捜査一課の田端といいます」

田端課長は、捜索令状を広げて掲げた。「これは、ごらんの通り、家宅捜索の令状です。現在、午前十一時十分。ただいまより、この令状を執行いたします」

平良昇量は、ドングリ眼《まなこ》をさらに丸くした。

「ちょっと待ってください。私どもが何をしたというのです」

「連続少年暴行殺人事件をご存じですか？」

平良昇量は、太い眉を寄せて言った。

「ああ、ニュースで見ました。それが何か……？」

「昨夜同様の事件が旭区で起きました。その襲撃犯三名が現行犯逮捕されたのですが、それがこちらの道場の指導員の方々だったのです」

平良昇量は、ぽかんと口を開けてしばらく田端課長の顔を見つめていた。何を言われたかすぐには理解できないような様子だ。

やがて、平良昇量は言った。

「何かの間違いでしょう」

田端課長は、昨夜現行犯逮捕された三人の名前を言った。その名を聞くうちに、平良昇量はさらに困惑の表情になっていった。

「たしかに、その三人はうちの指導員ですが……」

「家宅捜索を始めます。いいですね？」

平良昇量は返事をしなかった。田端課長は、横にいた警視庁の捜査員にうなずきかけた。捜査員たちは、一斉に奥にある小部屋に向かった。そこは、衝立《ついたて》で仕切られただけのスペースだが、館長の机があり、さまざまな書類が納められているようだった。

平良昇量は、その様子を惚けたように眺めていたが、ふと気づいた様子で、口髭の黒帯に言った。

「このありさまだ。午前の稽古は終わりにしてくれ」

口髭の黒帯は、不安げな様子で平良を見つめていた。何か訊きたそうにしていたが、すぐに思い直したように生徒たちに向かい、稽古の終わりを告げ、すぐに帰宅するように命じた。

高尾は一連の出来事を戸口の脇に立ったまま眺めていた。捜索に参加しようとはしない。

丸木は、警視庁の連中の手前、気をつかって高尾に言った。

「捜索に参加したほうがいいんじゃないですか？」

「ああいうことは、刑事に任せたほうがいい。俺たちがいちゃ、かえって足手まといだ」

富野も同じ考えなのか、高尾のそばに立ったまま動かなかった。

おそらく、高尾も警視庁の捜査員の態度に腹を立てているのだろうと、丸木は思った。

ただの道案内なら、こうしていてもかまわない。丸木もそう考えることにした。

平良昇量と、口髭の指導員は、落ち着かない様子で道場と衝立の向こうの館長室を行ったり来たりしている。

「館長」

高尾は平良に声をかけた。

平良は、びっくりした様子ですぐに足早に近づいてきた。

「何でしょう」

「捕まった三人だが、特に妙な様子はあったのか？」

「妙な様子？」

「思想的に偏っているとか、何かの信仰を持っているとか」

「いいえ。そんなことはありません。真面目な空手家ですよ」

平良は本当に戸惑った様子だった。

高尾はさらに尋ねた。

「誰か、偉い人とのお付き合いはなかったか？」

「偉い人？」

「そう。例えば、政治家とか……」

平良は考え込んだ。しばらくして言った。

「私自身は、空手の偉い先生とか、他の武道の偉い先生と付き合いがありますが、あの三人は、そういったことはなかったと思いますよ。少なくとも、私は知りません」

「あなたが知らないだけかもしれない」

平良はまたしてもしばらく考えていた。

「そうかもしれません。しかし、私にはわからない」

高尾はうなずいた。

そこへ、警視庁の刑事が二人やってきた。赤城と碓氷という名だということを、丸木は思い出した。

赤城は、ダルマのような体形をしており、碓氷は髪がかなり薄くなっている。同じくらいの年齢の中年コンビだ。

赤城は、ちらりと館長室のほうを見た。どうやら、捜索を抜けてきたことを気にしているらしい。

赤城は、平良に尋ねた。

「あんた、大阪の空手家に知り合いはいないかね？」

「大阪……？」

平良は、また太い眉を寄せ、眉間にしわを刻んだ。「大阪には、支部がありますが」

「支部とかじゃなくて、大阪に本部がある空手の道場とかで、特に親しくしているところはないかね？」

「いいえ。もともと、私は沖縄でして……」

「ああ、看板の名前を見てそうじゃないかと思ったよ。沖縄古流の空手なのかい？」

「いいえ。実をいうと、空手は東京に出てきてから始めました。フルコンタクト空手です。

大きな団体でしたが、ある時三派に分裂しまして、そのどさくさで、私は独立しました。自分の団体を持ってから必要に迫られて、沖縄の空手を勉強し直したのです。それから、柔術も習いました」

「柔術というと、あのグレーシーとかなんとかいうやつか？」

「違います。日本の古武道の柔術です。何年か道場に通い、免許皆伝をもらいました」

「へえ……」

赤城は言った。「免許皆伝というのは、そんなに簡単にもらえるものなのか？」

平良はちょっとばつの悪そうな顔をした。

「その流派は、比較的簡単にもらえるのです。金はかかりますが……」

丸木は、赤城の質問の真意がまったくわからなかった。ただ単に、武道に興味があるだけなのかもしれないとすら思った。

「じゃあ、特に関わりのある大阪の道場はないんだな？」

赤城が確認を取るように言った。

「ありません」

平良は不安げな表情でこたえた。赤城の口調が変わった。

「ここでは、どんな空手を教えているんだ？」

「基本はフルコンタクト空手ですね。でも、沖縄で私が学んできた型をやります」

「フルコンの人は、あまり型を重視しないんじゃないのかい？　組手がメインなんだろう？」

「空手のこと、お詳しいんですね」

「ああ。知り合いで沖縄古流の空手と棒術をやっている人がいる」

「独立して自分の団体を持つようになってから、型の重要さを痛感しましたね」

「柔術の技も使うのかい？」

「ええ。関節技とか投げ技を使います」

「もともと空手にもそういう技があると聞いたことがあるがな……」

「残念なことに、今ではそれを伝えてくれる先生がほとんどいません。そういうものがあることは知っていますが、どうやって学べばいいかわからなかったのです。それで、柔術を学ぶことにしました」

「なるほどな……」

丸木は、碓氷が苦い顔をしているのに気づいた。

赤城の質問の内容が気に入らない様子だ。

奥の部屋から赤城たちを呼ぶ声が聞こえた。

赤城は平良に言った。

「任意同行を求められると思います」

平良は落ち着かない様子でこたえた。

「来いと言われれば行きますがね……。でも、私は本当に何も知らない」

赤城はうなずいた。

「正々堂々とそう言えばいいだけのことです」

そのとき、高尾が赤城に言った。

「おい、あんた、何かつかんでるな？」

赤城は、高尾を睨んだ。

「目上の者には、口のきき方に気をつけるんだな」

高尾はほくそ笑んだ。

「あんたらの情報と、俺たちの情報を組み合わせれば、何かが見えてくるかもしれない」

赤城は言った。

「俺たちは何もつかんじゃいないよ」

「大阪の道場がどうのこうのというのは、何のことだ？」

「未確認情報だ。たいしたことじゃない」

館長室から、再び赤城を呼ぶ声が聞こえた。

赤城は、高尾を見据えてから奥の部屋へ向かった。碓氷がそれに続いた。

丸木は、気づいた。赤城は高尾たちが襲撃犯の身柄を確保したことがおもしろくないのだ。先を越されたと感じているのかもしれない。

刑事の意地か……。

丸木は思った。こいつが、なかなか面倒なのだ……。

富野が丸木に言った。

「ちょっと外に出るから、何かあったら呼んでくれ」

「外って、どこに……？」

「ちょっとな……。すぐに戻る」

『昇平館』の出入り口を出ると、外にマスコミが群がっていた。家宅捜索を嗅ぎつけて、都内からついてきた報道陣に、応援が駆けつけたのだろう。

テレビカメラに新聞社、通信社のカメラが一斉に富野のほうに向けられた。記者たちが口々に質問を浴びせてくる。

所轄署の地域係が報道陣と野次馬を整理しているが、手が足りていない様子だ。

富野は報道陣の質問を無視して、野次馬の中を見回していた。そこに、目的の人物を見つけた。

黒と白のコンビ。鬼龍と孝景だ。

富野は鬼龍に向かって手招きをした。鬼龍は、相変わらずの茫洋とした表情で野次馬をかき分けて近づいてきた。

報道陣がうるさくてとても話ができない。捜査車両のワンボックスカーが道場の前に停めてあったので、その中で話をすることにした。

鬼龍の後に、ふくれっ面の孝景もついてきた。孝景のふてくされたような態度は、何も特別なものではない。富野が会うときは、たいていそんな顔つきをしている。だから、今さら気にもならなかった。

ワンボックスカーのスライドドアを閉めると、富野は鬼龍に尋ねた。

「どうだ？」

鬼龍はこたえた。

「やはり無駄足でしたね」

「ここに亡者の気配はないというのか？」

「陰の気は感じません」

「だが、間違いなくルイードの親衛隊を襲撃したのは、この道場の指導員たちなんだ」

「だからといって、この道場が亡者の巣とはかぎりませんよ」

「てめえら、汚えよ」

突然、孝景が言った。富野は孝景を見た。

「何の話だ？」

「鬼道衆と警察が手を組むなんて……」

鬼龍が言った。

「孝景は、自分が追っていた獲物を横取りされたような気がしているんです」

「……ということは、孝景もあの夜、陰の気の流れを追っていたのか？」

「そのようですね」

「ああ、そうだよ」

孝景がやけっぱちの口調で言った。「もう一歩のところで、やつらを祓えたんだ」

富野は言った。

「俺たちが追跡しなければ、ルイードの三人は死んでいたかもしれない」

「ふん」

孝景は眼をそらして窓の外に眼をやった。「俺の知ったこっちゃないな」

「警察の立場としては、そうはいかないんだよ。そんなに悔しいのなら、俺たちといっしょに来ればよかったんだ」

「あの狭い車に、俺の乗る場所なんてなかったじゃねえか」

たしかに、高尾のシルビアに男五人が乗るのは無理だったかもしれない。

「まあ、済んだことはいいじゃないか」

富野は言った。「この道場に、亡者の気配がないというのは間違いないんだな？」

鬼龍がこたえた。

「間違いありませんよ」

「今、この道場にいないというだけじゃないのか？」

孝景がばかにするような顔をした。

「今ここに外道がいようがいまいが、陰の気を探ればわかるんだよ」

「だが、事実三人の指導員はこの道場にいた。その気配は残っているんじゃないのか？」

「残留しているその三人の陰の気はごくかすかなものです。彼らは、亡者にされて間がありませんでした。それほどの影響力はありません」

「……ということは、三人の指導員は、ここで亡者にされたわけではないのだな？」

「違いますね」

鬼龍は断定した。孝景が、サイドウインドウ越しに『昇平館』を見て言った。

「こういうところは、陰の気が弱まるんだよ」

「どういうことだ？」

「陽の気が強い。神社とか仏閣は陽の気が集まるので、外道は近づきたがらない。陰の気の影響も受けにくい。こういう武道の道場なんかもそうなんだ」

富野は鬼龍に尋ねた。

「そうなのか？」

鬼龍はうなずいた。

「だから、僕たち鬼道衆も孝景たち奥州勢も、修行の第一歩でまず武術を習います」

富野は意外に思った。

「宗教的な修行をするのかと思っていた」

「神事はその後です。呪法にいたっては、さらにその後に学びます」

「呪法なんぞ、必要ないんだよ」

孝景が言う。「要は気合いなんだ」

「だが、使い勝手はいい。けっこう効果的なんだよ」

「呪法が必要ない？」

富野は言った。それも意外だった。

「そう」

孝景が言う。「呪《しゅ》は、もともと中国のまじないだ。密教や陰陽道ではありがたがっているが、本来俺たちには必要のないものだ。こいつだって、それを知っていて使っている。恰好つけてるだけだよ」

富野は驚いて鬼龍に尋ねた。

「恰好つけてるだけなのか？」

「呪法はそれなりに役に立つんです。僕は利用できるものは利用します。まあ、『魔切り』

なんかより、本当は『剣祓い』のほうが効果はあるんですが……」

「けんばらい……？」

「真剣を使って祓うのです。神道でもその形式だけは残っていますよ。でも、真剣を持ち歩くわけにはいかないでしょう。だから、代わりに『魔切り』の呪法を使うんです」

「俺はそんなまじないは使わねえよ。使う必要がねえ。念をこめて、この拳をぶちこんでやるだけだ」

たしかに、孝景の祓い方は乱暴だ。だが、効果は充分にあるようだ。

富野は、最後にもう一度確認した。

「この道場と亡者は直接関係ないんだな？」

鬼龍がうなずいた。

「関係ありません。あの三人は、別の場所で亡者にされました。それも、ごく最近……」

「わかった」

富野は、車のスライドドアを開けて、先に鬼龍と孝景を出した。「記者につかまっても何も話すな」

鬼龍はこたえた。

「心得ています」

孝景が言った。

「外道の話なんかしたって、誰も本気にしねえだろう」

たしかにそのとおりだ。富野は思った。

15

丸木は、家宅捜索の帰りの車の中で思った。

行きは道案内で、帰りは荷物運び要員か……。

警視庁と神奈川県警の仲が悪いといわれている。それは、週刊誌などで報じられて一般の人も知っていることだが、事実はちょっと違う。

警視庁はすべての県警を見下しているのだ。予算も規模も捜査能力も士気も、あらゆる面で警視庁がトップだという優越感があるのだ。

しかも、今回は高尾が中心になって真っ先に手柄を立てた。それが警視庁の刑事たちの気分を逆なでしたのかもしれない。

当の高尾は、そんなことはどこ吹く風といった態度だ。それでいいのだと、丸木は思った。誰が手柄を立てようが関係ないはずだ。

事件の全容を解明して、関係者を全員逮捕しなければならない。それがまず第一なのだ。

『昇平館』からは、ありとあらゆる資料を段ボールに入れて持ち帰った。会員の名簿と月謝の受領記録。

練習のスケジュールと担当者の名前。年間の行事の予定表……。

館長の机の上にはノートパソコンがあったので、それも押収した。

平良昇量館長の身柄も、警視庁まで運んだ。任意同行に応じたのだ。

家宅捜索担当者全員で、押収した書類等の調査分析に当たった。平良館長の事情聴取は、三人の被疑者の取り調べを担当したベテランの中の一人がやることになった。

この家宅捜索は空振りだろう。丸木はそう思っていたが、当然口に出すことはできない。時間と労力の無駄とわかっていても、全力を尽くさなければならない。

『昇平館』が事件と直接関係ないことを証明するためにも、押収資料の分析は綿密にやらなければならない。

高尾も素直に作業に参加しているので、丸木はほっとした。もともとやるべき事はやる男だ。

だが、どうやら高尾は個人的な興味をそそられているようだと、丸木は気づいた。空手の団体の内部資料など、滅多にお目にかかれるものではない。高尾は、興味深げに武道具店のカタログなどを眺めている。

サンドバッグやキックミットといった道場の備品や、道着、試合のためのライン用テープから表彰状、トロフィーまで、武道具店でそろえることになる。

『昇平館』には、さまざまなメーカーのパンフレットやカタログがそろっていた。

　パソコンの中には、平良館長の個人的なデータもあったが、会員の名簿や、会費の納入などもデータ化されていた。

　また、『昇平館』のホームページがあるらしく、そのデータも入っていた。試合風景や練習風景の写真の画像データもあった。

　高尾あてに内線電話が入った。受付からで、来客だという。

　高尾が出て行って二十分ほどして、丸木に電話がかかってきた。高尾からだった。

「今、キャピトル東急ホテルの一階にあるレストランで茶を飲んでいる」

　丸木は仰天した。作業をする捜査員たちから離れて、口元をおさえて小声で応じた。

「なにさぼってるんです」

「客といっしょだ。警視庁内で誰かと会うと、記者どもがうるさくてな……。ここまでつけてきた記者がいるくらいだ」

「僕に何の用です？」

「おまえも来い。できれば、富野も連れて……」

「冗談じゃないですよ。それでなくても、僕ら風当たりが強いんですよ」

「風当たりが強い？」

「そうですよ」

「くだらんことを気にしていないで、出てこい」

「客って誰です？」

「賀茂と赤岩。水越陽子もいるぞ」

「あ……」

丸木は思わず周囲を見回した。「連中、学校はどうしたんです？」

「春休みに入ったんだ。それに今日は日曜日だ」

捜査本部にいると曜日の感覚がなくなる。

「今は抜けられませんよ」

「そっちの仕事より、こっちのほうがおもしろいぞ」

「おもしろいとかそういう問題じゃありませんよ」

「とにかく、出てこい」

「どんな口実で抜け出せばいいんです？」

「口実なんて必要ない。本当のことを説明すればいいんだ。ルイードの件の関係者に会いに行くってな」

たしかに、オズヌたちのおかげで三人の襲撃犯を逮捕できた。『昇平館』からの押収資料を当たっているより、有力な情報が得られるかもしれない。

「わかりました」

丸木は言った。「なんとかします」

「急げよ」

電話が切れた。

丸木は、富野に事情を告げた。富野は表情を変えずに言った。

「田端課長に、俺が話してみる」

その言葉に丸木はほっとした。

任せることにした。警視庁所属同士のほうが話が早いかもしれない。

富野が田端課長のもとに行き、何事か説明している。田端課長はあっさりとうなずいた。

富野が丸木のもとに戻ってきて言った。

「キャピトル東急だったな。急ごう」

丸木は尋ねた。

「田端課長に何と言ったんです？」

富野が不思議そうな顔で言った。

「高尾があんたに言ったとおりに説明しただけだ。襲撃されたマルソーと関連のある人に事情を聞きに行くって……」

部屋を出るとき、赤城という刑事がじっと自分たちを見ているのに、丸木は気づいた。

まるで容疑者を見るような目つきだと、丸木は思った。

高尾、賀茂晶、赤岩、水越陽子の四人が広い一階のコーヒーハウスのテーブルを囲んでいた。壁の折り鶴の模様が特徴だ。明るく開放的なコーヒーハウスだった。

高尾のとなりには水越陽子がおり、その向かいに賀茂晶と赤岩がいる。水越陽子のとなりと、赤岩のとなりが空席だった。

丸木は、気後れしながらも水越陽子のとなりに腰掛けた。必然的に富野は赤岩のとなりに座る。

「昨夜の出来事を順を追って説明したところだ」

高尾が丸木と富野に言った。

高尾はにやりと笑い、付け加えた。

「やっぱり、相州連合二代目総長と、初代総長の彼女の影響力はたしたもんだよなあ」

丸木は尋ねた。

「昨夜、どうしていたんです？」

水越陽子がこたえた。

「何もしていなかった」

「集会には参加していなかったんですか？」

「賀茂君が、行く必要はないと言ったのでね……」

「行く必要はない？」

水越陽子はうなずいた。

「お祓い師たちが動いているから心配ないということだった」

オズヌには、全部お見通しというわけか。

丸木は思った。

だが、まだ今ひとつ信じ切ることができない。たしかに賀茂の言うとおりに事が運んでいるように見える。だが、それは偶然が重なっているだけなのではないか……。

高尾が言った。

「三人が、空手道場の指導員だったことも説明した。その空手道場に家宅捜索をかけたことも言った」

丸木は言った。

「捜査情報をやたらに話すもんじゃないですよ」

「かまわねえよ」

高尾は平然と言った。「どうせ、あの空手道場は襲撃とは関係ない。富野、あんたもそう思うだろう？」

赤岩と水越陽子が富野を見た。

富野は突然話を振られてちょっと戸惑った様子だった。

「ああ」

彼は高尾を見てそれから、水越陽子を見た。「どうやら道場自体は無関係のようだ」

丸木は尋ねた。

「どうしてそんなことがわかるんです？」

「家宅捜索のときに、鬼龍と孝景を呼んだんだ。彼らは、あの道場には陰の気を感じないと言った」

高尾は言った。

「つまり、彼らが言う亡者とは関係ないということだな？」

「あの道場は、事件とは直接関係ない。三人の指導員は、別な場所で、ごく最近亡者にされた。鬼龍はそう言った」

富野はうなずいた。

「そんなことだろうと思っていた」

高尾が言った。

丸木は、高尾があっさりと富野の言うことを受け容れるようになっていることに、一抹の危惧を抱いた。

どうしても、眼に見えるものしか信じたくない。常識から外れたものを根拠にするということが受け容れられない。

「そんなことで、あの道場が関係ないと判断していいんですか？」

丸木がその危惧を口にすると、高尾が言った。

「それは、刑事たちが証明してくれるだろう。それが仕事なんだからな」

「それは僕たちの仕事でもあるんですよ。僕たちだって、捜査本部のメンバーなんですから……」

「いいんだよ」

高尾が言う。「頭の固い連中にはそれに合った仕事がある。それより、賀茂たちがわざわざ俺たちを訪ねてきたんだ。彼らの話を聞こう」

そうだった。

丸木は思った。余計な議論で時間を無駄にはしたくない。一刻も早く捜査本部に戻ったほうがいい。

そもそも彼らは、何の目的で警視庁までやってきたのだろう。

高尾が賀茂晶に尋ねた。

「襲撃犯の三人に会いたい。それが目的で俺に会いに来たんだな?」

なるほど、と丸木は思った。

賀茂晶は、最初の事件のレイプの被害者に会い、犯人グループが少なくとも三人であったことや、使用していた車の種類などを聞き出した。

それまで、とても話ができる状態ではないといわれていた少女からだ。それは、丸木自身の眼で見たことなので、信じざるを得ない。

しかし、彼女は不幸な被害者だ。いずれ時期が来れば事情聴取でも供述が取れたはずだ。その時期がたまたま賀茂晶の来訪と重なっただけなのかもしれない。

丸木はそう思った。

被疑者から何かを聞き出せるかどうかは疑問だ。ベテランの刑事が尋問しても他の事件との関わりをしゃべらせることはできなかったのだ。

高尾は考え込んでいる。丸木は高尾も自分と同じ疑問を感じているものと思っていた。

高尾が言った。

「勾留中の被疑者に会わせるのは難しいな……。何か手を考えなければならない」

丸木は驚いた。高尾は、賀茂晶と三人の襲撃犯を会わせる方策について考えていたのだ。

何か抗議しようと思い、富野の顔を見た。すると、富野が言った。

「難しく考えることはないんじゃないのか？　話によれば、その人、どんなところにでも入り込めるというじゃないか」

高尾は富野の顔を見て言った。

「そうだな……。かつては、首相官邸にまで侵入して、総理大臣にも会ったことがある」

富野が言った。

「正式にオズヌをあの三人と面会させようとすりゃ面倒なことになる。だが、つまり……」

富野は言葉を探している。「会わせちまえばいいんだろう？」

高尾はうなずいた。

「そういうことだな……。じゃ、さっそくでかけようか」

丸木は、抗議する気力も失っていた。まるで、高尾が二人になってしまったように感じた。もう、どうにでもなれ。そんな気分だった。


「押収した資料からは、大阪の団体とのつながりは結局何もなかった」

赤城が碓氷と二人きりになるのを待って言った。

「だから、何だと言うんだ？」

碓氷は言った。「そんなに気になるんだったら、美崎なり吉谷なりに口を割らせりゃいいだろう」

「口を割るような連中じゃねえよ。それに、彼らは善意の協力者だぜ。彼らが望まないことを無理にしゃべらせることはできねえ」

「殊勝なことを言うじゃないか。あんたの台詞とも思えないな」

「俺は真面目な刑事だよ」

「真面目な刑事が捜査本部の方針を無視したような捜査をするか？」

赤城の携帯電話が鳴り、会話が遮られた。

赤城の応対を聞いていて、相手は美崎だとわかった。電話を切ると、赤城が言った。

「今夜、また吉谷という柔術家に会うために、新宿に出かけるそうだ」

「わかったよ」

碓氷は言った。「いっしょに出かければいいんだろう」

「尾行するんだよ」

「あの先生に尾行は通用しないんじゃなかったのか？」

「先生に気づかれないように尾行するわけじゃない。先生を狙っているやつに気づかれなければいいんだ」

「何時だ？」

「先生は、九時に自宅を出ると言っていた」

碓氷はうなずいた。

「車ででかけよう。先生には電車で移動しないように言ってくれ」

どうせまた空振りだ。碓氷はそう思っていた。赤城と組んだのが貧乏くじだったかもしれない。

碓氷はそっとため息をついていた。

丸木は、警視庁の入り口ではらはらしていた。まるで、犯罪に無理やり荷担させられるような気分だ。

いや、実際に犯罪と言えるかもしれない。警察法や刑事訴訟法に抵触する行為だ。富野が受付で、賀茂晶、赤岩猛雄、水越陽子を警視庁内に案内する手続きを取った。

エレベーターで刑事部のある六階まで進む。丸木はどきどきしていた。

うまくいきっこない。

どうせ、途中で誰かにとがめられてそれで終わりだ。

六階に着いたとたんに、記者が群がってきた。

「そちら、被害者ですか加害者ですか？」

「今度は何です？」

「何か教えてくださいよ」

富野が言った。

「庁内見学のお客さんだよ」

記者たちから再び声が上がる。

「見学う？　嘘でしょう」

富野がその記者を睨みつけた。

「警察官を嘘つき呼ばわりするのか？」

高尾は、かすかにほくそ笑んでいた。記者たちを振り切り、高尾は賀茂晶たち三人を引き連れて進んだ。

捜査本部の置かれている会議室には寄らず、まっすぐに取調室に向かう。引き続き、三人の被疑者の取り調べが行われているはずだった。

高尾が富野に尋ねた。

「ここだな?」

富野がうなずいた。

「ああ、ここにいるはずだ」

高尾はノックした。しばらくして、捜査員の一人が戸口に顔を出した。彼は、廊下にいる一行を見て眉をひそめた。

「何事だ、これは……」

高尾は賀茂晶を見た。賀茂晶が歩み出て、言った。

「名は何と申す?」

「何だって?」

捜査員は言った。「何を言っている。君は何者だ。なんでこんなところにいる」

「わが名はオズヌ。名は何と申す?」

捜査員が怒りの表情で富野を見た。

「おい、これは何のまねだ？」

高尾が言った。

「名前くらい教えてやってもいいだろう」

「名前だ？　田中ってんだ。覚えておけ」

賀茂晶が言った。

「それは、氏《うじ》か姓《かばね》であろう。名は何と申す？」

「四郎だよ。四男坊なんだ。取り調べの最中なんだ。おまえたち、一般人をここに近づけるなんてどうかしてるぞ」

「四郎」

賀茂晶が呼びかけた。

「何だと……」

名前を呼び捨てにされた捜査員が、賀茂晶の顔を睨みつけた。

「四郎」

賀茂晶がもう一度名前を呼んだ。そのとたん、捜査員の表情が変わった。怒りが消え去り、不思議そうな顔になる。賀茂晶の眼をじっと見つめていた。目が離せなくなった様子だ。

やがて、その表情が穏やかになっていく。賀茂晶が言った。

「四郎、そこをあけよ」

捜査員は言われたとおりに戸口から下がり、場所をあけた。

ああ、そうだった。丸木は、思い出していた。いつも、賀茂晶はこうして相手を思い通りに操るのだ。

思い出したが、まだ信じたくはなかった。目の前で起きていることを受け容れたくない。

賀茂晶に続いて高尾が取調室に入った。それから赤岩と陽子が続いた。富野にうながされて丸木も取調室に入る。最後が富野だった。富野は廊下の左右を見渡してから引き戸を閉めた。

田中四郎という捜査員は、部屋の角《すみ》で惚けたように立っている。

取り調べをしていた捜査員と記録係が振り向き、目をむいた。

初老のベテラン捜査員が怒鳴った。

「てめえら、何のつもりだ。取り調べ中だぞ」

「彼の名前は知っている」

富野が言った。「中浦洋一《なかうらよういち》というんだ」

賀茂晶がうなずき、呼びかけた。

「洋一」

「なに……」

中浦洋一は、学生服姿の賀茂晶に名前を呼び捨てにされて怒りの眼を向けた。そのとたん、彼の表情が凍り付いた。

再び同じことが起きた。彼の全身から力が抜けていくのがわかる。

「洋一、席を譲れ」

中浦洋一は、無言でゆっくりと席を離れた。壁際に行きひっそりと立ちつくす。

記録係の若い捜査員が何事かと事態を見つめている。何が起きているのか把握できない様子だ。

それは、尋問されている襲撃犯の一人も同様だった。何が起きているか理解していない。だが、本能的に恐怖を感じているのがわかる。

賀茂晶は、スチールデスクをはさんで襲撃犯の前に立ち、名前を尋ねた。中学校の教師をしている男だった。

なにしろ、取り調べの最中だったので、相手は素直に名前を言った。島本康宏《しまもとやすひろ》という名だった。賀茂晶は、その名前を呼ぶ。

島本康宏は、すでに賀茂の言いなりだった。

「問われたことに、こたえよ」

賀茂に言われた島本康宏は、吸い寄せられるように賀茂晶の眼を見つめていた。

賀茂晶は相手から眼をそらさぬまま、言った。

「問いたき事柄があれば、問うがよい」

それは、高尾たちに向けられた言葉だった。

高尾が質問した。

「ルイードの親衛隊を襲撃したのはなぜだ？」

賀茂晶が命じた。

「こたえよ」

島本康宏は賀茂晶を見つめたまま言った。

「わかりません……」

高尾が尋ねる。

「わからない？　そんなばかな話があるか。あんたらは、三人で共謀してルイード親衛隊が乗っていた紫のスカイラインを追って、襲撃したんだ」

「夢の中の出来事のようでした。あのときは、怒りに駆られていた……。激しい怒りに……。暴走族が憎かった。心の中はその怒りと憎しみだけだったんです。夢の中だから、何をしてもいい。そう考えていました。まさか、現実だったなんて……」

富野が高尾に言った。

「そいつの言っていることは本当だ。亡者はみんな同じことを言う」

高尾は、さらに質問した。

「仲間は何人いる？」

　島本康宏はこたえた。

「私たち三人だけです」

「緑区の婦女暴行犯を殺したのは、おまえたちか？」

「違います。私たちじゃない……」

「西池袋でストリート・ギャングを殺したのはおまえたちか？」

「違います」

「下高井戸で暴走族を殺したのは、おまえたちか？」

「違います」

　島本康宏は淡々とこたえた。

「本当に仲間は三人だけなのか？」

「三人だけです」

「『昇平館』の指導員をやっているな？」

「はい」

「空手はどのくらいやっているんだ？」

「十年ほどです」

「ほかの二人も指導員だな？」

「三人で相談して、暴走族を襲撃しようと決めたのか？」

「はい」

島本康宏は、賀茂晶の眼を見つめたまま、ふと不思議そうな顔になった。

「相談し合ったという記憶があまりありません。やっちまおう、よし、やろう。そんな感じでした。二人は怒りを押さえきれない様子でした。今考えると不思議なんですが、私もそうでした」

「『昇平館』は、襲撃とは関係ないのか？」

「ありません。私たち三人だけでやったことです」

「誰かに命令されてやったんじゃないのか？」

「いいえ」

高尾は考え込んだ。丸木は、どう判断していいかわからなかった。取り調べを担当していた二人の捜査員は、壁際で惚けたような表情でおとなしくしている。

記録係は、どうしていいかわからぬ様子でおろおろしていた。

二人の捜査員に賀茂晶の術がかかっていることは認めなければならない。受け容れたくないが、そう考えなければ、この状況は説明がつかない。

だとしたら島本康宏にも術がかかっているはずだ。嘘はつけない状態ということだ。

つまり、彼がしゃべっていることはすべて本当のことなのだ。

三人は、他の三件とは無関係ということになる。また、誰かに命じられたわけでもなければ、特定の組織のためにやったわけでもないということになるのだ。

やはり、模倣犯だったか……。

高尾も同じことを考えているのだろうと丸木は思った。

高尾が考え込んでいるのを見て、富野が言った。

「誰かに命令されてやったわけじゃないと言ったな？」

「はい……」

「じゃあ、誰かに頼まれたんじゃないのか？」

「いいえ。私たち三人が考えてやったことです」

「最近、行きずりの女と寝たことはないか？」

丸木はその唐突な質問に驚いた。

だが、すぐに亡者は性的な関係によって相手を亡者にすると、いつか富野が言っていたのを思い出した。

島本康宏は何も言わなかった。だが、反発もしない。ただ、考えている様子だ。

「どうなんだ。誰かと寝たのか？」

「若い女と寝ました」

「その女の名前は？」

「知りません。私も名前を教えませんでした」

「ほかの二人もその女と寝たのか?」

「はい。三人いっしょに……」

「三人いっしょに……?」

「はい」

三人いっしょに一人の女を相手にしたということだろうか。それは陵辱《りょうじょく》ではないか。

丸木はそう思った。

「間違いないな……」

富野は独り言のように言った。「倒錯的であればあるほど、亡者の力が発揮される」

そういうものなのか。丸木はそう思うしかなかった。

「その女の名前は本当に知らないのか?」

「知りません」

「どこで知り合った?」

「関内駅の近くで……」

「知り合ったときのことを、詳しく教えてくれ」

「あれは、木曜日の夜です」

「事件の二日前ということだな?」

「そうです」

「間違いないか？」

「間違いありません。私たちが指導を終えて関内で一杯やった後で知り合ったのです。向こうから声をかけてきました。いっしょに飲まないかと……」

「それでいっしょに酒を飲んだわけか？」

「はい」

「それからどうした？」

「はっきりと覚えていません。ひどく酔ったのかもしれません。とにかく、夢の中にいるような気分になって……。いつのまにかホテルに行っていて……」

高尾が言った。

「女一人に男が三人で、よくホテルに入れてくれたな……」

「二部屋取りましたから……」

丸木は、どうでもいいことだと思った。だが、それが高尾なりの確認の取り方だと、すぐに思い直した。

事実関係にわずかな矛盾でもあれば、供述の信頼性が薄らぐのだ。

富野が尋ねた。

「それからどうした？」

「ひどく酔ったような、夢を見ているような気がして……。あんなに興奮したことはありませんでした。何度でも射精できる。そんな感じでした。私は夢中になっていました。本当に夢の中の出来事のように感じていました」

「その感じが、土曜日まで続いたということか？」

「はい。そうです」

「その女の特徴を覚えているか？」

島本康宏は沈黙した。

「どうした？　女の特徴を言うんだ」

島本康宏はかぶりを振った。

高尾が怪訝そうに島本を見た。それから、賀茂晶に眼を転じた。

賀茂晶が命じた。

「康宏、こたえよ」

今まで、穏やかな表情をしていた島本康宏だったが、急にその表情が変わった。苦痛に顔をゆがめている。

賀茂晶がもう一度言った。

「こたえよ」

島本康宏は歯ぎしりを始めた。

顔をゆがめるだけでなく、身をよじりはじめた。その額に汗が玉になって浮かんできた。顔色がみるみる悪くなる。

丸木は、いったい何が起きたのかわからなかった。

島本康宏は、ぜいぜいと息を切らした。今やびっしょりと汗をかいている。突然、くるりと白目をむいた。

丸木はその様子を見てぎょっとした。

島本康宏は、がっくりと机に突っ伏してしまった。

高尾が島本康宏に駆け寄った。それから、頸動脈に触れた。

「だいじょうぶだ。気を失っただけだ」

賀茂晶がすっと立ち上がった。そのまま出口に向かう。

途中で、記録係を見た。

「名は何と申す？」

「え……。あの、木島等《きじまひとし》です」

「等」

「はい……」

その瞬間に術がかかる。

「ここで起こりしことは、みな忘れよ」

さらに賀茂晶は、戸口で振り向き、二人の捜査員の名を呼んだ。

「四郎、洋一」

二人は同時に返事をした。賀茂晶は同じ言葉を繰り返した。

「ここで起こりしことは、みな忘れよ」

賀茂晶は取調室を出た。赤岩と陽子が無言でそれに続く。高尾と富野がそれを追う。丸木もあわてて取調室を後にした。

16

丸木たちは、一階の食堂に移動した。それぞれに飲み物を注文すると、丸木は高尾に言った。

「だいじょうぶでしょうか？」

高尾は、ぼんやりと食堂の中を眺めていた。夕刻に近く、食堂の中はすいている。

本当は食堂内の光景など眼に入っていないことは、丸木にはわかっていた。高尾は何かを考えていたのだ。

思索を邪魔されたことで、ちょっと不機嫌そうに高尾は言った。

「何がだ？」

「島本康宏という被疑者ですよ。意識を失ったでしょう。心臓発作とか脳溢血《のういっけつ》なんかじゃないですよね」

「さあな……」

「どうなって……」

「どうなったんだか、俺にだってわからねえよ」

「案ずることはない」

賀茂晶が言った。「心を乱したに過ぎぬ」

「彼がそう言うんだ。心配することたあねえよ」

高尾が言う。「だが、気になるのはなぜ気を失ったかだ。それほど精神的にダメージがあったということだろうが……」

「オズヌの術に逆らおうとしたからだろう」

富野が言った。高尾はさらに難しい顔になって富野を見た。

「俺は今まで、賀茂の言いなりにならなかったやつを見たことがなかった……」

富野はその言葉にうなずいた。

「わかるよ。一種の暗示なんだと思うが、名前を呼ばれたとたんに、逆らうことができなくなってしまうようだな。ものすごく強い暗示だ」

「ああ、だが、島本はそれに逆らおうとした。すさまじい精神の葛藤だったんだろう。そうまでして逆らおうとするのは、どういうわけだ？」

「一度亡者にされたからだろう。おそらく、亡者にされるというのも、強い暗示の状態に似ているのだと思う。いや、暗示そのものかもしれない。普段、欲望や願望、本能を抑えつけている理性を失わせてしまう暗示なんだ」

「つまり、暗示と暗示が本人の中でぶつかり合って、心理的なダメージを受けたと……。

だが、鬼龍は祓ったと言ったじゃないか」

「俺にも詳しいことはわからん。鬼龍に訊いてみるしかないな……」

「三人と寝たという女が特定できればな……」

高尾が言うと、富野がうなずいた。

「その女がおそらく親亡者だ。亡者は性的な関係で増えていくことが多いと鬼龍が言っていた。陰の気というのは、人間の欲望に強く作用する。そして、たいていの人間は性的な欲望を密かに抱いている」

高尾がまた考え込んだ。

「どうやら、俺が考えていることが当たっているようだな」

丸木は尋ねた。

「何を考えていたんです？」

「俺たちは考え違いをしていたかもしれねえって話だよ」

「ああ……。組織だった犯行とか、誰かの命令で実行犯が動いているという考えは間違いじゃないかという……」

「そういうことだ。島本康宏は、他の三件の殺人事件とは関係ないと言った。賀茂の術がかかっていたんだから、嘘じゃないだろう」

「つまり、模倣犯だったってことですか？」

「いや、模倣犯じゃない」

「どういうことです？」

高尾はまた考え込んだ。それから、賀茂晶に尋ねた。

「一連の事件の背後に、権力者がいると言ったな？　今でもそう思っているか？」

賀茂晶は泰然とうなずいた。

「そう感じておる」

「それは、あの三人が寝たという女のことじゃないのか？」

賀茂晶はかぶりを振った。

「おなごにあらず。おのこじゃ。それもまつりごとに就く者に思える」

「政治家か……。どうしてそれがわかるんだ？　千里眼か？」

根拠などないんだ。

丸木は思った。

たしかに、今の賀茂晶は普通ではない。一瞬にして相手を思い通りに動かす暗示のようなものをかけてしまう。

だからといって、彼の言うことをすべて鵜呑《うの》みにするのは危険だ。

丸木が反論しようとすると、それより早く水越陽子が言った。

「少年法が改正されて、少年の厳罰化がどんどん進んでいる。さらに、家裁から検察に逆送された場合、公開捜査できるような制度になった」

「なんだよ」高尾が言った。「警察官に法律の話をしようっていうのか？　そいつは、釈迦《しやか》に説法だぜ」

水越陽子はかまわずに続けた。

「世の中は、それでも少年犯罪の量刑はまだまだ少ないと考えている人が多い。少年犯罪の審議は非公開だったから、被害者は常にその経過にも結果にも不満を抱えていた」

「だからさ……」

高尾は顔をしかめた。「俺たちは少年課と少年犯罪課なんだ。そんなことは誰よりもよく知っているんだ」

「被害者のことは知っている？」

「何だって？」

「警察は、犯罪者についてはプロかもしれない。でも、被害者について充分に知っているかしら」

「何が言いたいんだ？」

「殺人や強姦などの特に重い少年犯罪の被害者が集まって少年犯罪について語り合う会を作ったという事実を知っている？」

高尾はちらりと富野を見た。富野は何も言わなかった。高尾は言った。

「被害者の会ができるのは珍しいことじゃない。犯罪の被害者は、誰もが心理的なダメージを受ける。カウンセリングの専門家を置いている会もある」

「少年犯罪の被害者の多くは、少年少女なの。子供を殺されたり強姦されたりした親の気持ちは、ある意味でどんな犯罪よりも救いがない」

高尾はうなずいた。

「それは理解しているつもりだ」

丸木も同感だった。家族を殺されるというのは、耐え難い出来事だ。その中でも、前途ある子供が殺されるというのは最もつらいことなのではないだろうか。成長を見守っていた子供が突然殺されるのだ。親にとってどれほどの衝撃だろう。犯人に対する怒りと憎しみも尋常ではないはずだ。

「その少年犯罪被害者の会というのは、ちょっと特別な気がする。もと警察官僚の国会議員が顧問としてついている」

「ああ、それなら知っている。今後の少年法の運用に当たっても、被害者の立場から意見を述べるという目的で組織されたんだ」

丸木も覚えていた。ごく最近の話だ。

だが、丸木も、犯罪被害者の会の一つとしてしか認識していなかった。被害者の遺族というのはたしかに心に深い傷を負う。個々ではそれを払拭《ふっしょく》できないことが多い。同じ傷を持つ者たちが集い、協力して立ち直ろうとするのは決して悪いことではない。

たしかに、国会議員が顧問としてつくというのは、珍しいかもしれないが、過去に例がないわけではない。

北朝鮮の拉致被害者の会には、拉致議連という会派や党を超えた連絡会がある。

富野が言った。

「国会議員が被害者の会の顧問になるというのは、リスクが大きい。だが、メリットもある。特に、少年犯罪は社会的に注目の的だから、名を売るチャンスでもある」

水越陽子は言った。

「その会の名は、『少年犯罪の被害を考える会』、略称『少年被害の会』。旗揚げが、三月八日、月曜日。その週の木曜日に最初の事件が起きている。つまり、緑区の事件……」

高尾は、眉をひそめた。

「それはいくらなんでも飛躍しすぎだ。それこそ偶然というやつじゃないか」

「あたしも、賀茂君にいわれるまで、そんなことは考えたこともなかった。『少年被害の会』の発足など、ただの新聞の記事の一つでしかなかった」

「その会の顧問の国会議員てのは、釜井《かまい》輔《たすく》だったたな。与党の衆議院議員で、大阪府の選出だ」

高尾が言った。「大阪出身でもと警察官僚……」

「やっかいだな……」

富野が言った。「警察の上層部にかなり強いチャンネルを持っているぞ」

「圧力がかかるおそれがあるという意味か？」

「具体的な圧力がなくても、捜査陣の腰が引ける恐れがある」

「釜井輔が、事件に関係あると、本気で思っているんですか？」

丸木は言った。「根拠は何一つありませんよ。賀茂君がそう言っただけなんでしょう？」

高尾がうるさそうな顔をした。

「これまで、賀茂が言ったことで間違ったことが一つでもあったか？」

「でも……」

「洗ってみる価値はあるだろう」

丸木は仰天した。

「国会議員の身辺をですか？」

「犯罪の捜査なんだ。何だってやるさ」

「そういうの、地検の特捜部とかの仕事じゃないですか？」

「サンズイじゃねえんだ。警察の仕事だよ」

サンズイというのは、汚職のことだ。

「でも、何を調べるんです？」

「そうだな……」

高尾は考えながら言った。「まずは、検挙された三人と、釜井の関係を調べる」

すると、富野が言った。

「おそらく、つながりはないな……」

「なぜそう思う？」

「あの三人は女と寝たと言っていた。つまりそのときに亡者にされたんだ。亡者になった彼らは、衝動が押さえきれずに犯行に及んだ。釜井は介在していない。オズヌの暗示がかかった状態で供述したんだから、本当のことだろう」

高尾は、富野の言葉を頭の中で検討している様子だった。

「なら、その女を見つけて、その女と釜井の関係を洗えばいい」

富野はうなった。

「行きずりの女だ。どうやって見つける？　島本康宏は、女の特徴すら言おうとしなかった。オズヌの暗示がかかっているにもかかわらずだ」

「関内駅のそばで酒を飲んで、そのままホテルにしけ込んだと言っていた。日付ははっきりしている。時間もある程度想像がつく。あのあたりの連れ込みホテルを片っ端から当たってみればいい」

「あまり効率がいいとはいえないな……」

「だが、それしかないだろう」

「三人だとちょっときついな……」

富野のその言葉に二人は考え込んだ。

丸木は、賀茂の言葉だけを拠り所に、二人がここまで話を進めているのがどうしても納得できなかった。

だが、たしかに高尾が言うとおり、賀茂の言うとおりに事が進んでいることも事実だ。

受け容れがたいことだが、受け容れなければならないこともある。

世の中すべて合理的に説明のつくことばかりではない。それは丸木にも理解できる。

二人のやることに反対ばかりしていても埒はあかない。丸木はそう考えることにした。

「こういう時こそ、捜査本部を動かすべきですよ」

丸木は言った。

高尾が、横目で丸木を睨んだ。

「どうやって動かすんだ？　三人を亡者にした親亡者を見つけてくれと、捜査会議でおまえが言うのか？」

「本当のことを言う必要はないでしょう。三人の犯行の動機に関係しているらしい女性がいるというようなことを臭わせば……」

高尾の眼が油断なく光った。

「……つまり、襲撃犯の三人がその女性に襲撃を依頼されたというような……」

「弱みを握られてやらされたという線でもいいでしょう。あの三人の襲撃犯はそれぞれ家庭を持っているんでしょう？　破廉恥《はれんち》な遊びをやったという事実を家族に知られたくはないはずです」

「ちょっと弱いな……」

富野が言った。「その女性が暴走族による何かの事件の被害者で、話を聞くうちに暴走族に対する怒りを募らせたという線じゃどうだ？」

高尾がにっと笑った。

「あんた、けっこう感傷的なんだな」

富野は、表情を変えない。

「とにかく、情報源は、この人たちということにすればいい。赤岩らが、暴走族関係から情報を得たということにすれば……」

高尾がうなずいた。

「やってみよう。一か八かだがな……」

水越陽子が言った。

「あたしたちは何をすればいい？」

高尾がこたえた。

「賀茂の言うとおりに動いてくれればいい」

一同は賀茂を見た。

賀茂晶はおもむろに口を開いた。

「釜井輔と申す者の罪、明らかになった折りには、われが会いに出向こう」

賀茂たちを帰すと、高尾はすぐに田端捜査一課長のもとに行った。富野もいっしょだ。

丸木は、二人の後ろについていった。

家宅捜索で持ち帰った資料を分析していた捜査員の一人が、高尾たちを見て怒鳴った。

「おまえたち、どこで油を売っていた」

高尾は平然と相手を見返した。

「何か有力な手がかりは見つかったのかい?」

「うるせえ」

それを制するように田端課長が言った。

「何も出てこねえ……」

「たとえば……」

高尾が言う。「政治家との関わりを臭わすようなものはなかったですか?」

田端課長は、猪のような太い首の上に乗った赤ら顔を高尾に向けた。きょとんとした表情だ。

「政治家？　そりゃ、どういうことだ？」

「ただの思いつきですよ。ああいう武道の道場が政治的な信条と結びつくと、けっこう面倒なことになるでしょう……」

「政治家ってのは見当はずれだろうよ。政治結社とかいうのならわかるが……」

「政治結社でも政治家でもいい。つながりを臭わすようなものは見つからなかったのですね？」

「そんなもの、ねえよ。それより、おまえさんたち、ゾク関係の筋と会っていたんだって？」

「ええ。襲われたルイードを中心とする相州連合の元二代目総長たちに会っていました」

「何か、耳よりな情報はあったのかい？」

「ええ、実は……」

高尾はいつになく真面目な表情で話しはじめた。丸木にはそれがすぐに演技だということがわかった。

「あの三人と最近知り合った女性がいるらしいんですがね……。その女性がどうやら、以前暴走族にひどい目にあわされたとかで……。被疑者の三人は、その女性のために暴走族を襲撃しようと考えたらしいのですが……」

田端課長は、じっと高尾を見据えていた。高尾は平然と見返している。

たいした度胸だと丸木は思った。嘘をついているという後ろめたさをまったく感じさせない。その言葉は自信に満ちているように聞こえる。

「つまり、三人はその女性に頼まれてやったということなのか？」

高尾は首をかしげてみせた。

「そこまではわかりません。三人がその女性と性的関係を持ったという未確認情報がありますが、それをネタに強要されたのかもしれないし、あるいは三人が女に同情して自主的にやったのかもしれない……」

高尾は、丸木の提案と富野の提案をうまくまとめて話している。

なかなか説得力があると、丸木は感じた。

田端課長は考え込んだ。

「性的な関係があるという未確認情報というのが気になるな」

高尾はうなずいた。

「あの三人と当該の若い女性が、関内あたりの連れ込みホテルに入ったという情報があります」

「そいつはどこからの情報なんだ？」

「ゾクはいろんなところに網を張ってるんですよ」

田端課長は、再び無言で考え込んだ。さきほど、高尾を怒鳴りつけた捜査員が、意外なことの成り行きに、立ちつくして課長の顔を見つめている。

やがて、課長は言った。

「よし、夜の捜査会議でその件を話そう。その女性が見つかれば、犯行の動機の線が明らかになるかもしれない」

高尾は一礼して課長のもとを離れた。

いつも座っている席のところに来ると、高尾は丸木と富野に言った。

「さて、これで刑事たちが動いてくれる。この後、俺たちはどうすればいいんだ？」

富野が言った。

「今のことを、鬼龍たちに話しておく。あの二人も親亡者を探しているはずだ。彼らにとっても、襲撃犯の三人が関内で親亡者らしい女と接触しているというのは有力な情報のはずだ」

高尾はうなずいた。

「鬼龍に訊いておいてくれ。祓っても、親亡者の暗示が残ることがあるのかどうか……」

「わかってる」

富野が言った。

やはり一人になる場所が、警視庁内では見つからず、富野は鬼龍に電話するために外に出なければならなかった。

鬼龍が電話に出ると、富野は、島本康宏から聞き出したことを伝えた。

「それ、本当だとしたら、おそらく親亡者ですね」

相変わらずのんびりとした声で、鬼龍が言った。

「だが……」

富野は言った。「その女のことを尋ねたんだが、島本康宏は決して話そうとしなかった。激しい心理的な葛藤があったのだろう。白目をむいて気を失っちまった」

「役小角の術がかかっていたのでしょう？」

「ああ、そうだ。しかも、あんたが祓った後だ」

しばしの沈黙があった。考えているのだろうと、富野は思った。

「その親亡者、ちょっとやっかいですね……」

「強いってことか？」

「ええ。とんでもなく強力な亡者ですよ」

「釜井輔が絡んでいるかもしれない」

「釜井……。あの衆議院議員の……？」

「そうだ。オズヌはそう思っているらしい」

「なら、そうなのでしょうね」

鬼龍はあっさりと言った。

オズヌを信じ切っている。一瞬にして信奉してしまったのだ。本当に信じるというのは、おそらくそういうものだろうと、富野は思った。

信じるというのは時間がかかるものではない。幾ばくかの疑いや恐れがあるから時間がかかる。疑いも恐れもなければ、何かを信じるのに時間などまったく必要はない。

富野が、鬼龍や孝景を信頼するまでにはずいぶんと時間がかかった。いや、今でも百パーセント信じているわけではない。

一瞬にして百パーセント信じられる純粋な関係を、少しだけうらやましいと感じていた。

「その親亡者と釜井輔がつながっている可能性がある」

「だとしたら、釜井も亡者にされているでしょうね」

「そう考えざるを得ないだろうな。亡者は亡者を増やす。早く手を打たなければ……」

そこまで言ったとき、ふと富野は高尾の言葉を思い出した。

「俺たちは、考え違いをしていたのかもしれない」と彼は言った。

たしかに富野も捜査本部の捜査員たちも、一連の暴行殺人事件が、連続殺人だと考えている。

被害者に共通点がある。

手口にも共通点がある。

そして、組織だった犯行のように考えている。犯行の手口が鮮やかだからだ。ある組織か集団が、誰かの命令に従って一糸乱れず動いているという印象を受けるのだ。

だが、その考え方が間違っているとしたら……。

富野は考えた。

この事件の真相はいったいどういうことになるのだろう。不安を覚えた。いや、恐怖といってもいい。

とんでもないことが起きている。そんな予感があった。

「釜井を祓えるか？」

富野は尋ねた。

「無茶言わないでください」

鬼龍は緊張感のない口調で言った。「国会議員となれば、身辺の警備も厳重でしょう。僕なんかが近づけるとは思えませんね」

「それを何とかするのが、鬼道衆じゃないのか？」

「近づけないことには、どうしようもありませんよ」

富野は、取調室での出来事を思い出して言った。

「オズヌなら、釜井に近づけるかもしれない」

「オズヌが……？」

「どうやら、彼は一瞬にして暗示をかけることができるらしい。名前を呼ぶだけで、相手をいいなりにしてしまう」

「驚いたな。それって、最も古典的で、もっとも強力な呪ですよ」

「古典的で強力な呪？」

「そうです。だから、中国では本名の他に字《あざな》を持っていたんです。平安時代以来、日本でもそうでした。本名を知られて呪をかけられることを恐れたからです」

「オズヌはたしかにそれをやってのける。かつて、彼らは総理官邸に出向いて総理大臣に会ったこともあると言っていた。釜井にも会えるだろう。オズヌがいっしょなら祓えるな？」

「……というか……」

鬼龍が言った。「役小角が行くというのなら、僕らの出る幕はありませんよ」

「オズヌにも亡者を祓うことができるということか？」

「もちろんです。彼の霊験は、修行中の僕らの比じゃありません。レベルが違います」

「じゃあ、何もかもオズヌに任せるというのか？」

「親亡者の女を探します。鬼道衆の名誉にかけて、見つけ出し、祓います」

言葉は勇ましいが、口調はやはりのんびりしている。

「わかった」

富野は言った。「何か情報があれば知らせる」

電話を切った。

捜査本部に戻ると、赤城と高尾が話し合っているのが見えた。友好的な雰囲気とはいいがたかった。

高尾の背後には丸木がおり、赤城の脇には碓氷がいる。

富野は彼らに近づいた。

「だからさ……」

高尾が言うのが聞こえてきた。「そっちが知っていることを教えてくれりゃいいんだ」

赤城がそれにこたえた。

「俺たちは、何も知っちゃいねえ。捜査本部の方針に従って、捜査をしているだけだ」

「大阪の団体がどうとか言ってたじゃないか?」

「知らねえな……」

「『昇平館』で、館長の平良に訊いてただろう? 大阪の団体と関わりはないかって。ありゃ、どういう意味だよ?」

「おい、若えの。口のきき方に気をつけろといつか注意したよな……」

赤城の眼差しがさらに鋭くなった。

言い争いなどうんざりだと思った。捜査本部の中で対立したって、何も得るものはない。しかも、高尾たちは捜査本部の中では少数派だ。少しでも味方がほしいはずだ。

富野は割って入った。

「こっちの情報は伝えたのか？」

高尾が振り返って富野を見た。

「まだだ」

「一方的に情報をくれと言ったって、話しちゃくれないだろう」

「おう。やっぱり警視庁の人間は違うな」

赤城が言った。神奈川県警の高尾に対する当てつけであることは明らかだ。

「そういう問題ではないでしょう」

富野は赤城に言った。「同じ捜査本部のメンバーなんです。それに、彼らが襲撃犯三人を逮捕したんです。それによって捜査が進展したのは間違いないでしょう」

「進展ね……」

赤城が言った。「たしかに、マルソーを襲撃した三人の身柄を押さえた。だが、過去の三件との関わりはなさそうだ。模倣犯じゃないかと、上層部は疑っている」

「模倣犯じゃないんです」

富野は言った。

赤城は訝しげな眼差しで富野を見た。

「だが、過去三件との関わりはない」

「物理的には証明は難しいかもしれません。でも関わりはあるんです。ある女性が関係しています。そして、ある政治家も関係している疑いがある……」

「ある女性……？」

「それについては、今夜の捜査会議で幹部が発表すると思います」

「おまえたちが知っていて、俺たちが知らないというのは、おもしろくねえな。その女、何者だ？」

「身柄を押さえた三人の襲撃者が、肉体関係を持った女です」

「それだけのことか？」

赤城は明らかに落胆した様子だ。

「言っても信じてもらえないと思います」

富野は言った。

「信じるかどうかは、こっちが判断する。言ってみろよ」

赤城が言うと、高尾が抗議した。

「こっちだけ手札をさらすってのは、気に入らん。大阪の団体ってのは何のことか、教えてくれ」

赤城は高尾に言った。

「神奈川県警は黙ってろ」

富野は、苛立った。

「いい加減にしてください。いいですよ。話します。その代わり、そちらの情報もください。いいですね？」

赤城はしばらく考えていた。こちらの情報の価値がどれくらいあるか、頭の中で値踏みしているのだろう。

やがて、赤城は言った。

「いいだろう」

富野は、話しはじめた。

まず、ルイードを襲撃した三人が亡者だったことを説明した。そして、それを鬼龍が祓ったことも話した。

亡者というのが何なのかも説明した。亡者が他人を虜にして亡者にしてしまうことも……。人を亡者にするために、性的な関係が利用されることが多いことも言った。

三人は、同時にある女性と性的な関係を持った。そのときに、亡者にされたに違いないのだ。

亡者にされた三人の空手指導員は、親亡者の思惑どおりルイード親衛隊を襲撃した。

赤城と碓氷は顔を見合わせた。

赤城が富野に視線を戻して言った。

「そんな与太話を信じろというのか？」

「だから、話しても信じてもらえないかもしれないと言ったじゃないですか」

「亡者だ？　陰の気だ？　お祓い師だ？　おまえさん、気はたしかか？」

「正気ですよ。この事件、亡者が絡んでいると考えれば説明がつく……」

「どう説明がつくんだ？」

「過去の三件の犯人も、おそらく亡者です。そして、被害者がいずれも非行少年だということ、手口が似ていることなどを考え合わせると、同じ親亡者に亡者にされたと考えていいでしょう」

「同一犯による連続殺人だと、捜査本部の幹部は考えている」

「その可能性もあります。だとしたら、ルイード親衛隊を襲撃した三人の空手指導員は、模倣犯ということになります。しかし、そうでなかったら……」

「そうでなかったら……？」

「僕たちは考え違いをしていたのかもしれないということになります。そうですね、高尾さん」

高尾はうなずいた。

「そうだ」

「しかし……」

赤城はかぶりを振った。「だめだ。亡者とか陰の気とかいう話は信じられない……」

富野は言った。

「暗示と解釈すればいいのだと思います」

「暗示？」

「そう。理性を失わせる暗示です。たとえば、酒に酔ったときに、理性が吹っ飛ぶことがありますよね？　そういう状態にさせられるのです」

「暗示ね……」

「鬼龍というお祓い師が、いつか言ったことがあります。昔から呪いといわれているものの多くは暗示なのだと……」

すると、今まで黙って話を聞いていた碓氷が口を開いた。

「俺たちだって、いつのまにか暗示にかかることはあるよな。捜査会議でベテランや幹部が方針を決めたら、その方針が絶対だと思い込んでしまうことがある。今回も、俺たちは、連続殺人だと思い込んでいた……」

赤城はちらりと碓氷を見ただけだった。

「それで……?」

赤城は富野に尋ねた。「政治家が絡んでいるかもしれねえってのは……?」

「同じ親亡者の女性に、亡者にされている恐れがあります」

「根拠は?」

「そいつは、こっちの情報だ」

高尾が言った。「まだ未確認の情報でな……」

「未確認でかまわねえよ」

赤城は言った。「聞かせろよ」

高尾は、しばらく考えていた。彼は富野を見た。富野は何も言わなかった。

やがて、高尾は、『少年犯罪の被害を考える会』、略称『少年被害の会』について説明を始めた。

赤城の顔色が変わった。

「釜井輔だって……? 大物じゃねえか」

高尾はうなずいた。

「釜井は、大阪選出だ。そこで、あんたが、大阪の団体がどうのこうの言っていたのを思い出したというわけだ」

「とんでもねえ名前が出てきたもんだ……」

赤城は難しい顔をしている。当然彼も、釜井が元警察官僚であることを知っているはずだ。釜井が警察に持っている太いチャンネルのことを考えているに違いない。

「だから、俺たちは大阪の話が聞きたかったたってわけだ」

高尾が言うと、赤城は渋い顔を彼に向けた。

「最初からそうやって順序立てて説明すりゃいいんだ」

「まどろっこしいのが嫌いでな」

「ある筋から、事件に大阪の空手団体が関係しているという話を聞いた。その情報源は、誰か大物が後ろにいるという話もしていた。それが、釜井輔だったとは……」

碓氷が言った。

「いずれも裏の取れていない情報だ。とにかく今夜……」

高尾が、油断ない目つきで碓氷に言った。

「今夜、何かあるのかい？」

赤城と碓氷が顔を見合った。

碓氷が言った。

「いつか、捜査会議で赤城が説明した整体師の先生が、別の武道の先生に会う」

「それが、あんたらの情報源というわけか？」

「そうだ」

「俺たちは手札をさらした。今夜、何か確認が取れたら、俺たちに話してくれるな？」

「いいだろう」

赤城がこたえた。「だが、俺たちが追っている獲物をくれてやるわけにはいかない」

高尾は、にっと笑った。

「俺たちは俺たちで忙しいんだよ」

17

碓氷は車を運転しながら、昼間富野が言ったことを考えていた。

常識から外れている。とてもまともには付き合えない話だ。亡者にお祓い師……。

鬼龍という男も孝景という男も、亡者を祓うことを生業としているようだ。ということは、現実に亡者がいるということなのだろうか……。

占いや祈禱《きとう》などは、いかさまが多い。だが、すべてをいかさまと断じるわけにもいくまい。

霊だの超能力だのを信じている人間は多い。世の中の出来事すべてが、常識や科学で解明されるわけではない。

暗示と考えればいい。

富野は言った。

人を犯罪に駆り立てるような暗示。そんなものが本当にあるのだろうか。

実際にあると考えなければならない。理屈ではない。現実として、富野たちは鬼龍というお祓い師と付き合いがある。

夜の捜査会議で、田端課長が問題の女性について説明をした。ルイード親衛隊を襲撃した三人が、関係を持ったという女性だ。

田端課長によると、三人の襲撃犯の動機に関わる参考人だということだ。富野たちは、うまくオブラートに包んで説明したに違いない。

女の亡者を探せ。そんなことを命じたとしても、捜査員は鼻で笑うだけで動きはしない。普通の警察官には現実的な説明が必要だ。

俺もその普通の警察官の一人なんだがな……。

碓氷は思った。

助手席の赤城もむっつりと考え込んでいる。おそらく、同じようなことを考えているに違いないと碓氷は思った。

今碓氷たちは、先日とまったく同様に、美崎が乗ったタクシーを車で尾行していた。尾行というより警護かもしれない。

行き先は、先日、吉谷浩二郎と会ったスナックだ。

美崎がタクシーを降りたので、碓氷と赤城は車を歌舞伎町のコマ劇場裏に路上駐車して、徒歩であとをつけた。

道の両側は、光の洪水だ。派手な電飾が昼間よりも華やかに歩道を照らす。呼び込みや客引きが、行き交う通行人にひっきりなしに声をかける。

だが、碓氷と赤城に声をかける客引きはいない。客引きや呼び込みは、本能的に碓氷や赤城の正体を嗅ぎ分けているのだ。

美崎が杖をつきながら、約束の店に向かう。雑居ビルの中にある小さな店だった。

「さて、どうする？」

碓氷は赤城に尋ねた。

「ここで待つさ。俺たちがいないほうが話が弾むだろう……」

赤城がそう言ったとき、ビルの出入り口から再び美崎が姿を現した。見たことのない男が、その前にいる。

碓氷と赤城は反射的に、手前の建物の階段脇に身を隠した。

「別の場所に移動するようだな……」

碓氷は言った。

「どこへ行こうと、ぴったりついて行くさ……」

赤城が階段の脇から慎重に歩み出た。碓氷も続いた。

コマ劇場裏の通りから、細い路地を進む。バッティングセンターの手前だ。そのあたりまで来ると、歌舞伎町とはいえ、人通りが少なくなる。

とたんに物騒な雰囲気となった。

案内役の男の態度は慇懃《いんぎん》だった。美崎は平然とついていく。男を信頼しているからだろうか。それとも、腕に覚えがあるからだろうか。

やがて、彼らは古いビルの中に消えた。ありふれた雑居ビルに見えるが、縦にならんだ看板のいくつかが空白だった。

「吉谷浩二郎は、どうして会談の場所を変更したのかな……」

碓氷が言うと、赤城が落ち着かない様子で周囲を見回した。

「やべえぞ、こりゃ……」

言われて碓氷も気がついた。

囲まれていた。

ビルの周囲の物陰から、一人、また一人と人影が姿を現した。明らかに、碓氷と赤城を取り囲むようにゆっくりと近づいてくる。

碓氷は、ベルトのホスルターに差したリボルバーを抜こうとした。カバーのホックが外れず、手間取った。

その一瞬が命取りになった。

突然、一人が飛びついてきた。銃を取り出すより早く、腕を取られて逆関節に決められた。

別の男が素早く碓氷の体を探った。リボルバーを取り上げられた。

右腕の肘と手首、そして肩に激痛が走り、碓氷はあえいだ。見事な関節技だ。素人ではない。

相手は四人いた。赤城も同様に制圧されていた。

もがけばもがくほど、腕の関節が痛み、どうすることもできない。さらに、碓氷と赤城は、奪われた拳銃を突きつけられていた。

「騒ぐな」

男たちの一人が言った。押し殺した声だ。

四人とも鍛え上げられた体格をしている。スーツやジャケット姿だが、洋服の上からも発達した筋肉がはっきりとわかった。

「あんたら、吉谷先生のお弟子さんか？」

赤城の声がした。「だったら、こいつは勘違いだ。俺たちゃ、先生の客の知り合いだ」

同じ男が言った。

「しゃべるな。そっちへ進め」

ようやく腕の関節技を解かれた。碓氷は、思わず息をついていた。後ろから乱暴に押された。

男たちが進めと言った先には、下りの階段があった。蛍光灯が壊れており、明かりはなかった。言われるままに、地下に向かった。

やがて目の前にドアが見えてくる。暗くてよくわからないが、表面に革を張ったドアのようだ。その革がところどころ破れているのがわかる。

「中に入れ」

また同じ声がした。

赤城がドアのノブを引いた。中は、廃墟だった。広いフロアがあり、左手にバーカウンターの残骸がある。

椅子やテーブルはすべて撤去されていた。天井から裸電球が一つぶら下がっており、広い空間に、明かりはそれだけだった。

床にはさまざまなものが散乱していた。

紙くず、布きれ、空き缶、板きれ……。壁は黒一色に塗られている。クラブか何かの跡のようだ。

美崎が立っており、その背後に二人いる。正面には、吉谷浩二郎が立っていた。ダブルの背広を着ている。

美崎は杖を持っていなかった。取り上げられたようだ。

「先生……」

赤城が美崎に言った。「これは、どういうことなんだ？　吉谷浩二郎先生は味方じゃなかったのか？」

「友人です」

美崎が言った。「だが、立場が変われば敵になる。武道家の宿命です」

「そういうことです」

吉谷浩二郎が、嗄《しわが》れた声で言った。「先生たちには怨みはないが、消えてもらわなければならないようです」

赤城が吉谷浩二郎に言った。

「警察官を消すと、後々面倒だぞ」

吉谷浩二郎は、どこか悲しげな表情で言った。

「それでもやらなきゃならないんで……」

「誰かが後始末をしてくれるというわけか」

「そういうことは、気にせんでもいいでしょう」

「そうはいかねえ」

赤城は言った。「何もわからずに殺されるんじゃ、成仏できねえぜ」

「あんたらは、充分過ぎるほど知っている」

「俺が知っているのは、三件の暴行殺人事件のうちのどれかに、大阪の空手団体が関与しているらしいという話と、その背後に誰か大物がいるらしいという話だけだ。それは、あんたから聞いたんだ」

「私は美崎先生に話したのです。刑事は計算外だった……」

「その計算違いを、こういう方法で清算しようってのか……」

「仕方がないんですよ」

「何のためだ？　釜井輔を守るためか？」

吉谷浩二郎は、哀れむように赤城を見ていた。

「その名前を口にしてほしくはなかったんですがね……」

部屋の中の緊張感が一気に高まった。

碓氷はそう感じた。

相手は、吉谷浩二郎を含めて七人。こちらは、三人だ。

しかも七人は素人ではない。柔術の実力者たちだ。奪われた二挺のリボルバーも問題だった。

赤城はさらに言った。

「大阪の空手団体が実行犯だったというのは、嘘なんだろう？　実はあんたらがやったんだ」

吉谷浩二郎はかぶりを振った。

「横浜で起きた最初の事件は、間違いなく、大阪の『闘龍会』の誰かがやりました」

「釜井輔は、大阪選出だ。そのトウリュウカイとやらと、関係があるんだな？」

「釜井先生は、我々武道家を大切にしてくださる」

「不良少年を次々に殺して世直しでもするつもりか?」

「世直し? 冗談じゃない。これは、後始末ですよ」

「後始末?」

「教育や躾をないがしろにした大人たちが、凶悪な少年犯罪の多発する世の中を作ってしまった。もう、後戻りはできない。だから、自らの手で始末をつけなければならない」

「釜井輔がそう言っているのか?」

「先生は、そのために『少年犯罪の被害を考える会』の顧問になられた……」

「ばかな……。人を殺して何が変わる?」

「今の若者は大人を恐れない。ばかにしている。そういう風潮がいつのまにか作られてしまった。子供が大人をばかにするような国は、いずれ滅びますよ。だから、彼らに恐れを教えなければならない。躾の基本です」

「いい方法とは思えねえな……」

「他に方法はありません。荒れる若者を前にして、大人たちはあまりに無力じゃないですか」

「いいか」

赤城が言った。「ガキが荒れるのは、大人がそういう世の中にしちまったからだ」

「そうです。私もそう言ってるじゃないですか。親も尊敬しなくていい、学校の先生も尊たかもしれないし、若者たちも子供たちも知らない大人も……。そういう社会を作ってしまった大人の責任です。でもね、もう一度言いますが、もう後戻りはできない。だから、戦うしかない。実力で、再び子供に大人の恐ろしさを教え込まなければならない。これはね、命をかけた大人と子供の戦争なんです。この戦いを続けなければ、成人式で酒を飲んで暴れるような若者はいなくならない」

大人と子供の戦争。

その言葉をいつかどこかで聞いたような気がした。

碓氷は、吉谷浩二郎の声音に悲痛な響きを感じ取っていた。彼は憂いているのだ。この国を担うのは若者だ。その若者があまりに脆弱《ぜいじゃく》だ。荒れるのは脆弱さの一つの現れなのだ。

碓氷には、子供がいる。十歳の娘と七歳の息子だ。その二人が、将来荒れないという保証はない。非行に走るかもしれない。

不安感がある。つい、吉谷浩二郎の言葉に耳を傾けたくなる自分に気づいていた。

釜井輔は、命を懸けた戦いを通して、弱々しい若者たちを鍛えようとしているのかもしれない。碓氷はそんなことを考えていた。

学級崩壊、不登校、引きこもり、凶悪な少年犯罪……。いずれも打開策はない。人は鍛えられれば強くなる。だが、今の子供たちは鍛えられるという経験を持たない。

だから精神的に脆弱で、自分自身を制御することすらできないのだ。

「放っておけばいい」

それまでずっと無言だった美崎が言った。「躾をされていないのは、大人も同じことだ。礼節も知らなければ、国の未来を思う心もない。大人と子供の戦いなど、不毛だ。戦う価値すらない」

碓氷は、はっとした。

俺は何をぐらついていたのだ。どんなに言葉を弄しようとも、釜井や吉谷の行動が正当化されることはないのだ。

「私はね……」

吉谷浩二郎が言った。「私が死んだあと、少しはましな国を子供たちに残してやりたい」

それは本音だろう。碓氷は思った。

美崎が言った。

「ましな国にするかどうかは、子供たちが決めることだ」

吉谷浩二郎は、つらそうに美崎を見た。

「美崎先生……。あんたは、いい友達だった。尊敬する武道家でもある。あんたに出会えて本当によかったと思っている。勘違いしないでください。これは私が勝手にやることだ。釜井先生は関係ない」

美崎の背後にいる二人のうち、一人がじりっと間を詰めた。

「動くな」

吉谷浩二郎が言った。「手を出すな。これは、武道家同士の戦いだ」

その一言で、誰も動けなくなった。

美崎はひっそりと立っている。

吉谷浩二郎は、すっと右手右足を前に運んだ。半歩、間が詰まる。

美崎は動かない。足を肩幅に開き、相手に正対している。

正中線をさらしている。

碓氷は思った。彼も柔道の選手だったから、武道のことはわかる。正中線を相手にさらすというのは、きわめて危険なことだ。

だから、すべての格闘技には構えがある。ボクシングはクラウチングに構え、ディフェンスを固めるのだ。

柔道も、どちらかの手足を前に出して、正中線を守ろうとする。空手もそうだろう。

だが、美崎はただ突っ立っているだけだ。

戦わずして、負けを認めたのか……。

二人は動いているようには見えない。

だが、彼らを取り巻く空間に緊張感がみなぎってくるのがわかった。それは、物理的な力として実感できた。

互いの意識が空間でぶつかり合っている。それが目に見えるようにわかった。

そうか。

碓氷は思った。

富野が言っていた、陰の気とかいうのも、こうしたものの一種なのかもしれない。

人の意識はたしかに、空間に独特の物理的な変化をもたらす。それは、現代の科学では
まだ測定不可能な何かなのかもしれない。

よく見ると、二人はじっとしているわけではなかった。

吉谷浩二郎は、少しずつ前になっている右足を進めている。本当にミリ単位の移動だ。

ひっそりと立っているように見える美崎の足もそれにつれて、ごくわずか動いている。

間合いを取り合っているのだと、碓氷は思った。

吉谷浩二郎の弟子たちも赤城もじっと二人を見つめている。動くなと言われた弟子たち
は、忠実にその命令に従っている。

というより、動けないのかもしれない。達人同士の戦いに目を奪われているに違いない。

彼らも間違いなく武道家なのだ。

今がチャンスかもしれない。

碓氷は思った。弟子たちが、師の戦いに気を取られている今なら、拳銃を取り返し形勢

逆転をはかることができるかもしれない。

赤城を見た。

赤城は、吉谷浩二郎と美崎の戦いを見つめている。行動を起こそうという気配はまったくない。

赤城は、美崎にすべてを託しているのだ。碓氷は気づいた。美崎を信頼して、この戦いを彼に預けたのだ。

これは悪党どもとの駆け引きとは違う。赤城はそう考えているのだろう。武道家同士の戦いで決着がつくのだ。

だが、碓氷はそう楽観的にはなれなかった。美崎が負ければ、皆殺しにされるかもしれない。

美崎が勝ったとしても、向こうは多人数で、しかも拳銃を持っているのだ。いずれにしても、危機的状況は変わらない。

じりじりというミリ単位の攻防が続いていた。

二人の間の緊張感はさらに高まっている。その緊張感が、碓氷にも伝わり、息苦しさを感じた。二人を見ていると、身動きがとれなくなってくる。

それは弟子たちも同様らしい。

もしかしたら、互いに手が出せないのかもしれない。二人の実力がそれくらい伯仲《はくちゅう》しているということだ。

この戦いはいつ終わるのだろう。碓氷がそう思った瞬間。

吉谷浩二郎の体がゆらりと前方に傾いた。同時に、美崎の右足が前に出た。

それからの動きは、碓氷の眼には止まらなかった。

二人の体がぶつかったように見えた。だが、ぶつからなかった。すり抜けるように吉谷が美崎の背後に回る。

美崎は、左足を軸にして反転し、再び吉谷と向かい合った。

間を置かず、吉谷が再び美崎に打ちかかる。容赦なく、拳で顔面を狙っていた。

右、さらに左。

拳が美崎の顔面を捉えたように見えた。

だが、のけぞったのは吉谷浩二郎のほうだった。

美崎の掌打が吉谷の顔面に決まっていた。美崎は先ほどからほとんど移動していないように見える。

左脚が不自由なので大きくは動けないのかもしれない。吉谷だけが動いているように見える。

美崎は最小限の動きで吉谷の攻撃をかわし、同時に反撃しているのだ。すべての技がカウンターだった。

これが見切りというやつか……。

碓氷は、一瞬たりとも眼が離せなくなっていた。今自分が置かれている状況を忘れかけていた。

吉谷浩二郎が、突然身を沈めた。両手で美崎の足を取りに行く。タックルだ。

美崎の弱点をついた攻撃だ。まずい。

碓氷は心の中で叫んだ。

同時に美崎も動いていた。滑るように後方に移動しながら、左脚を蹴り上げた。健常な右を軸足にしている。

テレビの試合で見るような蹴りではない。動きの小さな蹴りだ。前のめりになった吉谷の腹に叩き込まれる。

吉谷の動きが一瞬止まる。美崎はさらに一歩後退して、手刀を吉谷の左耳の下に叩き込んだ。

くたっと吉谷の膝から力が抜けた。

吉谷はそのまま俯せに倒れた。身動きをしない。

美崎は戦いが始まる前と同じくひっそりと立っていた。

部屋の中は静まりかえっていた。誰も身動きをしない。呼吸すら止めているように感じられた。

「殺したのか？」

赤城の声が聞こえた。

美崎は、こたえず倒れている吉谷に近づいた。

仰向けにすると、吉谷が白目をむいているのがわかった。美崎は吉谷にまたがると、両肘を相手の胸にあてがい、両手で首の後ろを持った。吉谷の頭を持ち上げると同時に、肘で胸を圧迫する。そのときに、鋭い気合いを発した。

吉谷の咽が鳴った。

息を吹き返したのだ。美崎は活を入れたのだった。

吉谷浩二郎は、上体を起こし、あたりを見回した。意識が飛んだので、咄嗟にどこにいるかわからなかったようだ。

それからかたわらの美崎を見上げた。

弟子が美崎を取り囲もうとした。碓氷は身構えた。一か八かで拳銃を持っているやつに飛びかかるつもりだった。

再び緊張感が高まる。

吉谷浩二郎は、ゆっくりとあぐらをかいた。

「やめろ」

彼は弟子たちに言った。「俺の顔に泥を塗るつもりか」

弟子たちは、どうしていいかわからない様子で互いに顔を見合っている。

「やっぱり、先生にゃ勝てないね……」

吉谷浩二郎はあぐらをかいたまま言った。「俺は、俺のやり方で失敗した。これ以上迷惑をかけるつもりはない」

「どうするつもりです？」

「さあねえ……。いっそのこと、俺を殺してくれればよかったんだが……」

碓氷のほうを見た。「こうなりゃ、警察に世話になるしかないでしょうな……。おい、その物騒なものをお返ししろ」

拳銃を持っていた弟子は、戸惑っていた。

「早くしろ」

吉谷が語調を強めると、二人はあわてて拳銃を碓氷と赤城に差し出した。碓氷はそれを受け取った瞬間、ようやくほっと全身の力を抜いた。

赤城も拳銃をホルスターにしまった。

吉谷浩二郎は、立ち上がり、碓氷に言った。

「お手数かけます」

碓氷は手錠を出そうとした。

すると、赤城が言った。

「いやあ、いい試合を見せてもらった」

碓氷は思わず赤城の顔を見た。

「一流武道家同士の立ち合いなんて、滅多にお目にかかれるもんじゃねえ。いい演武だった。なあ、碓氷さんよ」

碓氷は腰の手錠ホルダーから手を離した。

赤城は、部屋にいた全員の注目を浴びていた。

「吉谷さん。あんた、釜井輔のために美崎先生を始末しようとしたんだろう。だが、これはただの試合だ。あんたは正々堂々と戦った。これであんたをしょっ引いたら、検察にどやされる。日本中でやっている武道の試合が殺人未遂や傷害未遂だとでも言いたいのかってね……」

美崎も吉谷も何も言わない。ただ、赤城を見つめている。碓氷もそうだった。

赤城はさらに言った。

「釜井輔だがね、今の彼の精神状態は普通じゃないと言っている者がいる。俺はそれを信じるね」

美崎が眉をひそめた。

赤城の言葉が続く。

「陰の気ってのがあって、そいつに取《と》り憑《つ》かれると亡者ってものになっちまうらしい。どうやら、釜井輔は亡者にされたんだというやつがいる。亡者になると、理性が麻痺《まひ》するんだそうだ。感情だけで突っ走るようになる。俺は亡者なんぞというものは信じていなかったんだが、今の吉谷先生の話を聞いて、納得できたよ。釜井輔は正常な判断力を欠いているようだ。たしかに普通じゃない」

「亡者……」

吉谷は戸惑った様子でつぶやいた。

おそらく、赤城が作り話でもしていると思っているだろう。

「そうだ」

赤城は言った。「今の釜井輔は、あんたが尊敬する釜井輔じゃない」

ふと、吉谷は言葉を呑んで考え込んだ。どうやら思い当たる節があるようだ。

「そういうわけで、俺たちは引き上げるよ」

赤城が言った。

美崎が赤城に言った。

「吉谷先生はおとがめなしでいいんですね？」

赤城は、ちらりと美崎を見てから言った。

「おっと、言い忘れてた。吉谷先生、情報提供を感謝しますよ。さあ、美崎先生、車で送りましょう」

三人が部屋を出るまで、吉谷の一門は誰も動かなかった。

「亡者ですって？」

美崎が後部座席から言った。「よくあんな作り話を思いつきましたね」

助手席の赤城が前を見たままこたえる。

「ところがさ、作り話じゃねえんだ。俺もようやく信じる気になってきた」

「どういうことです？」

「あんまり説明する気になれねえんだがな……」

赤城は、富野から聞いた話を気乗りのしない口調で美崎に伝えた。

美崎は何も言わなかった。信じたのかどうかは、碓氷にはわからない。おそらく本気にはしていないだろうと思った。

碓氷は、ひどく沈んだ気分だった。

亡者になった釜井を守ろうとした吉谷に、一瞬だが同調しかけた。現代の若者に対する嫌悪感や怒りが胸の奥でくすぶっていることに気づいたのだ。

おそらく、若者たちも大人に対して怒りや憎しみを抱いているのではないか。そう思った。

それを理性や社会通念で押さえつけている。一皮剝《む》けば、自分も亡者の釜井になりかねない。そんな気がしていたのだ。

赤城が言った。

「大阪の空手団体、何といったっけ?」

美崎がこたえた。

「『闘龍会』です。闘う龍の会と書きます。空手といっても、フルコンタクトから出発した団体です。本当の沖縄空手じゃありません」

「空手の講釈はまたにしてくれ。そこは、釜井輔とつながりがあるのか?」

「吉谷先生が言っていたように、釜井輔は、武道家が好きなようですね。多くの武道家と付き合いがあるようです。吉谷先生もその一人なのでしょう」

「じゃあ、釜井輔と付き合いのある武道団体ってのは、吉谷浩二郎や『闘龍会』だけじゃないということになるな……」

「そうでしょうね……」

二人の話を聞きながら、碓氷は何か重要な手がかりがあるような気がしていた。それが何かわからない。

おそらく高尾が言っていたことと関係があるのだ。赤城の言ったことがひっかかった。だが、それがどうしてなのか自分でもわからず、苛立っていた。

「とにかく、『闘龍会』を洗おう」

赤城が言った。「それと、『少年犯罪の被害を考える会』だ」

美崎と吉谷のおかげで捜査は一歩前進したかもしれない。だが、碓氷は、気分が晴れず黙っていた。

大人と子供の戦争という言葉が、心の中に棘のように刺さっているような気がしていた。

18

月曜日の朝、一斉の無線が流れた。殺人だという。当然、別の班が捜査に当たるので、碓氷は聞き流していた。

朝の捜査会議で、田端課長がそのことに触れた。碓氷は、衝撃のあまり後頭部を殴られたような気がしていた。

被害者の名は、吉谷浩二郎。課長はそう言った。

赤城が、テーブルの上で両方の拳を握っていた。

「ニュースが流れる前に美崎先生に連絡を取らなきゃ……」

碓氷は赤城に言った。

赤城は奥歯を嚙みしめてじっと自分の拳を見つめている。怒りに耳が赤くなっている。

「どうした?」

田端課長が碓氷を見て言った。「被害者を知っているのか?」

碓氷は、どうこたえていいか迷った。

赤城が代わりにこたえた。

「情報提供者の一人でした」

「情報提供者……？」

田端課長が言った。「どんな情報だ？」

「前に捜査会議で、整体師の話をしました。その整体師の武道仲間です。美作竹上流という柔術の師範だった」

田端課長は、池谷管理官と小声で何事か話し合った。池谷管理官が赤城に向かって言った。

「その美作竹上流の弟子の証言によると、襲撃したのは、『闘龍会』という空手道場の連中らしい。指名手配した」

『闘龍会』……。

碓氷は思わず奥歯を嚙みしめていた。

吉谷浩二郎が昨夜言っていた大阪の空手団体だ。

釜井の差し金だろうと、碓氷は思った。おそらく、三件の少年暴行殺人のいずれかの実行犯たちだろう。

亡者は伝染病のようなものだと碓氷は感じていた。次から次へと感染者が広がっていく。

「そっちの捜査は、担当者に任せよう。こっちはこっちでやることが山ほどある」

池谷管理官が言った。「例の女の件はどうなった？　何か手がかりは見つかったか？」

神奈川県警の所轄の協力も得て聞き込みをやっているが、まだめぼしい情報は得られていなかった。

「とにかく、歩き回れ。何でもいいから情報をかき集めてくるんだ。以上だ」

短い会議だった。

赤城は会議が終わるとすぐに携帯電話を取りだした。美崎へかけた。

赤城は、吉谷浩二郎が殺されたことだけを告げた。短いやり取りだった。赤城が電話を切ると、碓氷は尋ねた。

「先生は何と言っていた？」

「そうですか、とだけ……」

「これからどうする？」

赤城は、どこかを見つめて考えている。その視線の先を追ってみた。高尾たちがいた。

やがて、意を決したように赤城はそちらに歩いていった。

高尾は腕組みをして座ったまま、赤城が近づくのを見つめていた。碓氷は、赤城のあとを追った。

「このままじゃ、埒があかない」

赤城は、高尾に言った。腹をくくったような口調だ。高尾は腕組みしたまま赤城を見上げて言った。

「どうする？」

「捜査本部全体の足並みを揃えなきゃ……」

「それができれば苦労はしない。亡者の話など、誰が信じる？」

「少なくとも、幹部の誰かに話を通しておかなけりゃな……」

「弱気な発言だな。あんた、そんな人じゃないと思っていたがな」

「情報提供者の一人が殺された。美崎という整体師も危ないんだ」

「それで……？」

「捜査本部の幹部の中で一番話がわかるのは田端課長だ」

「彼なら……」

富野が言った。「過去に鬼龍や孝景が絡んだ事件を二度担当している」

碓氷は驚いた。

「課長は、亡者のことを知っているのか？」

富野はかぶりを振った。

「知らない。だが、奇妙な事件だという印象は受けていたはずだ」

赤城が言った。

「課長に、話そう。そして、俺たち全員が持っている情報を突き合わせるんだ。そうすれば打開策も見つかる」

高尾は、かすかに笑みを浮かべて腕組みを解いた。

「善は急げだ」

赤城、碓氷、高尾、富野、丸木。その五人の顔ぶれに田端課長はちょっとばかり面食らったようだ。

「何だ？　話というのは」

「ちょっとここでは……」

赤城が言った。「どこか別室で……」

田端課長は訝しげに赤城を見た。しばらく考えてから、うなずいた。

「わかった。あいている部屋を探してこい」

小会議室の一つを押さえ、そこに全員が移動した。課長はどっかと椅子に腰を下ろした。

「さあ、突っ立ってないで座れ。話を聞こう」

まず、赤城が話しだした。

「自分は、殺された吉谷浩二郎に、昨夜会っています」

「ほう……」

「情報提供者の美崎という整体師が、吉谷浩二郎と接触しました。吉谷は、ある人物をかばうために美崎を消そうとしたようです」

「消す？　穏やかじゃねえな……」

「美崎が今回の少年連続暴行殺人について、あれこれ探りを入れていたので、邪魔になったのでしょう」

「ある人物というのは、何者だ？」

「釜井輔です」

田端課長はうなった。

丸木があからさまに驚いた顔をした。富野はじっと赤城を見つめていたし、高尾も片方の眉を上げた。

昨夜のことは、この三人にとっても初耳だ。もともと、釜井輔の名は彼らから聞いたのだが、昨夜の件で事件とのつながりがはっきりしたというわけだ。

田端課長が言った。

「なるほど、捜査本部で話せねえわけだ」

「釜井輔は、大阪選出です」

赤城が言った。「そして、武道家好きで多くの武道家との付き合いがあったらしい」

「武道家か……。今回の事件の実行犯は、いずれも武道の達人かもしれねえと、おまえさん、いつか会議で言ったな？」

「三件の殺人のうち最初の事件に、大阪の『闘龍会』という空手団体が関与しているという情報を、死んだ吉谷から昨夜得ました。吉谷を殺したのも『闘龍会』です。それに吉谷の『美作竹上流』、横浜の『昇平館』……。すでにこれだけの武道や格闘技の団体が関係しています」

「そのバックに釜井輔がいるというわけか。だが、何のために……」

「『少年犯罪の被害を考える会』という犯罪被害者の団体が、三月八日の月曜日に旗揚げしています」

高尾が言った。「その週の木曜日に最初の緑区の事件が起きている……」

「被害者の会……？　それがどうかしたのか？」

「その会の顧問をやっているのが、釜井輔なんです」

田端課長は再びうなった。

「つまり、こういうことか？　釜井輔は少年犯罪の被害者に共感するあまり、馴染みの武道団体を使って非行少年たちを暴行し、殺させたのだと……」

高尾は、かぶりを振った。

「国会議員がそんなことをすると思いますか？」

「普通じゃ考えられねえな。だが、連続殺人の筋を読むとそういうことになる……」

「そこが、そもそも俺たちの間違いだったかもしれません」

高尾が言うと、田端課長が眉間にしわを刻んだ。

「間違い……?」

「ええ、連続殺人だという前提が、です」

この発言には、碓氷も戸惑った。そもそも連続殺人事件という前提で捜査本部が発足したのだ。

田端課長が言った。

「どういうことか説明してくれ」

「その前に、整理しておきたいことがあります」

高尾は富野を見た。「釜井輔が、強い暗示をかけられているという疑いがあります」

田端課長は、高尾の視線を追って富野を見た。富野は、いつものように表情を閉ざしたまま説明を始めた。

「横浜で起きたルイード親衛隊の襲撃事件ですが、その襲撃犯たちは、強い暗示をかけられていました。理性を失わせるような暗示です。そのため、彼らは感情をコントロールすることができず、あのような犯行に及んだと考えられます」

亡者という言葉を避けている。

賢明かもしれないと、碓氷は思った。課長はそのほうが受け容れやすいだろうし、他の捜査員にも説明しやすいだろう。

富野がいつも表情を閉ざしているのは、どんな顔をすればいいかわからないからなのかもしれない。碓氷はふとそう思った。

亡者やお祓い師たちの話を他人にするとき、いったいどんな顔をすればいいというのか……。

「他の三件の事件の犯人も、同様の強い暗示をかけられている可能性があります」

「どうして暗示をかけられていたとわかるんだ?」

「現場で暗示を解いたのは、鬼龍光一です」

「あのお祓い師か……」

「そうです。そして、釜井輔も同様の暗示をかけられていたとしたら、非行少年を抹殺するというような暴挙に出ることも考えられます」

「理性を失う暗示をかけられた釜井輔が、感情に走り、武道団体を動かして少年たちを殺させたということか?」

高尾が言った。

「だから、そこが違うんです」

「どこが違う?」

「すべての事件の実行犯も、暗示をかけられていた。強い暗示です。彼らは、自らの感情に突き動かされて犯行に及んだのです。釜井は、彼らに暗示をかけるような手筈《てはず》を整えたに過ぎないと思います」

「暗示をかけられた連中は、自発的に犯行に及んだというのか？」

「富野にいわせると、その暗示をかけられると、人は人でなくなるのだそうです」

「俺たちの間違いは、連続殺人だと考えたことだというのか？」

「そう。ルイード親衛隊を襲ったのが、まるで模倣犯のように見えました。他の三件との関わりがまるでなかったからです。そこで、俺は考えました。もし、他の三件の犯人も互いに何の関係もないとしたら……。つまり、この事件が連続殺人ではないとしたら……」

「暗示をかけられた連中がそれぞれ勝手にやったということになる」

「そう。事件の本質は何者かが、さまざまな武道家や格闘家に暗示をかけたことです」

なるほど、と碓氷は思った。

亡者にされて、理性をはぎ取られた武道家や格闘家たちが、非行少年たちに普段抱いている憎しみや怒りをぶつけたということだ。

高尾が言った。

「この事件は、連続殺人、つまりシリアル・マーダーではありません。並列殺人――パラレル・マーダーなんです」

「パラレル・マーダー……」

「そう。犯人同士につながりはないし、ましてや同一犯による連続殺人でもない。暗示をかけられた者がそれぞれ別々に起こした事件だったというわけです」

「釜井輔が後ろで糸を引いていたのではないのか？」

「釜井輔が大物過ぎるので、そういう誤解をしてしまいがちですがね……。おそらく、釜井は、どれか一つの事件に関わり、その関わりをもみ消そうとしただけだと思いますね」

「じゃあ、問題は……」

田端課長が言った。「暗示をかけたやつだが……」

「それが、『昇平館』の三人の指導者と性的な関係を持ったという女性だと、俺たちは読んでます」

田端課長は、富野に尋ねた。

「そうなのか？」

富野はうなずいた。

「間違いないと思います」

「しかし……」

田端課長は視線を落とした。「現職の衆議院議員となると な……」

「まずは、暗示を解かなけりゃなりません」

高尾が言った。「それは、俺たちに任せてもらえますか？」

「鬼龍というお祓い師にやらせるのか？」

「いいえ」

富野がこたえた。「鬼龍や僕たちではなかなか本人に会えないでしょう」

「ほかにいい手があるのか？」

「高尾の知り合いなら……」

田端課長は高尾をじろりと見た。それから、また目を伏せしばらく考えていた。やがて、眼を上げて宙を見据えると、言った。

「表沙汰にならないようにやれるのか？」

高尾がうなずいた。

「やれます」

田端課長は、宙を見たままぽつりと言った。

「それしかないか……」

19

丸木は、高尾に言われて釜井輔の個人事務所に電話をした。陳情にうかがいたいと申し入れるためだ。

電話の向こうで、秘書の一人だという男が言った。

「陳情の内容はどのようなものですか?」

丸木は、高尾に指示されたとおりにこたえた。

「少年犯罪についてです。被害者の少年が、先生に話を聞いていただきたいと言っているのですが……。先生は、『少年被害の会』の顧問をされているとうかがいまして……」

「ならば、『少年被害の会』のほうに連絡してみてください」

「ぜひ、先生に直接話を聞いていただきたいのです。お時間は取らせません。ほんの十分、いえ、五分でけっこうです」

短い沈黙の間があった。

「しばらくお待ちください」

電話が保留になった。一分ほど待たされると、再び電話がつながった。

「議員がお会いになるそうです。明日の午後十二時四十五分に、事務所にいらしてください。場所はおわかりですか？」

「はい。存じております」

「では……」

丸木は礼を言って電話を切った。約束を取り付けたことを、高尾と富野に告げると、高尾が言った。

「よし。俺たちは賀茂といっしょに釜井のもとに乗り込む。富野は、鬼龍と孝景の尻をひっぱたいて、親亡者を早く見つけさせるんだ」

「連絡を取ってみる」

富野が言った。「今も必死で陰の気を追っているはずだがね……」

「俺たちは美崎先生に張り付く」

赤城が言った。「吉谷浩二郎を殺した『闘龍会』のやつらが、美崎先生を襲撃するかもしれねえ」

高尾がうなずいた。

碓氷が、言った。

「いいか、情報はすべて直接、田端課長に上げろ。慎重にやるんだ」

みんな心得ているはずだ。

丸木は思った。碓氷もそれはわかっているだろう。にもかかわらず、言わずにはいられなかったのだ。赤城も高尾も富野もこれまで独自の行動を取っていた。

だからこそ、常識では考えられない事件の真相を垣間見る《かいまみ》ことができた。だが、これからは違う。互いに連絡を密に取り合い、協力して行動することが大切だ。それが警察のやり方であり、組織力こそが警察の強みなのだ。

「車を出してくれ」

赤城が碓氷に言った。「一刻も早く美崎先生に会いたい」

碓氷と赤城は駐車場に向かった。

丸木は、高尾に尋ねた。

「大阪の『闘龍会』は、田端課長に任せていいんですね?」

「おまえ、自腹で大阪まで行ってくるか?」

「僕がですか?」

「行っても『昇平館』と同じ結果になるのがオチだ」

丸木は言葉を呑み込んだ。

「俺もそう思う」

富野が言った。「それに、亡者にされた実行犯は大阪へは帰らない」

高尾が富野に尋ねた。

「なぜそう思う？」

「亡者は親亡者と離れられない。繰り返し性的な関係を持つことで次第に人間の心を蝕まれていく。より強力な亡者となるんだ」

「そうなると、祓ってももとには戻れなくなるんだな？」

「そう。廃人になる」

「釜井輔はどうなると思う？」

高尾にそう訊かれて、富野はしばらく考えていた。

「おそらく手遅れだろう」

富野が言った。「祓ったら、廃人になるかもしれない」

高尾が言った。

「いずれにしろ、彼の政治生命は終わりだ。いっそのこと、そうなったほうが幸せかもしれない」

「釜井は亡者にされたから、非行少年を襲撃させたり、吉谷浩二郎を殺させたりしたわけだ。つまり、心神喪失の状態だったともいえる」

「心神喪失だ？　弁護士の常套句《じょうとうく》じゃねえか」

「事実そうなんだ。ルイード親衛隊を襲撃した『昇平館』の指導員たちが、夢の中の出来事のようだったと供述したそうだが、それは本当のことなんだ」

「だからといって、やったことの償いはすべきだ」

「わかっている。だが、実際釜井の罪は、親亡者と寝たことだけなんだ。亡者にされてしまったのは釜井の罪じゃない」

「言いたいことはわかるが、その言い分は通用しない」

富野はうなずいた。

「亡者絡みの事件が起きると、いつもいたたまれない気持ちになる」

「亡者に罪はないとでも言いたいのか？」

「そうじゃない。亡者は欲望のままに動く。欲望を満足させるためだけに罪を犯す。つまり……」

富野は言った。「誰の中にもその欲望はある。誰もが罪を犯す可能性を持っている。この俺もそうだ。それを見せつけられる思いがするんだ」

「社会の秩序を乱すやつは検挙する。それが俺たちの仕事だ。ややこしいことを考えるなよ」

「あんたは、単純でいいな」

「単純に考えることだ」

単純に考えること。

その一言が呼び水になって、丸木の頭の中に、ふとある疑問が浮かんだ。

丸木は、その疑問を二人にぶつけてみることにした。

「親亡者の女性ですが、どうして捜査線上に浮かんでこないんでしょう……」

高尾が丸木の顔を見た。

「何だって？」

「実行犯たちは、必ずその女と接触しているわけでしょう？　これだけの捜査員が動いているんです。なのに影も形も見えてこない」

「当初、捜査本部では、女の存在など考えていなかった。捜査が出遅れたということだろう」

「それでも、女の存在が浮上してこないのはおかしいですよ。どこかで引っかかってくるはずです」

「何が言いたいんだ？」

「単純に考えるとですよ、僕たちはもうその女性を見つけているのかもしれない。それに気づかなかっただけじゃないかと……」

「何だと……？」

「島本康宏という『昇平館』の指導員によると、仲間二人といっしょに性的な関係を持った相手は、若い女性だったということでしたよね」

「ああ、それがどうした？」

「僕らは一人だけそれに該当する人物に会っています」

「誰だ？」

「中山美香です。最初の事件のとき、被害者たちにレイプされたと言っていた子です」

高尾と富野は、しばらく無言で丸木を見つめていた。

丸木は二人の視線に、落ち着かない気分になった。

僕は的はずれなことを言っているのだろうか……。

いや、そんなことはない。丸木は思い直した。単純に考えることだ。捜査の過程で出会った若い女性は、中山美香だけなのだ。

高尾は言った。

「しかし、俺たちは賀茂といっしょに会ったんだ。そして、賀茂は彼女に術をかけた。もし、彼女が亡者だったとしたら、賀茂が気づかないはずはない」

丸木は病室でのことを思い出していた。

「賀茂君にだって気づかないことはあるかもしれません。あのとき、僕たちは全員、彼女がレイプの被害者であり、ひどい精神的なダメージを受けていると思い込んでいました。賀茂君は、彼女から話を聞き出すことだけに集中していたのでしょう。そして、あのとき、ナースが病室に入ってきて、僕たちは追い出された……。もし、もう少し時間があれば、賀茂君も気づいたかもしれない」

「亡者なら、現場から逃げられたんじゃねえか？　なんで、彼女は病院にいた？」

「通報者がいたでしょう。姿を見られたので、逃げるよりレイプの被害者という立場でいたほうが、安全だと考えたのかもしれません」

高尾が富野に尋ねた。

「どう思う？」

「可能性はあると思う」

富野が言った。「オズヌだって、亡者のことなんて、まるっきり念頭になかったはずだ。それに、亡者は大物になればなるほど、気配を消すのがうまいと、いつか鬼龍が言っていた」

「正体を隠すのか？」

「そうだ。大物になると、陰の気を消すこともできるようになるというんだ」

「彼女はたしかに、殺害の現場にいた」

高尾は言った。「そう考えると、怪しく思えてくるな……」

丸木は言った。

「課長に話してみましょう。もし、釜井と中山美香がつながれば、疑いはいっそう濃くなります」

高尾はうなずいた。

「いいだろう。おまえが話せ」

田端課長は、丸木の話に疑わしい眼を向けた。亡者という概念をはぶいて話そうと思うと、どうしても説得力がなくなる。かといって、今さら中山美香が親亡者だなどと説明するわけにはいかない。

「わかった」

田端課長は、言った。「いちおう洗ってみよう。中山美香はまだ病院にいるのか？」

「わかりません。まだ確認していません」

「さっさと電話しろ。所轄の監視がついていたはずだ」

「はい」

丸木は電話のところにすっ飛んでいった。

病院に電話をかけて中山美香の所在を確認する。丸木は思わず唇を噛んだ。

「どうだ？」

田端課長が大声で尋ねた。

丸木はこたえた。

「退院しています。僕らが会ったその日のうちに……。とても、退院できる状態には見えませんでしたが……」

高尾が舌打ちした。

「芝居だったのか……」

「どうして所轄から連絡がなかったんだ」

田端課長が怒鳴った。

高尾が言った。

「退院でお役ご免と思ったんでしょう」

田端課長は、不機嫌そうになった。

「おまえたちは、病院からの足取りを追え。自宅には誰かをやる。急げ」

高尾と富野がすぐに出入り口に向かうのが見えた。丸木は、あわててそのあとを追った。


中山美香と釜井輔のつながりはすぐに見つかった。捜査本部で『少年犯罪の被害を考える会』の名簿を洗ったところ、その中に中山美香の名前があったのだ。

『少年犯罪の被害を考える会』で二人は出会ったのだ。

田端課長が携帯電話で、その事実を丸木に伝えた。

丸木が高尾と富野に話すと、富野が言った。

「釜井と出会ったとき、すでに中山美香は亡者だった。彼女は、釜井を利用するために亡者にしたんだ」

「釜井は小娘と寝たということか？　とんでもねえやつだ」

「親亡者がその気になれば、誰も逆らえない。陰の気に取り込まれてしまう」

「鬼龍と孝景に教えてやったほうがいいんじゃないのか？」

富野はうなずいて、携帯電話を取りだした。

鬼龍に連絡を取る。

中山美香の、病院からの足取りは途絶えていた。自宅にも戻っていない。もともと留守がちだったようだ。プチ家出を繰り返していたのだ。

最近はそういう少女が多い。自宅に何日も帰らず渋谷などの街を遊び歩く。友達の家に転がり込んだり、ナンパされた男とホテルに泊まることも少なくない。

彼女らは、悪いことをしているという自覚がまったくないので、親もどうすることもできない。

丸木は、そうした少年少女の取り締まりを何度もやったことがある。たいていの少女は、声をかけると食ってかかったり、悪ふざけをして話をまともに聞こうとしない。

富野が電話を切ると言った。

「鬼龍が信じられないと言っていた」

高尾が尋ねた。

「中山美香が亡者だってことが信じられないという意味か？」

「そうじゃない。オズヌが気づかなかったことが信じられないと言っていた」

「その点は確認してみる必要があるな」

高尾が携帯電話を取り出した。

丸木が尋ねた。

「誰にかけるんです？」

「水越陽子だ」

「どうして、直接賀茂君に訊かないんです？」

「おまえ、直接賀茂に電話する気になるか？」

たしかにその気にはなれない。

高尾は携帯電話の向こうの水越陽子に言った。

「賀茂といっしょに、中山美香という娘に会いに、病院へ行ったな？　あの娘がどうやらすべての事件の発端らしい。親亡者っていってな、男どもを亡者というモノに変えちまうんだそうだ。賀茂に訊いてほしい。病院で会ったときに、何か気づかなかったかって……」

高尾は、「頼む」と言って電話を切った。

「賀茂のアパートを訪ねて、訊いてみると言っていた」

丸木は言った。

「中山美香の足取りですが、これからどうします？」

高尾は言った。

「手がかりがないわけじゃない」

「手がかりって何です？」

「富野が言っただろう。亡者は親亡者と離れられないって……。だったら、亡者が親亡者の居場所か、彼女との連絡方法を知っていることになる」

「たしかにそうですね……」

「そして、俺たちは亡者を一人知っている」

丸木はうなずいた。

「釜井輔ですね」

富野が言った。

「俺はこれから鬼龍に会ってくる。そっちは任せるよ」

20

碓氷たちが整体院を訪ねたとき、思ったよりずっと美崎が落ち着いていたので、碓氷はほっとした。

うろたえたり取り乱したりする男ではない。それは、碓氷にもわかってきていた。

「先生……」

赤城が言った。「護衛をつけさせてくれ」

美崎は言った。

「必要ありません」

「吉谷浩二郎は、一流の武芸者だったんだろう？　それでも自分の身を守ることができなかった」

「相手は『闘龍会』だったのでしょう？　顔見知りだったので油断したのでしょう」

「あんたを消さなけりゃならんと考えていたのに、正々堂々と真っ向勝負を挑んだ」

「ええ」

「いい人だったな」

けた。

「はい」

赤城はそれだけ言うと整体院をあとにした。碓氷は赤城の後ろに続いて、背中に声をかけた。

「護衛はどうするんだ？」

「俺たちが張り付く」

「敵は襲ってくるかな……」

「来る」

赤城は言った。「吉谷浩二郎を殺したんだ。美崎先生だけを放っておくはずはない」

二人は美崎整体院の出入り口が見える場所に駐車した車に戻った。

ここでの張り込みにはもう慣れている。トイレの場所も確保してある。

「俺が先に見張る」

赤城が言った。「今のうちに一眠りしたらどうだ？」

そうすることにした。碓氷は、運転席のシートを倒して、横になった。眠れといえばすぐ眠れるほどに疲れているはずだった。

だが、なかなか眠れなかった。緊張がほぐれない。昨夜の美崎と吉谷浩二郎の真剣勝負。

そして、吉谷浩二郎は殺された。

きりきりと後頭部を締め付けられるような気がしていた。『闘龍会』の亡者たちは今夜にも美崎を襲撃してくるかもしれない。

目を開けると、フロントウインドウから空が見えた。曇り空だ。いつまで経っても、あたたかくならないな……。

そんなことを思っているうちに、ようやくうとうとと眠りに落ちた。

目が覚めたときには、あたりは薄暗くなっていた。曇り空のせいで、日が暮れるのが早いようだ。

「何時だ？」

身を起こして赤城に尋ねた。

赤城は、じっとフロントウインドウ越しに美崎整体院の出入り口を見つめていた。

「そろそろ五時になる」

「ずいぶん眠っちまったな……」

「疲れているんだよ」

「交替しよう。あんたも眠るといい」

「そうさせてもらう」

赤城は、シートを倒して横になるとほどなくいびきをかきはじめた。碓氷は赤城の神経の太さがつくづくうらやましいと思った。

そうした交替を二度繰り返した。

あたりはすっかり暗くなり、住宅街とあって人通りも途絶える。

赤城が目を覚まして言った。

「ちょっとションベンに行ってくる」

「ああ……」

赤城は、ドアを開けて出て行った。コンビニのトイレを使わせてもらうのだ。碓氷は、明かりが消えた美崎整体院の出入り口を見つめていた。

あくびが出た。

何も起こらない。静かな夜だ。張り込みはたしかに退屈だが、捜査本部に詰めているより楽かもしれない。交替で眠ることもできる。

座りっぱなしで体のあちらこちらが凝っているが、贅沢はいえない。徹夜で歩き回っている捜査員もいるのだ。

もう一度あくびをした。そろそろ交替してもらおう。

赤城の戻りが遅い。ついでに食料でも仕入れているのかもしれない。そういえば、腹が減った。

それからさらに数分が過ぎた。

碓氷は、さすがに不安になってきた。赤城の携帯電話にかけてみた。出ない。

おかしい。

何かが起きつつある。碓氷はようやくそれに気づいた。腰のホルスターから拳銃を抜いた。

四方を見回し、ウインドウから周囲を確認した。暗くてよくわからない。外に出てみることにした。整体院の様子を見てきたほうがいい。

運転席のドアを開け、銃を持った手を先に出して、慎重に降りた。そのとたんに、すさまじい衝撃を感じた。脛《すね》に激痛が走る。

誰かがドアを勢いよく閉めたのだ。蹴ったのかもしれない。

体が車内に弾き飛ばされ、右足の脛をドアに挟まれたのだ。

すぐにドアがさっと開いた。引っ張り出されるのを感じた。次に、右の手首にひどい衝撃がやってきた。拳銃を取り落とした。

衝撃がややあって痛みに変わった。

目の前に巨漢が立っていた。おそろしく太い腕に厚い胸。首が太く、大腿部の筋肉が発達している。

髪は短く刈っていた。

その体格を見るだけで、絶望感を覚えた。しかも、右の脛と右の手首がひどく痛む。手首は蹴りを食らったのだとわかった。

赤城はこいつにやられたのだ。碓氷はそれを悟った。

「『闘龍会』か？」

碓氷は言った。「警察だ。逃げられんぞ。覚悟を決めろ」

相手は無言だった。闇の中で眼が光っている。人間の眼ではないと、碓氷は思った。獲物を見つけた野獣の眼だ。

残忍な喜びに目を輝かせているのだ。

碓氷は、眼で拳銃を探した。どうやら車の下に入ってしまったようだ。

相手が迫ってきた。組み付いたら何とかなるかもしれない。碓氷は考えた。学生時代には柔道部でたっぷりしごかれた。警察に入ってからも柔道の訓練はしている。

だが、相手はつかませてはくれなかった。

信じられないような衝撃が右の大腿部にやってきた。ローキックだった。

たった一発で崩れ落ちた。立てなくなった。足に力が入らない。

無理やり引き立てられた。車に背をあずける。腹の中で何かが爆発したように感じた。

相手のパンチが続けざまに炸裂した。息ができなくなり、碓氷はあえいだ。大きくあけた口から唾液が垂れた。

また崩れ落ちそうになるのを、髪の毛をつかんで支えられた。また、腹に衝撃。今度は膝だった。

明らかにこいつは、楽しんでやがる……。

無性に腹が立ったが、どうすることもできない。もう体が動かなかった。自分の体ではないように、いうことをきかない。

倒れるしかないのだが、相手が倒れさせてくれないのだ。

相手が笑っているのが、街灯の仄暗い光でわかった。

頭に血が上る。だが、体が動かない。

顔面にしたたかな衝撃が来て、目の前がまばゆく光った。無数の星が視界の端のほうに流れていく。

膝と腰から完全に力が抜けた。頭突きを食らったのだ。

相手は、つまらなそうに碓氷を突き放した。碓氷は冷たいアスファルトの上に倒れた。

視界がゆがみ、かすむ。

碓氷は、巨漢が美崎整体院のほうに歩き去っていくのを見た。そして、彼は出入り口の前で二人の仲間と合流した。

くそ……。体が動かない。

何とか起き上がろうとしたがだめだった。三人の男たちは、美崎整体院の出入り口で何かやっている。

意識が朦朧としていた。

男たちの姿が揺らぐ。

そのとき、突然、出入り口のドアが開いた。男たちが開けたのではなかった。ドアは中から開いたのだ。

侵入しようとしていた男たちは驚いて後ずさった。

美崎が出てきた。杖をついている。

だめだ。

碓氷は思った。いくら美崎でも相手は三人だ。おそらく彼らが吉谷浩二郎を殺したのだ。いくら美崎でも歯が立つまい。

「だいじょうぶですか？」

突然背後から声をかけられて抱き起こされた。

意外なやつがそこにいた。

富野だった。

薄れていきかけていた意識が戻ってくる。碓氷は首を横に振って、さらに頭をはっきりさせようとした。後頭部がずきんと痛んで思わずうめいた。

「どうしてここに……」

「彼らが、陰の気を捉えました。陰の気を追っていたら、ここにたどり着いたんです」

富野の背後に、黒ずくめの男と白ずくめの男がいた。

「鬼龍と孝景か？」

「そうです」

「赤城が戻らない。おそらく、あいつらにやられたんだ」

「わかりました。探してきます」

「美崎が先だ。放ってはおけない。銃を持っているか？」

「あいつらは亡者です」

富野が言った。「俺たちの出る幕じゃない。鬼龍と孝景に任せます」

富野がそう言ったとき、突然戦いが始まった。

三つの巨大な影が次々と美崎に攻撃をしかける。

前にいたやつが、蹴りを放った。その瞬間に美崎は杖を突き出していた。その先が相手の咽に突き立った。

ぐえ、という不気味な声を発して、その男は俯せになった。咽を押さえて苦悶している。

間髪入れず、右にいた男が顔面に殴りかかった。

美崎はかわしながら前に出ると、杖の握りを相手の金的にハンマーのように叩き込んでいた。

これも一瞬にして勝負は決まった。

最後の男は、碓氷を痛めつけたやつだ。

こいつは慎重に距離を取った。

だが、美崎がそれを許さなかった。すたすたと無造作に相手に近づいていく。

あぶない。

碓氷は心の中で叫んだ。

ローキックだ。碓氷はあの一撃で動けなくなったのだ。

だが、男がローキックの体勢に入ったとき、すでに美崎の杖は一閃《いっせん》していた。

「あ……」

男は、両手で眼を押さえて尻餅をついた。ローキックは不発に終わった。

美崎の杖の先が、相手の両目をさっとなでていったのだ。

三人を倒すのに三秒かかっていない。

「ち……」

白い男が言った。「なんだよ、俺の見せ場がなくなっちまったじゃねえか」

富野が言った。

「いいから、早く祓って来い」

黒い男と白い男は、地面の上で苦悶している三人に近づいた。ひっそりと三人を見下ろしていた美崎が、鬼龍と孝景に気づいて殺気に満ちた眼を向ける。

碓氷は、車に手を突いてなんとか立ち上がった。ようやくダメージが収まりかけている。

「美崎先生」

碓氷は言った。「その二人は味方だ。これから、その三人の亡者を祓う」

「亡者……？」

美崎は言った。「こいつらが、昨夜赤城が言っていた亡者だというのか？」

「とにかく、あんたの出番は終わったんだ」

「そういうこと」

白の孝景が言った。「おっさんはちょっと引っ込んでてくれ」

「すいません」

黒の鬼龍が言った。「こいつは、礼儀を知らなくって……」

美崎は、碓氷のもとにやってきた。すでに、富野は赤城を探しに行っている。

「ひどくやられたようだな」

碓氷が言った。

「ああ。護衛の役に立たなかった」

「ひどく痛むところはあるか？」

「どこもかしこもだ」

「こんなところにいるからだ。護衛は必要ないと言っただろう」

「立場上、そうはいかないんだよ」

そのとき、鬼龍の呪文が聞こえてきた。

天、地、玄、妙、行《ぎょう》、神《じん》、変《べん》、通《つう》、力《りき》、勝《しょう》……。とたんに、三人の苦しむ様子が激しくなった。

地面の上で虫のように身をよじりはじめる。

碓氷は驚いてその様を見つめていた。

美崎も同様だった。

一人がもがきながら立ち上がり、鬼龍に向かって行こうとした。その前に孝景が立ちはだかる。

大人と子供ほどの体格の差がある。だが、孝景にひるんだ様子などまったくない。

「落ちろ、外道」

孝景が叫んだ。同時に姿勢を低くして、拳を相手の腹に叩き込んだ。

相手は、電気に触れたようにのけぞった。そのまま痙攣《けいれん》し、地面に大の字に倒れてしまった。

「あれは、物理的な力じゃない……」

美崎がつぶやいた。「腹を打たれて、あんな倒れ方はしない」

「だから……」

碓氷は言った。「お祓いなんだよ」

鬼龍が、ゆっくりと両手を横に広げた。キリストのはりつけのような恰好だ。そして、右の人差し指と中指をそろえて、刀を振りかぶるように頭上に構えると、それを一気に振り下ろした。

「破！」

もがいていたふたりの動きがさらに激しくなる。だが、やがてその動きが弱々しくなっていき、やがて静かになった。

三人の襲撃者たちは、横たわったまま動かなくなった。

「終わったのか？」

碓氷は鬼龍に呼びかけた。

鬼龍は振り返り、うなずいた。

「祓いました」

「三人の身柄を拘束しなければならない」

「当分動けませんよ」

碓氷は携帯を出して応援を呼んだ。

「おうい」

はるか背後のほうから富野の声がした。「赤城さんが倒れている。手を貸してくれ」

すると、鬼龍が言った。

「孝景、行こう」

「なんでだよ。俺たちの仕事は終わったぜ」

「そこの刑事さんは怪我をしている。整体師さんは、足が悪い」

孝景は舌を鳴らしたが、結局は鬼龍とともに富野の声のもとに走って行った。

碓氷は、倒れている三人の襲撃者を見つめていた。鬼龍は当分動けないと言ったものの、応援が来るまでは安心できない。

それを察したように美崎が言った。

「だいじょうぶだ。やつらが動き出したら、私がまた眠らせてやる」

応援が駆けつけ、『闘龍会』の三人の身柄を拘束した。碓氷は張りつめていたものが一気に緩み、その場にへたり込んだ。赤城も、碓氷同様に痛めつけられていた。

『闘龍会』の三人の身柄は、病院に運ばれた。彼らの意識は応援がやってきたときも、まだ戻ってはいなかった。

碓氷は、富野に言った。

「意識を取り戻しても、あいつらはもとの人間には戻れないんだろう？」

富野は鬼龍を見た。

鬼龍がこたえた。

「ええ。残念ながら……」

「やつらが、どの事件に関わったか聞き出すことができなくなったということだ」

碓氷が言うと、鬼龍はあっさりと言った。

「彼らは、最初の事件に関係してます」

碓氷は驚いた。

「どうしてそんなことがわかる？」

「亡者が発する陰の気にはそれぞれ特徴があります。彼らの陰の気は、横浜緑区の現場に残留していたものと同じです」

「現場へ行ったのか？」

「行ってみましたよ。仕事ですからね」

碓氷は顔をしかめた。

「しかし、物的証拠がない。俺たちには証拠が必要なんだ」

孝景が言った。

「あの角の向こうに、黒いバンが停まっている。やつらが乗ってきた車だろう。犯行現場のタイヤの跡とか調べれば何かわかるんじゃねえの？」

「黒いバン……」

たしか高尾が、そんなことを会議で言っていた。実行犯が乗っていたのは、黒いバンだった。

富野が言った。

「中山美香も犯人は黒いバンに乗っていたと供述しました。親亡者も、オズヌ相手には嘘がつけなかったということですね……」

碓氷は眉をひそめた。

「どういうことだ？」

「あとで詳しく話しますよ。とにかく、病院へ行って治療を受けたらどうです？」

そうすることにした。赤城とともに病院に運ばれる。救急車の中に寝かされて、碓氷はようやくしばしの安らぎを得ることができた。

21

孝景が言ったとおり、黒いバンのタイヤ跡は現場に残されていたものと一致した。車の中を詳しく捜索した結果、犯行現場付近の道路にマーカーで印をつけた横浜の地図も見つかった。

釜井輔の逮捕状を請求することも検討されたが、社会的な影響を考え、さらに慎重を期すということになった。

丸木は、今日の昼に釜井に会いに行くということを、すでに田端課長に告げてある。そこで、何か決定的な証拠なり証言なりが取れた段階で、逮捕状については考えようと田端課長は言った。

賀茂、赤岩、水越陽子の三人とは警視庁で待ち合わせた。警視庁がある桜田門から、永田町二丁目にある釜井の個人事務所までは、歩いても十五分ほどの距離だ。

丸木は、緊張していた。国会議員との対決だ。

緊張しているのは丸木だけのようだった。高尾はいつもの人を食ったような態度だったし、赤岩も普段と変わらず無表情だ。

水越陽子も度胸がすわっている。

賀茂晶は、この世の雑事などまったく意に介さないというたたずまいだった。

短い打ち合わせを終えると、一行は徒歩で出発した。丸木の緊張はさらに高まった。

この会見が捜査の行方を左右するかもしれない。

「顔色が悪いな」

高尾が丸木に言った。「何をそんなにびびってるんだ？」

「相手は国会議員ですよ」

「シンプルに考えろよ。俺たちは、陳情に行くだけだ」

「へまをやると、捜査に悪影響をきたすかもしれないと思うと……」

「心配するなよ。こっちには賀茂晶がついているんだ」

「僕たちには、釜井を起訴できるだけの材料が必要なんです」

「起訴のことなんて考えるな」

「え……？」

「亡者を放っておいたら、次々に同様の事件が起きるんだ。ケリをつけなきゃいけないんだよ」

「でも……」

「防犯活動だ。俺たち生活安全部の仕事だろう」

高尾は、まっすぐ前を向いている。合戦に出かける武将のようだ。丸木は、自分の覚悟が足りなかったことを自覚した。

「わかりました」

丸木は言った。「賀茂君に任せればいいんですね」

「そうだ」

約束の時間五分前に事務所に着いた。

第一秘書だという中年の男が丸木たちを出迎えた。前髪がかなり後退した小太りの男だ。ダブルのスーツを着ているが、腹のあたりが窮屈そうだ。第一秘書は、前田《まえだ》と名乗った。

「前田は氏か姓であろう」

賀茂晶が言った。「名は何と申す?」

前田は、怪訝そうな顔で賀茂晶を見た。

「何ですって……?」

高尾が言った。

「少年犯罪の被害にあったのは、この子でしてね。ひどいいじめにあって、ちょっと精神的にダメージを受けたんです。多少おかしな言動がありますが、気にせんでください」

前田は、眉間にしわを寄せて賀茂晶を見た。

「議員の前で妙なことを口走ったりしないでしょうね……」

「だいじょうぶです」

高尾は前田と名刺交換をして、その名刺を賀茂晶に見せた。

「前田芳隆《よしたか》……」

賀茂晶がつぶやいた。

前田は、高尾の名刺を見て怪訝そうな顔をした。

「神奈川県警の少年課……？」

「ええ。彼の事案を担当した者でして……」

「そちらは？」

「丸木。私の同僚です。彼は赤岩といって賀茂晶の同級生、こちらは彼らの担任の水越陽子先生です」

「先生……」

前田が一瞬好色そうな目つきをした。

彼が悪いわけではないと、丸木は思った。水越陽子が相手では、男なら誰でもそうなる。

「それで、陳情の内容は？」

「それは、直接先生に申し上げます」

「そうはいかない」

前田は、大げさに顔をしかめた。「用件は、事前に私が先生に伝えなければならない」

「実はね……」

高尾は言った。「陳情というのは口実でね……」

「どういうことだね？」

「先生の活動に敬意を表して、ぜひお会いしたいと、この賀茂晶が言いだしたんだ。彼はひどい目にあった。この赤岩が加害者だった。だがこうして二人は和解し、友達になった。こういうケースもあることを、先生に見ていただきたい」

「加害者……」

前田は疑わしげに赤岩を見た。赤岩は無言で前田を見返していた。議員の秘書に対しても貫禄負けしていないと丸木は感じた。

前田は咳払いした。

「つまり、議員に対する表敬訪問というわけかね？」

「そう言ってもいいな」

「それを額面通り受け取れというのか？」

高尾は肩をすくめた。

「本当のことを言っている。信じるかどうかは、そちらの問題だ」

前田は賀茂と赤岩を交互に見てしばらく考えていた。やがて、彼は言った。

「いいだろう。時間は、五分だけだ」

ようやく奥の部屋に通された。

釜井輔が大きな机の向こうに座り、電話をかけていた。

テレビでよく見かける顔だが、実際に間近に見ると、迫力を感じた。政治家の独特の迫力だ。オールバックに眼鏡。濃い眉毛に四角い顔が特徴だ。

釜井が電話を切るのを待って、前田が言った。

「議員、陳情の方々です」

前田は戸口に立っていた。ドアは開けたままだ。

「あなたは席を外してもらえないかな……」

高尾が前田に言った。前田は、こたえた。

「そうはいかない。私も同席させていただく」

高尾が賀茂晶を見た。賀茂は、おもむろに前田のほうを見た。

前田が怪訝そうな顔をする。

「芳隆」

賀茂が前田の名前を呼ぶ。名を呼び捨てにされた前田は、賀茂を睨んだ。

「君は何のつもりだ……」

そのとたんに、動きが停まる。賀茂の眼を見てしまったのだ。目を離せなくなる。

賀茂の声が響く。

「芳隆。下がれ。そして扉を閉めよ」

前田の顔から表情が消えていく。そして、ゆっくりと後ずさり、部屋を出るとドアを閉めた。

釜井が眉をひそめてその光景を見ていた。何が起きているのか理解できない様子だ。当然だと、丸木は思った。

賀茂晶の行動を理解できる者などいるはずがない。

「陳情だと聞いているが……」

釜井は独特の嗄れた声で言った。地声が大きい。

賀茂晶が釜井を見た。

「輔」

その名を呼んだ。

「親しげにそう呼びかけてくれるのはいいが、あいにく、君は私の親でも旧友でもない」

釜井はゆっくりと立ち上がった。威圧しようとしたのだろう。

だが、立ち上がったところで言葉を呑み込んだ。

賀茂の眼だ。

吸い寄せられるように、賀茂晶の眼を見つめている。

口が半開きになっている。驚きの表情がそのまま顔に張り付いていた。

やがて、その顔が苦痛に耐えるように歪んだ。

抵抗しているのだと丸木は思った。釜井は賀茂の強い暗示に抵抗しようとしている。

賀茂晶はただ釜井を見つめているだけだ。釜井の呼吸が荒くなる。ぜいぜいと肩で息をしはじめる。

「き、貴様は……」

絞るように声を出した。

賀茂が言った。

「輔、抗うな」

「うるさい。黙れ……」

釜井は眼をそらそうとする。だが、それができないのだ。

賀茂晶は、両手を前に差し出した。ゆっくりとそれを左右に開いていく。

ぱん。

手を打ち鳴らした。

びくりと、釜井が背を伸ばす。

ぱん。

さらにもう一度。

釜井の抵抗が止んだ。

呼吸が緩やかになっていく。その顔から苦悶の表情が消える。眼からは反感に満ちた光が消えていた。

釜井はすとんと椅子に腰を下ろした。

釜井の全身から力が抜けていた。穏やかな表情をしている。

賀茂晶は、釜井輔を見据えたまま言った。

「尋ねるがよい」

それまで身動きひとつせずに釜井の様子を見つめていた高尾が言った。

「釜井輔。あんたが、やったことについて訊かせてもらう」

釜井は無言だ。静かに賀茂を見返している。

「大阪の『闘龍会』を知っているな？」

釜井は呆けたように黙っている。

賀茂晶が言った。

「輔、こたえよ」

半開きの口が動いた。

「知っている」

「『闘龍会』の連中に何をやらせた？」

「私は紹介しただけだ」

「誰に紹介した？」

釜井輔の口が動きかけた。だが、言葉が出てこない。再び、釜井の顔が苦痛に歪む。

ぱん。

賀茂晶の三度目の柏手。

びくりと釜井輔の体が硬直した。

「輔、恐れるな」

賀茂が言った。「心安らかに、我に申せ」

釜井輔の顔のこわばりがとけていく。

「ああ……」

釜井がうめいた。その眼にみるみる涙が溜まる。釜井は子供のように泣きじゃくりはじめた。

「彼女には逆らえない。私だけのものでいてほしかったのに……。強いやつを紹介してくれと言われて……。あの三人を紹介してしまった……」

泣きじゃくりながら、ようやくそれだけのことを言った。

目から涙、鼻から鼻水を垂らしている。

高尾が同じ質問を繰り返した。

「誰に紹介した？」

「彼女だ。ああ、彼女は神だ……」

名前を言おうとしない。

賀茂晶が言った。

「案ずるな。我こそが真の神の子だ」

釜井はいっそう激しく泣きはじめた。そして、決して口に出してはいけない忌み言葉のように、小さな声で何かを言った。

「聞こえないぞ」

高尾は言った。「もっと、はっきり言うんだ」

釜井輔の口が動く。

「中山……、美香……」

丸木は高尾の顔を見た。決定的な瞬間だった。高尾はさらに質問した。

「本当に、あんたは『闘龍会』の三人を中山美香に紹介しただけなんだな？」

釜井輔は、涙と鼻水を垂れ流しにしながらうなずいた。

「誰かを殺せとは命令しなかったか？」

「していない」

「『闘龍会』の三人は、横浜の緑区で三人の少年を殺した。そのことは知っているか？」

「知っている」

「同じ三人が、吉谷浩二郎という柔術家を殺した。そのことも知っているか?」

「知っている」

「あんたが、命じたんじゃないのか?」

「私は知らない。ただ、紹介しただけだ」

「中山美香に他にも武道家を紹介したか?」

「した」

「誰を紹介した?」

「『九生流』の三人……、『拳武林』の三人……」

高尾は丸木をちらりと見た。丸木はうなずいて、ノートにメモを取った。どういう字を書くのかわからない。とりあえず、カタカナで、「クショウリュウ」「ケンブリン」と書いた。おそらく、美崎に訊けばすぐにわかるはずだ。

「それだけか?」

高尾が念を押すように尋ねる。

「それだけだ……」

「横浜の『昇平館』はどうだ?」

「知らない」

どうやら、『昇平館』の三人だけは、中山美香が独自に接触したということなのだろう。

「彼女は今、どこにいる？」

「赤坂のマンション」

「あんたが所有しているマンションか？」

釜井はうなずいた。

「住所は？」

釜井はこたえた。赤坂九丁目にある大きなマンションだ。

高尾が丸木に言った。

「すぐに田端課長と富野に連絡しろ」

丸木は携帯を出した。ちょっと迷った末に、先に富野に電話することにした。

高尾が賀茂晶に言った。

「どうやら、釜井輔は、どの殺人にも関与していないようだ」

賀茂はうなずいた。

「祓うと、廃人になるそうなんだが、それはあまりに忍びないな……」

賀茂が言った。

「案ずるな。釜井の呪《しゅ》はそれほど深くはない。人の心を蝕まれてはおらぬ」

「本当か？」

「まことだ」

「じゃあ、祓えばもとに戻るのか？」

「我らに会ったことは覚えておらぬ」

「そいつはかえって好都合だ。じゃあ、やってくれ」

賀茂は、釜井輔に一歩近づいた。釜井は茫然と賀茂の眼を見つめている。

賀茂が言った。

「輔、救いを求めるか？」

釜井は、涙目で賀茂を見つめ、顔をくしゃくしゃにした。

「救い……？」

「心の安らぎを求めるか？」

釜井は、こたえた。

「救われるものならば……」

賀茂はうなずいた。

「ならば、おまえはもう救われている」

釜井は、二度三度と目を瞬いた。

不思議そうな顔であたりを見回している。自分の顔がびしょびしょなのにようやく気づいた様子で、あわててハンカチを取り出した。

戸惑った様子で言う。

「私は、いったい何を……」

高尾が言った。

「俺たちの陳情を聞いて、感極まってしまわれたようですね」

「感極まった……？」

ぽかんとした顔をしている。テレビの画面で見る強気の釜井輔とは別人のようだった。

「さて、警視庁の捜査本部まで任意同行いただければありがたいのですが……」

釜井は、心底驚いた表情になった。

「任意同行？　私は何も罪を犯してはいない」

「そのようですね」

高尾は言った。「当初、私たちは三件の非行少年に対する暴行殺人に、あなたが関与していると疑っていました」

「殺人に……？」

釜井は、急に現実感を取り戻したようだった。「冗談じゃない。私は何もしていない」

「ええ、そのことはよくわかりましたよ。その点については、私たちは間違っていた。うかがいたいのは、中山美香についてです」

「中山美香……」

釜井はふと不安そうな表情になった。おそらく、賀茂の術がかかっている間の時間が飛んでしまったように感じているのだろう。何をしゃべったのか覚えていないのだ。

「赤坂に所有しているマンションに匿《かくま》っているそうですね？」

「中山美香は、『少年犯罪の被害を考える会』に所属している。心に傷を負っており、病院から出たいと、私に訴えてきた。家にも帰りたくないという。デリケートな精神状態だったので、たまたまあいていたマンションにしばらく住むように言ったのだ」

丸木は、中山美香が退院したことを、所轄が連絡してこなかった理由がわかった気がした。

国会議員の事務所の人間に口止めされれば仕方がない。

「彼女と性的な関係を持ちましたね？」

高尾は言った。

釜井輔は、何か言いかけて口をつぐんだ。何を言っても言い訳になると気づいたのだろう。

しばらくして彼は言った。

「その事実は認める。不思議だ。いったい、どうしてあんなことになったのか……。まるで……」

「まるで、夢を見ていたようだ……」

釜井輔は、ぱっと顔を上げた。

「そう。まさにそのとおりだ。今は何だか、夢から覚めたような気がする」

「中山美香に会いたいですか？」

釜井輔はしばらく考えていた。

「いや……。不思議なものだな。まるで憑き物が落ちたようだ。別に今は会いたくもない……」

高尾はうなずいた。

「今後、彼女から連絡があっても、決して会わないでください。その約束を守ってくれるなら、事件とあなたの関与は不問に付します。あなたは利用されただけなのです」

「私と取り引きしようというのか？」

「そうです」

釜井輔の決断は早かった。

「わかった。約束しよう。その代わり、任意同行もなしだ。たとえ任意であれ、国会議員が警察にしょっ引かれるというのはダメージが大きい」

「もう、お話はうかがいました。同行いただく必要はありません」

釜井輔は、ようやく普段の貫禄を取り戻した。

「最後に訊く。私にいったい何が起こっていたのだ？」

「あなたは、亡者にされていた」

「亡者……？　金の亡者とか権力の亡者とかの亡者か？」

「人の心を奪われたモノのことだそうです。中山美香が親亡者で、あなたは彼女に亡者にされてしまった」

「なるほど……。思い当たる節はあるな……」

「今後は身辺に気をつけることです」

高尾は戸口に向かった。

それに続くのが、前鬼の赤岩、そのあとが賀茂、そして後鬼の水越陽子が続く。丸木が最後に部屋を出た。

部屋のすぐ外に秘書の前田が茫然と立っていた。

賀茂が言った。

「芳隆、もうよい。用は済んだ」

前田の眼に、はっと意識の光が戻る。

目の前の賀茂一行を見てから、あわてて時計を見た。

「時間が過ぎている……」

ぼんやりと独り言を言う。

高尾が唇を歪めて笑い、言った。

「ずいぶんと、お疲れのご様子ですね」

　釜井輔の個人事務所が入っているビルを出ると、丸木は尋ねた。

「釜井輔、おとがめなしでいいんですか？」

「かまわねえよ」

　高尾が言った。「彼はどの殺人にも関与していないことがわかった。利用されただけだ。おまえ、淫行条例違反で国会議員を挙げる度胸あるか？」

「いえ……」

「俺たちは、三件の殺人事件の捜査をしている。釜井はそれに直接関与していなかった。それでいいじゃねえか。田端課長もそれを聞いたら、ほっと胸をなで下ろすだろう」

　たしかにそのとおりだと丸木は思った。

「あた……」

　妙な声がして、丸木と高尾は振り返った。賀茂が歩道の小さな段差につまずいて膝をついていた。

「痛いなあ、もう……」

　情けない声を出している。

　高尾と丸木は足を止めていた。赤岩と水越陽子も立ち止まって賀茂を見つめている。

賀茂は、おどおどした様子でみんなを見返していた。

「なに……？　なんで、僕のこと見てるの？　ってか、ここ、どこ……？」

水越陽子が言った。

「普通の賀茂君に戻った……」

高尾は笑った。

「ほらみろ、役小角も安心してお帰りになったようだ」

丸木は、つくづく不思議な気分で気弱そうな賀茂晶を見つめていた。

22

丸木が電話で教えてくれた赤坂九丁目のマンションは、部屋の多くが何かの事務所に使われているようだった。芸能プロダクションや映像プロダクションが入っているのは、土地柄だろうと、富野は思った。

釜井輔が所有する部屋は、最上階の六階にあった。

富野は、鬼龍と孝景を従えていた。黒と白のお祓い師。

彼らは終始無言だった。三人とも、やるべきことは心得ている。

富野がドアチャイムのボタンを押す。部屋の中でチャイムが鳴るのが聞こえる。

しばらくして、チェーンをしたまま細くドアが開いた。あどけなさの残る少女の不安げな顔が見えた。

富野は、できるだけ穏やかな声で言った。

「中山美香さんですか?」

「そうですけど……。あなたは……?」

富野は、警察手帳を出して開き、バッジと身分証を提示した。

「警視庁の富野と言います」

「警察……？」

「事件のことで、さらに詳しくお話を聞く必要がありまして……。すでに退院されて、こちらにいらっしゃると、釜井輔議員にうかがいまして……」

「釜井先生が……？」

中山美香は、不安げな表情だ。怯えきった少女を演じている。

「ここを開けていただけませんか？」

いったんドアが閉まり、チェーンを外す音が聞こえる。あらためてドアが開いた。

中山美香は無言で場所をあけ、富野たちを招き入れた。

ずいぶんあっさりとドアを開けたものだな……。

富野は思った。場合によっては強行突入も考えていたのだ。

彼女は自信があるのだろうと思った。親亡者の自信だ。おそらく、富野たちも自分の虜にして、言いなりの亡者に仕立てようとしているのだろう。

部屋の中はおそろしく殺風景だった。奥の部屋にベッドがぽつんとあり、小さなテレビがある。おそらく、釜井が大急ぎでそれだけそろえたのだろう。

十畳以上ある広いリビングルームには何もなかった。

「訊きたいことって？」

中山美香は、ガラス戸の前に立った。その向こうはベランダだ。

富野は言った。

「『闘龍会』という空手の団体を知っていますね?」

中山美香は、眉をひそめた。

「何、それ……」

「それと、『九生流』に『拳武林』……。古流柔術と、中国武術の団体だということだが……」

「なんであたしが、そんなもの……」

中山美香は、ほほえんだ。

最初は、ごまかすような笑みだ。だが、次第にそれが妖艶な笑いに変わっていく。

部屋の中の空気がねっとりと粘りけを帯びてきた。

甘くねっとりとした空気。陰の気だ。

中山美香の肌の白さが悩ましく感じられる。十代のつやつやした、真っ白い肌……。

短いスカートをはいているのでむっちりとしたふとももがむき出しになっている。

セーターを着ているが、その下には何も着けていないことがわかった。胸元がV字型に広く開いており、白い胸の膨らみと谷間が見える。

富野は、鼓動が早くなるのを感じていた。

部屋の中の、甘くねっとりとした空気がさらに濃度を増していく。風景がゆっくりと歪んでいくような気がしてくる。

魚眼レンズをのぞいているような感じだ。

中山美香から眼が離せなくなる。

孝景の声がした。

「外道……。俺たちを何だと思ってるんだ……」

その声は怒りを含んでいる。

「なめやがって……」

孝景は、中山美香につかみかかっていった。

「祓ってやるから、覚悟しろ」

孝景の両手が、中山美香の両腕をつかんだ。

「触れるな」

鬼龍の声がした。「取り込まれるぞ……」

鬼龍の声で、富野ははっと我に返った。あやうく、富野も陰の気に取り込まれるところだった。

孝景は、陰の気に反応してしまったのだ。陰の気は、人間の官能に強く働きかける。性欲や攻撃衝動を刺激されるのだ。

孝景は、陰の気のせいでより攻撃的になっていたのだ。

「離れろ」

鬼龍は孝景に言った。

だが、中山美香の腕に触れたとたんに、孝景の動きは止まっていた。彼の中で激しい官能が渦巻いているに違いない。押し倒して交わりたい。その衝動と必死に闘っているのだ。

「天」

鬼龍の声がした。

右手の人差し指と中指を刀剣のように突きだし、それを横に払った。

「地」

二本指を今度は縦に振る。

清涼な風が吹いてきたように感じた。

窓もドアも閉ざされている。実際の風ではない。鬼龍の精神的な波動が爽やかな風と富野には感じられるのだ。

「玄」

二本指をまた横に振る。

中山美香のほほえみが消えた。

「妙」

二本指の刀剣を縦に。

清涼な風が、ねっとりとした甘い空気を追い払っていく。

中山美香が、孝景を突き飛ばした。

孝景は、尻餅をつき、そのまま後ずさった。

「行」

横。

「神」

縦。

中山美香が苦しげにもがきはじめる。

「ああ……」

その口から、切なげな声が洩れた。

彼女はスカートのホックを外した。すとんと短いスカートが床に落ちる。下着をするりと脱ぎ、最後にセーターをむしり取るように脱ぎ捨てた。

真っ白な裸身がガラス戸の前に立っていた。親亡者の最後の抵抗だった。なんとか三人の男を虜にしようとしている。

ねっとりとした甘い空気がまた押し戻してくる。

「変」

鬼龍の声。指が横に動く。宙に十字を切りつづけている。

清涼な風が強まる。

「通」

縦。

「力」

斜めに振り下ろす。

「勝」

最後に二本指の刀剣を中央に構えた。

裸身の中山美香は、一度よろりと後ろに後ずさったが、気を取り直したように両手を突き出しながら、鬼龍に駆け寄った。

鬼龍は動かない。二本指を突き出したままだ。

中山美香は、その右腕を避けるように鬼龍に近づき、抱きついた。ぴったりと身を寄せる。

鬼龍の力が及ばないのか……。

富野は思った。

そのとき、鬼龍の声が響いた。

「もう、おまえにその力はない」
鬼龍は、両手で中山美香を突き放した。
驚きの表情で、後退する美香。そこに孝景が突進した。
「落ちろ、外道！」
姿勢を低くして、中山美香の腹に右の拳を叩き込む。
部屋中がまばゆく光った。富野はそう感じた。
目に見える光ではない。
その真っ白な光の中で、中山美香の悲鳴が聞こえた。
悲鳴は長く尾を引き、やがて途絶えた。
光が収まり、部屋の中の光景は急に現実味を取り戻した。
孝景が肩で息をしている。
裸の中山美香が床に倒れていた。胎児のように体を丸くしている。
鬼龍の顔色も悪い。額に汗をかいていた。すさまじい精神集中のせいだろう。
富野はベッドから毛布を持ってきて、美香の上にかけた。中山美香は身動きをしない。
気を失っているようだ。
「終わったんだな？」
富野は鬼龍に尋ねた。

鬼龍はうなずいた。

「終わりました」

「意識を取り戻しても、彼女はもとにはもどれない。そうだな?」

「残念ながらそうです」

「外道がよ……」

孝景は言った。「自業自得だよ」

富野は孝景に言った。

「彼女のことを調べた捜査員が言っていた。横浜緑区の事件の前に、彼女は本当に集団に暴行されたことがあった。町田駅付近で、車で拉致されて、四人の男にレイプされた」

鬼龍が言った。

「その憎しみ、悲しみ、口惜しさ、怒り……。それが彼女を亡者にしたのでしょう。おそらく、その時点で祓えばもとに戻れたはずです。腹いせに男を取り込んでいるうちに、本物の親亡者になってしまった」

「そして、亡者を操り、非行少年たちを殺させた……。それが、彼女の世の中に対する復讐だったのか?」

「そうじゃありません。彼女はきっかけに過ぎない。亡者にされた男たちが、激情に駆られて犯行におよんだのです。誰もが亡者になる可能性がある。そして、誰もが中山美香になる可能性も……」

「車で拉致されるってことは……」

孝景が言った。「そういう状況にいたってことだろう。町田あたりで夜中まで遊んでいたんだ。だから、自業自得だって言うんだ」

「そうだとしても……」

富野は言った。「被害者に対して、自業自得という言葉は使いたくない」

孝景はこたえなかった。彼にもそれはわかっているのだ。腹が立ってしかたがない。ただ、怒りのぶつけどころがない。

富野は言った。

「捜査本部に連絡しよう。それと救急車だ」

「彼女はどんな罪に問われるのですか?」

鬼龍が訊いた。「殺人の教唆ですか?」

「それを証明できるかどうかは疑問だ。彼女は被害者だ。それでいいんじゃないか?」

富野はしばらく考えてから言った。

「僕たちには、まだ仕事があります」

鬼龍はうなずいた。

「『九生流』と『拳武林』の実行犯を祓わなきゃならないんだな?」

「そうです」

「捜査本部が、じきに犯人を特定するだろう。そうしたら、「連絡するよ」

「その必要はないでしょう。ここにいれば、」連中はやってくるはずです。親亡者に会うために……」

「そうか……」

富野は言った。「だが、犯人の身柄確保のために、捜査員を配置しなければならない。どのタイミングで祓う？」

「僕たちが囮になるという筋書きはどうです？　僕と孝景が部屋の中で待ち受けます。祓ったら、外にいる富野さんに連絡をする。それから警察が踏み込めばいい」

それしかなさそうだ。

富野は携帯電話を取り出して言った。

「その案に乗らせてもらう」

捜査本部に電話した。

23

一日だけ病院に泊められ、捜査本部に戻ったときには、生き返ったような気分だった。柔らかいベッドでたっぷり眠るという贅沢を味わったせいだと、碓氷は思った。打撲傷はひどく痛んだが、歩けないほどではない。医者が大げさにシップをしたり包帯を巻いたせいで、大怪我のように見える。それは赤城も同じだった。

おかげで二人は、捜査本部の連中からきわめて丁寧に扱われた。戦傷者扱いだ。

碓氷は、田端課長から、釜井輔がおとがめなしだったと耳打ちされた。

高尾が碓氷と赤城のいる席に近づいてきたので、尋ねた。

「釜井輔は、亡者だったのか?」

「ああ」

「誰が祓った?」

「賀茂晶……、オズヌだ」

「それで、本当に事件とは無関係だったのか?」

「親亡者に武道家を紹介しただけだ」

碓氷はふと疑問を感じた。

「吉谷浩二郎はどうだったんだ？　彼は亡者じゃなかった。釜井に直接命令されたんじゃないのか？」

高尾は肩をすくめた。俺にはわからない、という意味だろう。

「違うな」

そう言ったのは赤城だった。

碓氷は聞き返した。

「違う？」

「ああ。あの人は、ただ釜井をかばいたかっただけなんだ。事件に釜井が関係しているという噂を聞いた。それで、釜井をかばおうとした。あの人は、本当に釜井を尊敬していたんだ」

「それだけで、美崎先生を殺そうとしたのか？」

「最初から殺す気なんてなかったんだ。真剣勝負を挑めば、美崎先生がその気持ちをくんでくれる。そう考えたのさ。あの人も、本当の男だったんだ」

赤城が珍しく、ひどく感傷的な言い方をした。

碓氷が退院して捜査本部に戻った翌日、西池袋の事件の容疑者が逮捕されたという知らせが入った。『九生流』という柔術の団体の師範格の三人組だった。

さらに、その二日後、『拳武林』という中国武術の団体の三人が検挙された。こちらは、下高井戸の事件の容疑者だった。

いずれの実行犯も、同一の場所で検挙されていた。赤坂九丁目のマンションだ。所有者は、釜井輔だった。

釜井と実行犯たちの関係を追及すべきだという捜査員が多数派だった。だが、容疑者たちからそれを聞き出すのは不可能だった。

彼らが検挙されたとき、いずれも意識を失っていたのだ。依然として意識を取り戻さない者もいる。意識が戻った者も、精神に異常をきたしているようで、まともな受けこたえができる者は一人もいなかった。

捜査員たちは首をひねっていた。

釜井の事務所に問い合わせると、武道家同士の寄合に、そのマンションを何度か使わせたことがあるという返事が来た。

田端課長はそれ以上の追及を打ち切った。

不満を洩らす捜査員もいたが、田端課長を五名の捜査員が強く支持した。赤城、碓氷、富野、高尾、そして丸木の五人だ。

意識を取り戻した容疑者たちは、うわごとのようにただ一言だけを繰り返しているという。

「夢だ。夢の中の出来事だ」と。

捜査員たちが、被疑者の自宅などを家宅捜索し、物的証拠が出た段階で全員を正式に逮捕した。捜査員たちは、起訴のための膨大な書類作りに忙殺される。

犯人逮捕で捜査員の仕事が終わるわけではないのだ。

碓氷は、書類作りの手を止めて赤城に言った。

「この事件の全容を、検察にどう説明するのかな……」

「知ったことか」

赤城が言った。「そういうことは、幹部に任せておけばいいんだ。そのための管理職じゃねえか」

「管理職になんかなりたくないという口ぶりだな？」

「あたりまえだ。俺は、このまま現場をはいずり回って定年を迎えたい」

「手柄をあげたがっていたのは、出世のためじゃなかったのか？」

「冗談じゃねえ。ただの刑事の意地だよ」

碓氷は、書類に眼を戻した。

赤城の言うとおりだ。非現実的な要素が絡んだ今回の事件の真相を検察に理解させるのは不可能だろう。

田端課長や池谷管理官に任せるしかない。課長や管理官は、部長に下駄を預けるかもしれない。

いずれにしろ、碓氷が気にすることではない。

捜査員たちは、徹夜で書類作りに没頭した。すべての書類がそろったのは、朝の八時を過ぎてからだ。

刑事部長がやってきて、捜査本部の解散を告げた。

寝食を共にした捜査員たちが、それぞれもとの職場に戻っていく。

「よお」

声をかけられて、碓氷は振り返った。

高尾と丸木がいた。

高尾が言った。

「これから、神奈川に帰るよ」

「本部に戻るのか?」

「まさか。帳場が明けたんだ。明け番だよ」

碓氷の隣にいた赤城が言った。

「賀茂晶といったか? 彼によろしくな」

「ああ。けど、今回のことは覚えてないだろうな」

どういうことだろう。

碓氷は思った。赤城も怪訝そうな顔をしている。だが、訊かずにおくことにした。これ以上、非現実的な話をされてはたまらない。

「富野はどこだ？」

高尾が周囲を見回した。「挨拶しようと思ったんだが……」

そういえば、姿が見えない。

碓氷は言った。

「お別れの挨拶が苦手なんだろう。あいつらしいじゃないか」

高尾は、にっと笑った。

「じゃあな。富野によろしく伝えてくれ」

たくましい革ジャンの背中が遠ざかっていく。丸木が一度振り返って、ぺこりと頭を下げた。

「僕らは、いつも後手に回っているような気がします」

鬼龍が言った。

暖かな三月の午前。ようやく日差しが本格的に春めいてきていた。街路に日だまりができている。

富野は、虎の門の街角で鬼龍と孝景に会っていた。いろいろと協力してもらった礼を言おうと思ったのだ。

「亡者はいつどこで生まれるかわからない」

富野は言った。「こんな世の中だからな……」

「今回もまた、死ななくていい人が死に、廃人になってしまった人々がいた……」

「自分を責めることはない」

富野は言った。

今日は、孝景がおとなしい。先日、中山美香に取り込まれそうになったのを恥じているのかもしれないと、富野は思った。

「とにかく、いろいろと世話になった」

富野は言った。

鬼龍がこたえる。

「いいえ……。祓うのは僕たちの仕事ですから……」

「もういいだろう……」

孝景が言った。「いつまでも湿っぽい話してんじゃねえよ」

こいつは、自分の落ち度を恥じてなどいなかった。ただ、退屈していただけなのだ。

「そうだな」

富野は言った。「俺も早く帰って眠りたい」

「じゃあな……」

孝景が歩きだした。

鬼龍がそれに続く。

春の陽光の中を、黒と白の男たちが、歩き去っていく。その姿がやがて人波の中に消えていった。

富野は、街角に立ったまま、彼らが見えなくなるまで見つめていた。

解説

関口苑生（文芸評論家）

今野敏の小説をたとえて、まるで〝演歌〟のようだと言ったら、はたして読者はどう思われるだろうか。おそらくはまあ大半の方から、冗談じゃないとの反撥の声があがるのは間違いない。それがごく普通の反応だ。

だが、そんなふうに言ったのが、ほかならぬ今野敏本人だとしたらどうか。自分の小説は、演歌のようだと作者自ら述べたのだとしたら……。

一九九九年刊行の徳間文庫版『拳鬼伝《けんきでん》』の巻末対談（格闘技団体「バトラーッ」の石川《いしかわ》雄規《ゆうき》との対談）で、彼は確かにそう語っているのだった。曰く——「（バトラーッの試合、興行の感想で）試合の思想としてはね、今野敏の小説と一緒なんですよ。賞も取れないし売れもしないけど、とにかく二十年俺作家やってた。同じ闘い方をしている。消えもせず、潰れもせず、しかも売れもせず（笑）。演歌のように売ってきたんです」

と、半ば自嘲気味にではあるけれども、その反面、したたかに生きてきた自負のようなものも窺わせる発言をしているのである。

この発言の〝真意〟をどう捉えるかはまた人それぞれだろうが、わたし個人はこれを読んだとき、何とも複雑な思いにかられたものだった。といってその感覚をどう説明したらいいものかこれまたちょっと難しい。多分に抽象的で観客民主主義的な物言いになって申し訳ないが、胸の奥にちりりとした痛みが走ったのである。と同時に、ある種のもの悲しさも感じてしまったのだった。

一般論で言って、そもそも小説家というのは、自分の作品が売れることを誰よりも強く望んでいるだろうし、広く認められ、高い評価を得たいと願っているものだろう。ことにエンターテインメント系の作家は、まずは何よりも大勢の読者に読んでもらい、より沢山のファンを獲得することが一番の目的であり、目指すべき道となる。売れなくとも良質の作品を書いていれば、いつかはきっと……などという頭の中だけで思う〈正論〉は、現実問題としては空疎なお題目にしかすぎない。その踏み出しの第一歩が途方もなく困難な道だからだ。しかも、売れてくれなければ版元から次の注文が来るかどうか、それすら危うくなってしまうのだ。実際に、これまで一体どれほどの人が現れては、やがて消えていったことか。

そういう厳しい状況であることを知り抜いている人物が、自分の小説は売れないと嘆きつつも、あえて「俺は消えない、俺は生き残る」との言葉を吐く。この時点で、すでにデビューして二十年、著作も百冊を超えているベテラン作家がである。いくら話の流れの中で、勢い余ったとしても常識ではちょっと考えられない言動だ。普通であれば、というかこのくらいの立場の作家なら、もっと悠然とした言い方になっても決して不思議はない。だからこそ、読んでいて痛みが走ったのだ。ちょっと待ってくれよ今野さん、とそんな気持ちである。

ではあるのだが……ここから先はわたしの想像だ。彼にしてもおそらくは、怒りや、情けなさ、悔しさなど、忸怩《じくじ》たる思いが一緒くたになった言葉であったに違いない。普段抱いている感情が、一瞬、マグマのごとく吹き上げてきたのであろう。もちろんそれらの感情は、生な形ではどこにもぶつけることができない。作家にとってできることは、愚痴を言うことでも、やけ酒を飲むことでもなく、ただひたすらに書いて、さらにまた書き続けることだけなのだった。そうしたぎりぎりの感情が、ここに集約されていると感じたのである。

まさにこれは〝演歌〟の世界そのものではないか。

その今野敏が『隠蔽捜査』(新潮社)で、二〇〇六年度第二十七回吉川英治文学新人賞を受賞した。デビュー二十八年目にして訪れた初めての栄光であった。

個人的な話になって申し訳ないが、受賞の報せがあった翌日の午後遅く、当の本人から電話があった。多分、前夜は編集者たちと喜びの美酒を思う存分に飲んだのであろう、幾分か声を嗄《か》らした彼は、ただひとこと、「獲ったよ」
そう言って、あとはしばらく黙り込んでいた。なのにわたしときたら、
「よかった。おめでとう」
と間の抜けた挨拶をするだけで、すぐに電話を切ってしまったのである。それ以上話したら泣きだしそうになる自分が嫌だったからだ。

さて本書『パラレル』は、そんな今野敏が思い切り開き直って書き上げた、サービス精神満点の超娯楽作品である。開き直ったというと語弊はあるだろうが、何といっても、まず登場人物たちの顔ぶれが凄い。

物語は、横浜と西池袋と下高井戸で起こった連続殺人事件が発端だ。ほぼ時を置かずして、次々と起こった殺人事件の被害者はいわゆる非行少年たちであった。たとえば横浜の事件は、三人組の少年が少女を拉致して車に連れ込み、輪姦している最中に何者かに襲われ、瞬時に殺されたものと思われた。同じく西池袋と下高井戸の事件も三人組の悪ガキどもが、一瞬のうちに容赦なく殺されたのである。これはあきらかに、特定の誰かということではなく〈少年〉に恨みを持つ者の犯行としか考えられなかった。しかし、一体誰が、また何のために……。

それらの捜査に乗り出すのが、横浜の事件では神奈川県警生活安全部少年課の高尾《たかお》勇《いさむ》巡査部長と、丸木《まるき》正太《しょうた》巡査。それに加えて賀茂《かも》晶《あきら》、赤岩《あかいわ》猛雄《たけお》、水越《みずこし》陽子《ようこ》という『わが名

はオズヌ』（小学館文庫、のちに徳間文庫）の面々なのである。

続いて池袋の事件では『触発』『アキハバラ』（中公文庫）の碓氷《うすい》弘一《こういち》警視庁刑事部捜査一課部長刑事と、『襲撃』『人狼』（徳間文庫）の赤城《あかぎ》竜次《りゅうじ》部長刑事（『人狼』では警部補となっているが）および、武道の達人である整体師・美崎《みさき》照人《てると》が参加。

さらには下高井戸の事件には『陰陽祓《おんみょうはら》い』『憑き物祓い』（学研M文庫、のちに中公文庫・角川文庫で『陰陽』『憑物』に改題）の富野輝彦《とみのてるひこ》警視庁生活安全部少年課部長刑事と、亡者と外道を祓うお祓い師の鬼龍光一《きりゅうこういち》、安倍孝景《あべたかかげ》が登場するのである。ちなみに鬼龍光一は単独作品として『鬼龍』（角川ノベルス、のちに中公文庫・角川文庫）に、鬼龍浩一の名で登場してもいる。

ひとつの作品に、なんと四つのシリーズ作の主役たちが一堂に会しているのだ。それもそれぞれすべて均等に見せ場がある、まさにオールスター総出演といったおもむきのある豪華絢爛たる作品と言ってよい。

今野作品では、これまでにもある作品に登場した人物が、ほかの作品にもカメオ出演するといった例はいくつかある。本書にも登場する田端《たばた》捜査一課長は『陰陽祓い』にも顔を出すし、《東京ベイエリア分署》シリーズの安積《あづみ》警部補も意外なところで顔を覗かせ、驚かせてくれたことがある。そうした例で最も顕著な人物は陣内平吉《じんないへいきち》だろうか。もともとは内閣情報調査室の次長として『聖拳伝説』シリーズ（徳間文庫、のちに朝日文庫）に登場するが、その後は内閣危機管理対策室の室長という地位で『触発』『わが名はオズヌ』に登場。さらに22世紀を舞台にした『宇宙海兵隊』（徳間文庫）では、彼の子孫が同じような役柄で姿を見せるのである。

がしかし、これらは作者のお遊び要素も含めて、物語に深く関わってくることはさほどない。気がつく人だけが気がついて、ニヤリとすればそれでいい。ところが、本書の場合は全員が主役級の扱いとなっているわけで、こうなるとまた話は全然違ってくる。というのも、ここに描かれる人物たちは単にシリーズの違いというだけではなく、今野敏の根幹をなすジャンル——警察小説、武道小説、伝奇小説といったそれぞれの〈核〉を担った人物たちでもあるからだ。

つまり本書は、単に馴染みのある連中を出演させたというにとどまらず、今野敏という作家の〈集大成〉的意味合いを持たせた作品となっているのだ。その上しかも、本書の底流に横たわっているテーマは、今野敏がこれまでも繰り返し繰り返し唱え続けてきた〈少年犯罪〉の増加とその原因、さらには対応策の現状が描かれる。

このテーマはジャンルを超えて、今野敏が最初期から描き続けているもので、言わば彼の終生のテーマと言っても差し支えないだろう。現実社会においてもそうだが、正直言って今は若者たちが集う盛り場に足を踏み入れたくない雰囲気がある。肩が触れた、目が合ったという直接的なきっかけは、もうとんでもないことになり、関係のないことで笑みを浮かべただけでも因縁をつけられそうな、それこそやくざやちんぴらよりも質《たち》が悪い少年たちが、群れをなして獲物を求めてうごめいているのである。かと思えば、家に引きこもっている少年は家庭内暴力に明け暮れる。

もちろんそんな少年たちばかりでないのは承知している。しかし、現実に彼らの犯罪が増加しているのは確かなのだ。それはどうして、いつからこんなことになったのか、今野敏は大人たちの責任も含めて真摯に問い続けてきたのだった。

本書もまたしかり。

エンターテインメントの面白さ、読者を愉しませるという原点を忘れず、なおかつ自分を捨てずに、言いたいことは言う。これもまた、演歌の道に通じるものであったのだろうか……。

二〇〇六年三月

追　記

新装版のための追記といっても、実はあまり書くことがない。

本シリーズの特徴は、警視庁捜査一課の部長刑事である碓氷弘一（四作目の『エチュード』からは警部補）が、毎回なぜか奇妙で厄介《やっかい》な事件の担当となることから始まる。だがその理由が、たまたま当直の日に通報の電話を受けたからだとか、事件発生の現場にたまたま居合わせたからといった、どうも能力とはあまり関係のないところで決定されるのだった。しかもそのたびに、ちょっと変わった人物が〝相棒〟となり、仕事以外の気苦労も増えていく。このときの〝相棒〟という意味は、いつもコンビを組んでいる同僚であるとか、捜査本部が立ち上がった際に組まされる所轄署の刑事などとはまた別物なのは言うまでもない。もちろんそれらの人物がそうなる可能性もあるだろうが、本シリーズの場合は決まって碓氷にとっては想像もつかない、まるで異次元の場所からやってきたような人物が〝相棒〟となるのだった。

考え方にもよると思われるが、本人はどうしていつも俺ばっかりなんだよと、ツキの無さを嘆いている。ただただ頭を低くして、おとなしく定年まで無事に勤め上げることだけを願っていた碓氷としては、なるべく面倒な事態は避けたかったのだ。

とはいうものの、一九九六年刊行のシリーズ第一作『触発』から始まり『アキハバラ』『パラレル』『エチュード』『ペトロ』『マインド』と、作を重ねるごとに碓氷の立場や性格は、少しずつ微妙に変わっているようにも思える。この間、碓氷の年齢は二歳上がっただけでほぼ変わってはいない。しかしながら、現実の時間はどんどんと経っており、スタート時は碓氷よりもやや年下だった作者の年齢もいつの間にか逆転し、今でははるかに上となってしまった。穿《うが》った見方をすれば、そこらあたりの影響もあるのかもしれない。だがまあ、シリーズ作というのはそうしたことも含めて読み続ける愉しみ、味わいなどが出てくるものだろう。

いずれにせよ、仕事の能力評価やカイシャでの立場というのは、自分が勝手に決められるものではない。といって、上司や周囲から一方的に決めつけられても面白くない。『触発』の爆破事件で、碓氷はおのれのツキの無さを呪いたくなるほど、自分の立場が危うい状況に陥る。これがすべての始まりだった。ここで碓氷は、政府上層部から送り込まれてきた自衛隊員のお守り役として同行を命じられる。お前は捜査には無用な人間だから、せいぜいお客様の接待係で頑張ってくれと言われたも同然だった。しかしこれが案に相違して成功すると、次の『アキハバラ』では爆破騒ぎということで現場に臨場させられる。だがこのときもまた爆弾処理をするS班のお供という恰好だった。

どちらの場合も、碓氷は言うならば添え物的な役どころだろう。それから本シリーズにおけるもう一方のテーマでもある、碓氷と誰かが〝相棒〟となることとも、さほど強調されているわけではない。両作とも相棒関係は、むしろ碓氷以外の登場人物たちのほうに強く窺《うかが》えるのだ。殊にアキハバラ事件における相棒関係は、発端となる事件の当事者たちの間で芽生え、感動的な形で発揮されていく過程が印象深かった。だからこそ読者の心に強く残ったとも言えよう。

では碓氷はどうかというと、自衛隊員のふたりと事件後に感じた思いは相棒というよりも戦友の意識であったし、アキハバラの事件で碓氷と一緒に行動する人物は、この街を守ろうとして事件の真相と解決に尽力する善意の捜査協力者であった。

極論すれば、碓氷弘一はあくまで脇役扱いであって、事件を彩り、盛り上げる主役は犯人を含めた他の人物たちであったのだ。

それが一転する——というか変化を見せ始めたのは、本書『パラレル』からではなかったかとわたしは思っている。

前の解説にも書いたことだが、本作品は四つのシリーズ主人公たち（厳密にはひとつだけシリーズとはならなかった作品もあるが）が一堂に会する異色の一作である。しかもそこに登場する刑事たちには、それぞれに長い付き合いとなる、もしくはなるであろう仲間や相棒がいる。ここでの碓氷は、どういうわけか班は違うが同じ階級の赤城竜次と行動を共にし（正しくは、赤城のほうから首を突っ込んできたと言うべきだろうが）、ふたりで捜査に当たることになるのだった。これがおそらく碓氷にとって最初の相棒関係ではなかったろうか。しかも碓氷は積極的に行動し、怪しげな出来事や現象に対しても柔軟な対応をとって事態に対処する。

そしてこれ以降、自分の意思とは関係なく誰かと組まされるのがシリーズの定番となるのだった。しかしそのときに、以前と比べて明らかに違っているのは、碓氷が何かしら期待される存在になってきたことだ。主流派ではないかもしれないが、決して無用の長物などではなく、捜査の進展に大きな貢献をする人物として認められるようになってきたのである。それと同時に周囲からは、碓氷という男は捜査の本筋とは外れたところで有力な情報を仕入れてくる熱心な奴だとの評判が上がるようになる。そうした変化の端緒がここにある。

しかし今回読み返して、改めて感じたのは本書の登場メンバーの豪華さだ。どうしてこんな真似ができたのか――はもちろん作者に聞いてみなければわからないが、ひとつの想像として考えられることがなくもない。本書の初刊は二〇〇四年である。この時点で《警視庁捜査一課・碓氷弘一》シリーズ以外の三つは、シリーズ作としての役目を終え、次の作品が書かれる予定がなかったように思われるのだ。というのは、かりにそういう事情でもなければ、異なる出版社から刊行された作品の主人公たちが、こんなふうに集まることはなかっただろうからだ。

実際にその後も、赤城竜次と整体師の美崎照人は本書を最後に消えたままだし、賀茂晶をはじめとするオズヌ一派も同様だ。唯一復活したのが《鬼龍光一》シリーズだが、その復活劇は二〇一五年のことだった。

まあそのことはともかく、本書の中で盛んに議論される「大人と子供の戦争」は、今も今野敏が追及し続けてやまない永遠のテーマである。特に無軌道で無法な少年たちがここまで蔓延《はびこ》ってきたのは、われわれ大人の責任だという指摘は強烈だ。
どうか、心して読まれたい。

二〇一六年四月

本書は、中央公論新社より刊行された次の作品を改題・改版したものです。
『パラレル』単行本版　二〇〇四年二月刊
文庫版　二〇〇六年五月刊

中公文庫

新装版《しんそうばん》

パラレル

——警視庁《けいしちょう》捜査《そうさ》一課《いっか》・碓氷《うすい》弘一《こういち》3

2006年5月25日　初版発行
2016年5月25日　改版発行

著　者　今《こん》　野《の》　敏《びん》

発行者　大　橋　善　光

発行所　中央公論新社
〒100-8152　東京都千代田区大手町1-7-1
電話　販売 03-5299-1730　編集 03-5299-1890
URL http://www.chuko.co.jp/

ＤＴＰ　ハンズ・ミケ
印　刷　三晃印刷
製　本　小泉製本

Published by CHUOKORON-SHINSHA, INC.
Printed in Japan　ISBN978-4-12-206256-6 C1193

中公文庫既刊より

各書目の下段の数字はISBNコードです。978－4－12が省略してあります。

こ-40-24
新装版 触発 警視庁捜査一課・碓氷弘一1
今野敏
朝八時、霞ヶ関駅で爆弾テロが発生、死傷者三百名を超える大惨事に！ 内閣危機管理対策室は、捜査本部に一人の男を送り込んだ。「碓氷弘一」シリーズ第一弾、新装改版。
206254-2

こ-40-25
新装版 アキハバラ 警視庁捜査一課・碓氷弘一2
今野敏
秋葉原を舞台にオタク、警視庁、マフィア、中近東のスパイまでが入り乱れるアクション＆パニック小説。「碓氷弘一」シリーズ第二弾、待望の新装改版！
206255-9

こ-40-20
エチュード 警視庁捜査一課・碓氷弘一4
今野敏
連続通り魔殺人事件で誤認逮捕が繰り返され、捜査は大混乱。ベテラン警部補・碓氷と美人心理調査官・藤森のコンビが真相に挑む。「碓氷弘一」シリーズ第四弾。
205884-2

こ-40-21
ペトロ 警視庁捜査一課・碓氷弘一5
今野敏
考古学教授の妻と弟子が殺され、現場には謎めいた古代文字が残されていた。碓氷警部補は外国人研究者を相棒に真相を追う。「碓氷弘一」シリーズ第五弾。
206061-6

こ-40-23
任俠書房
今野敏
日村が代貸を務める阿岐本組は今時珍しく任俠道を弁えたヤクザ。その組長が、倒産寸前の出版社経営を引き受け……。『とせい』改題。「任俠」シリーズ第一弾。
206174-3

こ-40-19
任俠学園
今野敏
「生徒はみな舎弟だ！」荒廃した私立高校を「任俠」で再建すべく、人情味あふれるヤクザたちが奔走する！「任俠」シリーズ第二弾。〈解説〉西上心太
205584-1

こ-40-22
任俠病院
今野敏
今度の舞台は病院⁉ 世のため人のため、阿岐本雄蔵率いる阿岐本組が、病院の再建に手を出した。大人気「任俠」シリーズ第三弾。〈解説〉関口苑生
206166-8

こ-40-4

虎の道 龍の門（上）　今野　敏

極限の貧困ゆえ、自身の強靭さを武器に一攫千金を夢みる青年・南雲凱。一方、空手道場に通う麻生英治郎は流派への違和感の中で空手の真の姿を探し始める。

204772-3

こ-40-5

虎の道 龍の門（中）　今野　敏

空手を極めるため道場を開く英治郎。その矢先、黒沢は帰らぬ人に。一方、凱の圧倒的な強さは自らの目算を外れさせ続ける……。ついに動き出す運命の歯車。

204783-9

こ-40-6

虎の道 龍の門（下）　今野　敏

「不敗神話」の中、虚しさに豪遊を繰り返す凱。「常勝軍団の総帥」に祭り上げられ苦悩する英治郎。その二人が誇りを賭けた対決に臨む！〈解説〉関口苑生

204797-6

こ-40-9

復讐 孤拳伝1　今野　敏

九龍城砦のスラムで死んだ母の復讐を誓った少年・剛は苛酷な労役に耐え日本へ密航。暗黒街で体得した拳を武器に仇に闘いを挑む。本格拳法アクション。

205072-3

こ-40-10

漆黒 孤拳伝2　今野　敏

松任組が仕切る秘密の格闘技興行への誘いに乗った剛は、賭け金の舞う流血の真剣勝負に挑む。非情に徹し、邪拳の様相を帯びる剛の拳が呼ぶものとは！

205083-9

こ-40-11

群雄 孤拳伝3　今野　敏

修行の旅の途中、神戸で偶然救った女実業家に雇われ、暴力団との抗争に身を投じた剛は、戦いの真の意味を見出せず、いつしか自分を見失っていく……。

205110-2

こ-40-12

覚醒 孤拳伝4　今野　敏

迷いの中、空手発祥の地・沖縄に向かう剛。偶然出会った老空手家の生き方に光を見る。剛は「本当の強さ」を見つける事ができるのか――感動の終幕！

205123-2

こ-40-13

陰《おん》陽《みょう》 祓師《はらいし》・鬼龍光一　今野　敏

連続婦女暴行事件を追う富野刑事は、不思議な力を駆使する鬼龍光一とともに真相へ迫る。警察小説と伝奇小説が合体した好シリーズ第一弾。〈解説〉細谷正充

205210-9

コード	書名	シリーズ/副題	著者	内容紹介	ISBN
と-26-9	SRO I	警視庁広域捜査専任特別調査室	富樫倫太郎	七名の小所帯内で、警視長以下キャリアが五名。現場の花形部署のはずが……。警察組織の盲点を衝く、筆頭を越えた凶形事件に、警視庁の一柳美結刑事らが挑む！ 新時代警察小説の登場。連続殺人犯を追え！	205393-9
さ-65-1	フェイスレス	警視庁墨田署刑事課 特命担当・一柳美結	沢村 鐵	大学構内で爆破事件が発生した。現場に急行する墨田署の一柳美結刑事。しかし、事件は意外な展開を見せ、さらなる凶悪事件へと……。文庫書き下ろし。	205804-0
こ-40-7	慎治		今野 敏	同級生の執拗ないじめで、万引きを犯し、自殺まで思い詰める慎治。それを目撃した担当教師は彼を見知らぬ新しい世界に誘う。今、慎治の再生が始まる！	204900-0
こ-40-15	膠着		今野 敏	老舗の糊メーカーが社運をかけた新製品は「くっつかない接着剤」!? 新人営業マン丸橋啓太は商品化すべく知恵を振り絞る。サラリーマン応援小説。	205263-5
こ-40-17	戦場	トランプ・フォース	今野 敏	中央アメリカの軍事国家・マヌエリアで、日本商社の支社長が誘拐された。トランプ・フォースが救出に向かうが、密林の奥には思わぬ陰謀が!? シリーズ第二弾。	205361-8
こ-40-16	切り札	トランプ・フォース	今野 敏	対テロ国際特殊部隊「トランプ・フォース」に加わった元商社マン、佐伯竜。なぜ、いかにして最強の傭兵となる道を選んだのか。男の覚悟を描く重量級バトル・アクション第一弾。	205351-9
こ-40-18	鬼龍		今野 敏	古代から伝わる鬼道を駆使し、修行中の祓師・浩一は最強の亡者に挑む「六壬星」のマークが遺されていた。恐るべき企みの真相に、富野・鬼龍のコンビが迫る！	205476-9
こ-40-14	憑き物	祓師・鬼龍光一	今野 敏	若い男女が狂ったように殺し合う殺人事件が続発。現場には必ず「六壬星」のマークが遺されていた。恐るべき企みの真相に、富野・鬼龍のコンビが迫る傑作エンターテインメント。〈解説〉細谷正充	205236-9

各書目の下段の数字はISBNコードです。978-4-12が省略してあります。